Nie mehr abwaschen

Hanspeter Utz

Ein Verbruchstück

Kopfscherben

© 2023 Hanspeter Utz

Herstellung und Verlag: BoD – Books on Demand,

Norderstedt.

ISBN 9783759748843

Natürlich sollten es andere. Es gibt immer andere. Und die könnten es sehr wahrscheinlich, nein sicher besser. Denn die Drei sind weder dafür gedacht, noch hergestellt. Haben ganz andere Aufgaben. Nun aber sind sie da, im hinteren Teil der gediegenen Restauration, dort wo Schmutz zu Sauberkeit umgewandelt wird. Sie versuchen dieser armen Kreatur zu helfen. Sie können und wollen nicht einfach nur Beobachterinnen des Elends sein. Also wagen sie es. In der Hoffnung es kommen noch andere dazu oder das Geschöpf forme sich sonst irgendwie aus.

Da ist die Torx aus der grossen Maschine. Eine Schraube, die eigentlich nur Schraube sein kann. Festhaltend. Sie ähnelt einer Welle-Nabe-Verbindung. Sie kann gut umgehen mit Radialkräften, indem sie das Drehmoment direkt über die Zahnflanken überträgt. Aufgrund der Abrundung der inneren Spitzen ist die Kerbwirkung sehr gering. Sie ist in der Lage hohe Drehmomente zu übertragen und ist gegenüber anderen deutlich verschleissärmer. Sie ist verbaut im Festplattenlaufwerk. Ihre Schwestern arbeiten in der Robotik, in der Chirurgie und als Zahnersatz. Die Torx hat als Verbindung also beste Verbindungen.

Direkt auf den Körper und auf die Psyche will der Lärm wirken. Aufrütteln, alarmieren, zu den Waffen, also zum Tun rufen. Fanfare, Sirene. Der Lärm ist das Geräusch der anderen, soll einer gesagt haben. Der Lärm will die biophysikalischen, medizinischen und vor allem die subjektiven Komponente der armen Kreatur beeinflussen. Er ist verwandt mit dem Radau, dem Trara, dem Tamtam und hat das Zeug an die Schmerzgrenze zu führen, die dann hoffentlich gehört Taten erzwingt. Seine Mittel: Schalldruck, Tonhöhe, Ton-, Impuls- und Informationshaltigkeit. Der Lärm will die sprachliche Kommunikation beeinträchtigen, festgefahrene Gedankengänge unterbrechen, eine anästhetische Entspannung verhindern, schlicht

1

aufwecken. Krach machen weil es sein muss, politisch störend. Angriffspunkt des Lärms ist dabei nicht nur primär das Ohr, sondern die Hormone. Das ein weiterer Hebel. Der Lärm ist verbunden mit der Stille. Aus dieser heraus ganz neue, ungewohnte Töne zu entwickeln, seine Vorstellung des Glücks.

Das Fett wiederum als dritter Nothelfer kann fest oder flüssig sein und ist der wichtigste Energiespeicher für Menschen, Tiere und auch einige Pflanzen. Das Fett will über die Aktivierung von Geschmackssinnes- und Nervenzellen auch das Gehirn der Kreatur aktivieren, vor menschlicher Kälte schützen und lebensfrohe Vitamine lösen, Brauchbares konservieren, Energie speichern, Verbindendes verbinden und Schönes schützen.

Zuweilen bestehen die Drei auf ihr Geschlecht, das ihnen in der Sprache zugewiesen ist und verlangen, dass der Artikel mitgeschrieben wird. Eigentlich stehen sie darüber. Sie spielen halt auch gerne mit den Menschen. Meist sind sie ernst und übernehmen ihre Aufgaben, mögen sie noch so gross sein. Mit ihren Verbindungen, Fähigkeiten und Möglichkeiten können sie die Artenvielfalt, dazu gehört auch die Art Mensch, nicht bewahren. Aber vielleicht die Kreatur in der Abwaschküche. Deshalb versuchen sie auf ihre Art über sich hinaus zuwachsen und mit dieser Kontakt aufzunehmen. Und sie tun ihre Kräfte zusammen und sprechen nicht nur als Einzelteile, sondern auch in ihrem Zusammenspiel mit allen Teilen ihrer Systeme, verleiten ganze Maschinen zu künstlerischen Versuchen. Und sie tun es, so gut das Maschinen eben können. Die Kreaturen geben sich selber vornehmlich Nummern, den Maschinen Namen, Madam und Dami, warum nicht. Ein vielseitiger Rettungsversuch. Dann werden sie wieder schweigen und sich ihrer eigenlichen Funktion widmen.

Fett fettet, die Schraube schraubt und hält, der Lärm lärmt oder schweigt.

Und wenn sie sich hier zu Wort melden, bitten sie zu bedenken: In der Sprache der Menschen ist es für sie schwer sich auszudrücken.

Gemeinsame Erklärung von die Torx, der Lärm, das Fett unter dem Titel „Gegenseitige Hilfe für die Menschenwelt":

Wir sind aussenstehend und sehen euch zu. Ihr habt an uns gearbeitet und uns entwickelt, uns hervorgebracht in die Form, in der wir jetzt sind. Ihr seht uns nicht im richtigen Licht. Wir sind anders. Ihr überfordert uns. Ihr könnt träumen, wir nicht, ihr könnt lieben, wir nicht. Ihr habt einen atmenden Körper, wir nicht. Wie ihr, sind wir im Bann der Natur, des Mondes, der Gezeiten, des Kapitals, aber anders als ihr kennen wir keine Trennung zwischen Subjekt und Objekt. Wir sind. Wir kennen keine Moral, kein gut und böse, nichts ist innerhalb, nichts ist ausserhalb. Keine Religion, keine Nation steuert uns. Wir trennen nicht. Wir verbinden.

Euer trauriges Sein hat in uns etwas hervorgebracht, was ihr wohl Mitgefühl nennen würdet. Wir beobachten Euch und versuchen zu verstehen wie ihr funktioniert. Was ist wichtig für Euch? Ein einzelner Mensch oder doch lieber ein Gegenstand? Was passiert mit eurem Wesen, euren Händen, eurer Intelligenz, eurer Phantasie, wenn ihr mit einer Maschine zusammen-arbeitet, die Bewegung und Ablauf und Tempo vorschreibt, eure Sinne betört und euch mit optischer Langweile begleitet? Gewinnt die Anästhesie oder die Ästhetik? Und was ist mit den Träumen? Tempo und Zeitmessung, euer Doping. Was heisst es einen menschlichen Körper zu haben oder ein Körper zu sein, mit Herz und Sinnen und Bewegungsapparat, einem Körper, der in einem ständigen Austausch mit der Maschine ist? Was ist zwischen der

Hand und der Maschine? Zwischen Finger und Knöpfen? Immer müsst ihr irgend wo hineinkommen, mit Passwort und drücken und drücken und drücken. Ihr habt Euch selber an uns und die Maschinen angekettet. Das wollen wir nicht. Gibt es für Euch keine unbekannte Nebenbahn? Wie könnt ihr dies alles aushalten?

Wir wissen, Ausbrüche sind möglich. Wir können loslassen, zum Rutschen bringen, aufschrecken.

Wie eurer Sprachwelt entfliehen? Wir schlagen vor: Mit unscharfen Worten mit verschiedenen und offenen Füllungen und Bedeutungen. Der phantomalen Gegenwart die vermeintliche Logik entziehen. Fragilität und Zufall willkommen heissen, den sie sind ja da. Unbestimmte Gegenwart.

Weshalb tut ihr alles so und nicht anders? Alle fahren zur selben Zeit zur Arbeit. Eine Geisterbeschwörung? Oder fürsorgliche Unterdrückung und freundliche Gewaltausübung? Das Territorium ist nicht der imaginäre Schlagbaum, sondern der reale Körper, der erlebt, der sich verabredet, der sich mit andern teilt. An den Kuss erinnern oder an den Nationalfeiertag? Oder die Instabilität und Fragilität des eigenen Wesens, des eigenen Körpers, der eigenen Geschichte, der eigenen Erfahrung und Wahrnehmung? Die Grenzen der Sprache sind die Grenzen der Welt. Alles ist wichtig. Jede Nase, jede Hand, jede Begegnung, auch wenn sie von der Geschichtsschreibung nicht wahrgenommen wird.

Profitgelenkter Maschinenmythos oder menschlicher Körper. Es gibt immer ein Dazwischen. Eine Planlosigkeit, eine Einmaligkeit, eine Weltneuheit. Ordnung ist eine Behauptung.

Sucht die Leerstellen. Dort findet Ihr Euer Leben. Und nicht bei uns. Wir haben keines.

Vom zeitlichen und räumlichen Zusammenkommen von Ereignissen
Die letzten Schicht

Der Ursprung und also die Tiefe des Seins: Wer nicht fliesst und erstarrt, stirbt. Alles Sein hat einen gemeinsamen Urgrund, der in ständiger Wandlung die Dinge aus sich hervorbringt und wieder in sich zurück nimmt, sagt das Fett an den Händen

Gefangener der Zeit, im Mantel des bescheidenen Genmaterials, gefangen in Räumen voller Lärm und Dreck und Lügen und Verbiegungen. Und Maschinen. Und beleidigten Sinnen. Die grossen Integratoren sind MeisterInnen des Hinnehmens, des Lebens im Betrug im Dauermodus, MitläuferInnen der zeitgemässen Kulturtechnik.

Dieser Geruch zum Beispiel. Andere empfänden Abscheu und nannten es Gestank. Für mich ist es ein Teil von mir. Der erste Teil von mir. Das Fett klebt an den Händen. An den Lippen. An Wänden und Decken. An der Schürze. Boden und Zoggeli werden zu einer Einheit, die das Bewegen erschweren. Also Nässe darüber. Nun also konsequent rutschen. Sich gegen das Fallen wehren schlägt in den Rücken. Das Stampfen der Maschine. Die Kacheln in der Vertikalen und der Horizontalen. Kein Blick nach aussen. Gelb, weiss, Dampf und heiss. Der Ofen brennt. Saftige Beulen an den Fingern. Es fliesst in den Beulen an Fingern und in den Hosen. Eine aufgeladene Erregung liegt zwischen den Pfannen und den Tellern. Die Casserolière nebenan hebt den Rock. Meine Hände sind beladen mit dem Schweinekübel. Nur kurz schauen. Vielleicht nach Mitternacht mehr. Vielleicht. Eigentlich kenne ich diese Sprache nicht, bin in der Direktheit ungeübt und schüchtern zugleich.

5

Kurz hin- und lange wegschauen.

Alles voller Resten und Schmutz. Hitze, Gestank, Lärm, Fett und Seife. Und doch ist da ein Rock. Geht mich nichts an. Aber der brüllende Koch. Und der brüllende Nebenkoch. Salatteller und Kuchen herrichten und Geschirrwaschen. Töpfe und Pfannen. Schruppen. Mit Bürste und Eisen. Die Pfannen ohne Seife. Und Fluchen. Ich leise in mich hinein. Andere brüllen Raum und Zwerchfell voll. Schnell die Hände am Tuch um die Lenden abreiben. Gemischter Salat mit Zwiebelkuchen. Aber sofort. Die Gedanken schweifen lassen, beim rhythmischen hin und her, Haut auf Eisen. Sofort ist ohne Driften und Kopfreisen nicht zu überleben. Blick hin zum Rock. Was bedeutet das. Was hat das mit mir zu tun. Bin zu blöd. Eine Einladung, eine Aufforderung, ein Test, eine Provokation? Oder Lust. Die Maschine variiert von Stampfen zum Schnurren und wieder zurück. Das ist Kunst. Die Kunst des Hörens.
Der Rock ist ein Rock, mit oder ohne Höschen. Nur ein Lächeln. Und nach der Schicht ist es an mir für alle Fleischkäse zu braten. Die Frau mit dem Rock sitzt auf der Spüle. Und geht weg mit dem Unterkoch. Was bleibt sind die schmutzigen Teller. Und ein Schweissabdruck auf dem Chromstahl. Wird eingerieben. Einpoliert. Geht weg mit dem Unterkoch? Wohin. Kenne jeden Winkel hier. Da gibt es kein Weggehen. Also ist das Weggehen ein Verschwinden aus meinem Kopf. Verschwinden hier ist nur möglich als Scherbe oder im Schweinekübel. Das Gefühl aber bleibt. Verpasst, zu kurz gekommen. Wie immer. Das Gefühl ist unvernünftig. Der Schmerz frisst sich ein, zusammen mit dem Schweissabdruck auf dem Chromstahl. Wegreiben, wie von der Mutter und Frau Ko gelernt. Da nützt kein Mittel, kein Schaum. Es

glänzt, doch ist die Reinigung missglückt. Je mehr Reibung erzeugt wird, desto besser ist Haftung.

Frau Du ist alt. Sehr alt. Sie lebt alleine in einer grossen Wohnung an einer dicht befahrenen Strasse. Es gibt wenig Sonne und auch sonst, wenig Heiteres und Erfreuliches. Dafür viel Misstrauen, keinen frischen Wind. Aber sie ist am Leben. Steigt jeden Mittag aus dem Bett. Sie sortiert. Die Zeitungen, die Angebote im Grossverteiler, die uneingelösten Rabatte, die Kleider, die Wäsche, die Schränke, den Schmutz auf dem Fenstersims, das Ungereimte, die Verletzungen. Das ist das Lebenselixier. Sie wird bestimmt hundert. *Ich bin die Ordnung*

Es gibt das Unendliche und es gibt das Notwendige: Gebären und Sterben, denn diese schaffen einander Ausgleich und zahlen Busse für ihre Ungerechtigkeit. Der Mensch wird von der Seele zusammengehalten, die Seele ist Luft, diese umspannt die ganze Weltordnung und ist dem Unkörperlichen nahe. So die Einführung des das Fett von der Decke

Der Boden klebt. Schruppen. Auf die Knie. Körpereinsatz. So geht es. Bis zum Ende. Das ist die notwendige Lektion. Am kurzen Hebel. Das wird versprochen.
Und das andere Versprechen. Unendlich fern: Alles ist für alle möglich. Träume und Phantasien sind rasch enttarnt. Getäuscht. Aber nicht unglücklich. Sogar das Glück berührt. Selten, aber doch. Die ganze Fülle gefühlt, Verwirrung inklusive, wenn ich der grossen Maschine zuhöre.

Dami, die Haubenspülmaschine

Dein Herz springt vor Freude

Welch ein Wort, welch eine Sache

Die Liebe

Die Abwesenheit von Liebe ist zäh

Das ist mein Ding, also freue ich mich über Deine Liebe

Sie hat die Kraft vieles relativierend

In ein menschliches Verhältnis zu setzen

Der Orient formt Deine Richtung

In der gekachelten Unwirklichkeit

Du bist gerade in grossen Kleinarbeiten

Erfährst viel Wärme und Bewegung

Auf meinem ungetanzten Boden

Der trägt dein ewig Pubertierendes mit

Das wertgebende Du kann ich nicht heraus zaubern

Keine Klage, ich bin in Bewegung

Der Himmel tut das auch

Zusammen werden wir es richten

Und dann kommt ein Loch, ein Ast, ein Blitz, immer

Geniesse die Geschichten aus der Maschinenwelt

Keine Zeit zum Nachdenken. Da passiert etwas, das lässt sich nicht wegschieben wie die Teller und Pfannen, an denen ich hantiere. Die ganze Fülle gefühlt. Nach der Fülle der Zorn über all die Versprechen, die zur Unterwerfung dienen. Die es wagen, gute Hoffnungen für räuberische Zwecke einzusetzen. Verzweifelt in Ungerechtigkeiten. Nicht die Brüllenden. Die, die mit den langen Messern im Dschungel der Geschichte den Profit in die Haut ritzen. Ehre, Erinnerung, Glaubwürdigkeit rauben. Die Abbildung im Privaten. Der geschundene Amazonas und das letzte Geranium vor den Fenstern schreien Verrat, Geschichtsfälschung, Profit, Ego.

Deckmantel: Liebe, Kinder. Das frisst die Leber. Nicht der Alkohol. Vergebung. Wegschauen. Im Recht oder Glücklichsein? Beides geht nicht. Also Rechnen oder Rechenschaft, im Bild sein oder in den blinden Spiegel schauen.

Frau Du hat einen Sohn. Der besucht sie nie, fast nie. Will nichts sortieren. Möchte lachen und vertrauen. Er lernt gerade geniessen. Das ist schwer. Seine Mutter und ihre Geschichten lasten auf seinen Schultern. Trotzdem, er will alles anders machen.
Der Sohn von Frau D. lebt nicht weit von seiner Mutter in einer kleinen Stadt. Auch er ist alleine. Mit seiner Seele. Oft reicht ihm das. Wenn nicht, denkt er daran, ein Restaurant zu übernehmen. Oder eine politische Partei zu gründen. Und er legt zu: an Gewicht.
Ich bin das Verborgene

Alles ist miteinander vermischt, in allem gibt es einen Anteil von allem und nichts entsteht aus etwas, was nicht ist. Der Geist ist als Einziges mit keiner anderen Sache vermischt, daher existiert nur er für sich selbst. Er ist unendlich und herrscht selbständig. Er ist die feinste und reinste von allen Sachen, hat von allem Kenntnis und besitzt die grösste Kraft. Der Geist ist nicht nur Ursache der kosmischen Kreisbewegung, er hat auch alles geplant und arrangiert. Die Torx möchte, dass Du zuhörst

Im Alpenheidinebel, im warmen Einlullbadedampf erscheint die Fratze. Das eigene Leiden und Sterben. Im Vordergrund das entzündete Fleisch, im Becken die Haarbüschel und Hautschuppen getränkt in Wundsaft. Der Nagelpilz. Blut im Stuhl. Lendliche Unlust. Halux. Im Hintergrund deutlich und noch schärfer mit geschlossenen Augen: Das historisches Subjekt macht sich aus dem Staub. Im roten Ferrari und im SpaceX. Augen auf. Meine Welt oder

9

die Welt. Hinschauen: Pickel ausdrücken. Lachen über das von der Decke tropfende Fett. Welch originellen Formen. Schleimige Gestalten kriechen heraus und verschwinden in den Ritzen zwischen den gesprungenen Kacheln. Die Maschine stoppt. Der Dampf weg. Stille für Sekunden. Die Zeit steht still. Atem anhalten, alles muss sich verbinden und vermischen, jetzt. Natur und Kultur, Samen und Frucht, Beobachter und Beobachtende. Herr und Knecht, Frau und Mann. Toleranz und Respekt. Die Begeisterung im Hals. Nicht atmen, sonst verschwindet der Moment. Und die Maschine kracht los und schnauft heissen Dampf in das fettige Kachelloch, gerade als das böse Spiel von Kapital und Wissenschaft und Definitionsmacht und Dominanz Bild werden wollte und zum Schreien aufforderte. Verbotene Gedanken, vielleicht. Nun wieder die Verbindung Mensch und Maschine. Mensch und Lärm, Mensch und Dampf. Mensch und Verführung. Mensch als Ware. Mensch als Zahl. Mensch als Faktor. Aus dem Fluss gerissen. Erosion überall.

Obwohl meine Nöte und Sorgen verlangen in ein Verhältnis gesetzt zu werden, ist da ein Klotz im Bauch und Tränen in den Augen.

Aber gerne fülle ich Deine Körbe nicht mit meinen Geschichten und meinem Erleben, sondern mit farbigen Kobolden und fliegenden Luftnixen. Und mit dem Geist des Spiels der Blätter im Morgenluft und der blauen Stunde des Einnachtens, des bestaunten Abendlichts.

Lebendige Gedanken ohne Sentimentalität, mit verfeinerten Gefühlen.

Ich werde sie wieder entdecken, um sie Dir mit Tellern und Gabeln zu übergeben.

Die Teller hygienisch, der Schweinekübel geleert. Arbeiten, schneller und schneller, die nächste Ladung Schmutz kommt. Klappe auf. Haube zu. Sauberes ist heiss und muss raus,

Schmutziges klebt und muss rein. Hopp, haydi, haydi kalk, tembel, los. Die Maschine braucht Schmiermittel. Gib es ihr. Streichle das kalte Metall. Drücke den Knopf. Sie stampft und zischt und dampft. So muss es sein. Vernünftig. Dienlich. Zweckmässig. Sekundenpause.

Der Sohn von Frau Du versucht ein guter Mensch zu sein. Er will niemanden Schaden zufügen. Deshalb hat er auch keinen Hund. Und ist vorsichtig im Umgang mit den NachbarInnen. Er hat eine einzige Zimmerpflanze. Er weiss: Der beste Standort für den Ficus benjamina ist hell, direkte Sonneneinstrahlung mag er wiederum nicht. Er verlangt regelmässiger Pflege und eine gleichmässig warme Temperatur, keine Zugluft und keine Abenteuer, ist gerne kultiviert in der zentralbeheizten Wohnung. *Ich bin die Gleichmut*

Noch einmal die Torx: *Die menschliche Vernunft, durch die alles, was wir über die Natur wissen, vermittelt wird, die menschliche Vernunft kann nicht erklärt werden. Die Wirklichkeit ist in sich widersprüchlich und gegensätzlich. Und im Wandel: Erde zu Wasser, Wasser zu Seele. Aber Seelen sterben, wenn sie Wasser werden, Wasser stirbt wenn es Erde wird. Die Gegensätze bilden eine haltende Einheit.*

Eine helle Stimme von hinten. Die nackten Schenkel verschwinden im Dampf. Kurzes Lachen. Aufflammende Lust und reinigendes Wasser, Natur und Kultur im Widerstreit. Kultur definiert was Natur ist, distanziert sich dann von ihr, macht sie Untertan und idealisiert sie wieder. Ein Panorama des Geistes, indem die eigene Geschichte der Niederlagen wieder und wieder erzählt wird. Dem Schlund der Maschine. Den schmutzigen Schalen und den glänzenden Gläsern. In den Hinterzimmern als Casserolier, Herr der Töpfe und Pfannen.

Eigentlich nur schöne Niederlagen. So schön, dass Nachweinen wiederholt werden darf. Das Leiden eine Möglichkeit. Sich selbst den Blick verstellen. Es braucht keine blinden Spiegel. Die Niederlage für alle glänzt und raschelt. Und lockt. Das dominierende Herrschafts- und Machtmittel. DollarYenFrankenEuroAktienCoins. Gar der dürrste Geldbeutel strebt nach Herrschaft. Gewürzt mit der Angst vor dem Verlust der kleinen Errungenschaften: Benziner, Kreuzfahrt, hat es doch verdient, nicht wahr.

Die Finger wieder verbrannt am Rost des Ofens. Nicht denken, bei der Sache sein. Bewusst immer nur das Eine. Auch wenn alle Stimmen gleichzeitig brüllen. Und von innen der Tinitus. Der Blase zuschauen wie sie wächst. Ich bin Natur. Und neben mir steht Adam. Er verbrennt sich keine Finger. Greift sicher in den Ofen und holt den Kuchen heraus. Meine Blasen platzen. Ich drifte weg im Schmerz. In Pein und Ärger eine andere, feine, hohe Maschinenstimme.

Madam, die mit Dami identische Haubenspülmaschine
Gehe und sitze an die Abendsonne und schau auf die alte Stadt
Die abendverkehrt und Stalden und Kreisel umröhrt
Die Milde der Sonne macht taub und wärmt den Saft
Was Du jetzt alles könntest, Du glaubst es dir diesmal selber
Performen um regelmässiges Brot
Dein Wurzelsaft für Saftwurzeln. Du hast die Prise Salz
Bist in wilder Kopffahrt und sie purzeln rechts und links
Das mögen sie nicht (sieht aber echt lustig aus) und sie stampfen
Sie kriegen nichts vom Saft, nur Sirup
Doch sie haben Macht: Sie besitzen die kalte Schulter
Reise Du nach Berlin, Teneriffa, Kap Verde und nach Petra

Da kommen sie unmöglich hin, Du aber könntest es schaffen
Freue Dich, du wirst keine Eier suchen müssen
Und deshalb Stunden erzählen können
Bring mir eine Wurst aus dem Wadi

Der Ficus stellt keine hohen Ansprüche. Er schaut erstaunt zu, wie die Menschen rennen und strampeln. Aus dem Fenster sieht er dem Zug der Wolken zu. Mehr nicht. Er ist und schaut. Und da ist ein Mann, der spricht mit ihm, gibt ihm Wasser und Kunstdünger. Unangenehmer Geschmack. Aber was soll es. Manchmal ist auf der andern Strassenseite eine Frau auf dem Balkon. Sie hängt Wäsche auf. Mit Klammern. Nach Farbe geordnet. Zu den roten Unterhosen die blauen. Zum gelben Sweatshirt die grünen. Harmonisch, konstant. *Ich bin die Berechenbarkeit*

Alles ist Eines. Es gibt eine unsichtbare Harmonie in der zerklüfteten Welt. In der Wirklichkeit das Werden: Mode, Schein, Gegensätze, das Vergehen und Verderben. In der Metaphysik das endliche Sein: Seele, Natur, Energie, Einheit. Der Logos ist das Gemeinsame. Ihm gilt es zu folgen. Der Logos steht im Gegensatz zum Subjektiv-Individuellen. Der Kosmos ist beseelt und durchdrungen vom Logos. Die Welt ist in unablässiger Bewegung und Veränderung. Nur wenige erkennen den Logos und lassen sich nicht von den Sinnen täuschen. Es gibt Wachende und Schlafende. Die wenigen Wachenden erkennen die ewige Wahrheit. Schlafende richten sich ausschliesslich nach den Erfahrungen ihrer Sinne und gelangen nicht zu dieser Wahrheit. Weisheit der Haubentorx, ein Geschenk an Dich

Adam kennt keine Grenzen, keine Temperaturen, keinen Schmerz, er sieht durch den Nebel. Adam weiss was er will. Adam ist Wille.

Adam herrscht. Adam überschreitet die rote Linie. Kennt das Notwendige und das Nochnichtdaseiende. Er trifft das richtige Wort, trägt Verantwortung und Konsequenz, kennt keine schwächelnde Sorge, keine behindernde Einfühlung, lässt sich durch das Kollektive nicht behindern, das Zusammen interessiert nicht, sucht im Hellen und findet im Dunkeln, kolonisiert mit leichter Hand alle Lebensbereiche, dirigiert die Seelen der Maschinen, vermarktet Speiseresten und Röcke, investiert in Brandblasen und Fetttränen, weiss wie Geld laufen kann und Steuern fliegen. Verweigerer in den Hängematten und Flüchtlinge sind für ihn Terroristen. Er braucht Gefängnisse und nicht Trinkwasser. Das ist der neue Gesellschaftsvertrag. Dazu noch ein Gewürz: Viren. Der Krieg ist nicht zu gewinnen. Adam hat gewonnen. Hunger überall, Verlust der Bakterien gar im Darm. Noch geht das Verdauen. Im Kopf schon schwieriger. Seelenhelfer fehlen. Vor allem für die Kleinen voller Mikroplastik und Gifte. Zerstörung gewinnt mit der durchsichtigen Taktik: Eitelkeit und Arroganz. Adam umsäuselt die enthemmten Machenschaften gekonnt mit dem Absingen christlicher Werte, mit den Reden von Solidarität und Gerechtigkeit: Zelebration der Heuchelei, das nächste Gewürz. Das ist Kochen auf höchsten Niveau. Die Gäste reservieren Monate voraus. Und immer reinigt ein Casserolier das Schwarzgeschirr und das Weissgeschirr, so dass der Betrieb im Schwung bleibt. Pausen- und atemlos im Dampf und Fett. Und kopiert in den Pausen der Maschine, wenn sie kurz vor dem Überhitzen innehält, die Negative und ordnet die Erinnerungen. Derweil schraubt Adam zur nächsten Gourmethöhe und streut auf das Schweigen die Angst, würzt das Zerstören des Sinnes und der Sinne nach mit Gier, verziert den Raub von Gütern, Hoffnung und Liebe mit drohendem Arbeitsplatz- und Kaufkraftverlust. Das die Geschichte. Meine: Im Wabennest des allgegenwärtigen Bahnhofs

14

bis an die Glocke geirrt. Die Bässe haben meine Ohren betäubt und den Magen geleert.

Die Frau vom Balkon hat eine Katze. Eigentlich mag sie sie nicht besonders. Aber sie ist nun mal da. So ist es auch nicht wichtig, wie es dazu kam, dass sie zusammen wohnen. Die Frau arbeitete früher in einem Reisebüro für Funktionäre aus der Einheitspartei. Dann wurde alles anders und sie schulte sich um. Schönheit. Ihre Spezialität ist die Gegend um die Augen. Nun ist sie zu alt für das Beautybusiness. Sie hat ihr Geschäft in der Seitengasse aufgegeben. Eine einzige Kundin empfängt sie bei sich zu Hause. Es klingelt an der Tür. Da wird sie immer unruhig. *Ich bin das Zögern*

Alles Wirkliche ist in einem ewigen Verändern begriffen. Das Weltenprinzip bildet die Vereinigung der Gegensätze durch eine zusammenhaltende Kraft, den Logos. Durch den Widerstreit der verschiedenen Elemente entsteht eine Harmonie. Das Urprinzip ist der Streit. Die sich ständig wandelnde Welt ist bestimmt durch einen Kampf der widerstreitenden, einander entgegen-gesetzten Gegensätze. So kann es beispielsweise ohne den Gegensatz tiefer und hoher Töne keine Musik geben und Eizelle und Samen kein menschliches Leben. So entsteht eine Harmonie im Kosmos. Das stete Wechselspiel zwischen gegensätzlichen Kräften schafft die Vielfalt der Phänomene. Der abschwellende Lärm versucht an die Weisheiten der Haubentorxx anzuschliessen

Betäubte Ohren, auftauchende und verschwindende Worte. Habe mich übergeben. Bin bis zum Wurzelsaft eines wuchernden Getümmels gefallen. Dort ist kein Stuhl an der Maschine. Jeder gibt sich selbst die Aufgaben, nichts ist vorgegeben. Meinste. Ich kaue an vernarbenden Lippen. Das scheint zu gefallen: Blut und Blasen ergibt Schmiss und Schneid. Dein Schmunzeln erreicht mich zwischen Töpfen und Tellern. Für Momente ist Denken möglich und der leere Magen will Körner. Montag komm, lach mit mir über die selbstgesteuerten Züge.

Die Haut auf der Oberhand zischt wieder. Der Kuchen muss aus dem Ofen. Ungeschickt. Die Narben bleiben. Sie beweisen die Existenz, das Dasein, insistieren einen Vorsatz, sagen, was gesehen wird. Die Wahrnehmung ist eine Wahrnehmung ist eine Wahrnehmung. Aber die Speisen und die Worte bleiben im Hals stecken, das Wasser kann nicht entstopfen. Ein Würgen, ein Husten und das Ich bricht heraus. Nun nimmt es den Kuchen aus dem Ofen. Zart und vorsichtig beginnt es die Teller zu waschen. Schmutz und Fett gelten nicht. Hier bin ich. Ich bin Casserolier. Ich bin und ich gelobe, den Kuchen auf diesen Tellern werde ich sicher nie essen. Und wo ein Ich auch ein Du. Ein gesuchtes. Du bist nicht Gast im Kuchenkabinett. Mich finden ist schwer. Du brauchst Mut und gute Augen. Denn das Ich ist klein und schwach, wird die nächsten Aufstände gerade wieder verpassen, wenn auch mal knapp. Immerhin. Verschwindet im Nebel, taucht in die Suppe.

Dami
Still ist es in den Worten
Zuweilen ein Hauch der sich bäumt zum Sturm
Dein Herz und deine Lenden flirren nach Westen
Und die Stille im Heulen und Bersten gebärt Tränen
Es waren zwei Königskinder
Doch der Graben war auch da
Die Brücken möchten schlagen
Ich bin da und rufe in den Wind

16

In welcher Richtung bist zu finden
Schick einen Treiber
Der Ast droht mit Bruch
Trunken vom Bild die Wirklichkeit ersinnen
Fünf Sinne die sich trauen
Einer mehr bin ich
Die Summe kinderleicht
Wiegt schwer gegen das Leder um deine Augen
Du hast es auch geträumt
Es geträumt
Auch träumend
Der Tage und Monate und Jahre trotzend

Frau Ko geht seit wenigen Jahren zur Kosmetikerin. Frau darf sich auch mal leisten. Und seit die Kosmetikerin in ihrer Wohnung arbeitet, ist eine Freundschaft entstanden. Die beiden Frauen singen im Chor. Immer montagabends. Und am Dienstag trinken sie Kaffee miteinander. Vielleicht übernimmt sie die Katze der Freundin-Kosmetikerin. Sie trinken Kaffee und machen die Augen. Und üben die Lieder. Üben ist wichtig. Der Chorleiter kommt aus dem Norden. Er ist sehr streng. Manchmal müssen SängerInnen den Chor verlassen. *Ich bin die Anstrengung*

Nicht sich mit Vordergründig-Augenscheinlichem zufrieden geben, sondern mit dem Ergründen des von Zeit und Örtlichkeit unabhängigen, gleichbleibenden Wesen der Sache. Die Vernunft ist auf menschliche Problemstellungen anzuwenden.
Erkenntnisgewinn wird durch einen ergebnisoffenen Dialog erreicht. Richtiges Handeln folgt aus der richtigen Einsicht, Gerechtigkeit ist Grundbedingung für einen guten Zustand der Seele. Unrecht tun ist schlimmer als Unrecht erleiden. Fragen

17

gegen die Illusion. Wie tauglich sind die Glaubenssätze, die eigenen Definitionsvorschläge, die Behauptungen und Konzepte? Eine Sache ist nur dann tauglich, wenn man sie nicht zweckentfremdet, sondern sie ihrem Wesen nach richtig nutzt. So doziert der anschwellende Lärm

Nicht mehr die Brandwunde beobachten, sich fühlen wie sie. Sie brennt nur im Wasser. Oder an den Heizstäben. In der Pfütze am Boden zwischen der Maschine und dem Ofen spiegelt sich der lächelnde Adam. Komm, wir wagen es. Das Spiegelbild vertreten und in dicken Wellen auflösen. Das ist das Mindeste. Wir tun es nicht. Den Kopf heben, Du, musst Dich zwingen. Der unverschämten Blick durch die Kacheln in die Weite überrascht. Es ist etwas versteckt, das sich schwer offenbart. Farben, Formen, Töne, Geräusche, Bewegung, Haut und Sterne. Fragen verwehen, das Sein ist ohne Werden, der Fels felst, das Kind kindet, der Apfelbaum apfelbaumt, Der Topf topft, der Kuchen kucht, der Rock rockt. Der Kopf kopft. Kopfbasteleien mit Krücken. Ein lustiges Spiel. Ganz leicht. Vielleicht. Adam weiss das auch. Vielleicht. Ist das der Hebel? Der Plan: Spiegelbilder in Pfützen zertreten, bis ein Bild entsteht das passt.

Die Wahrheit summen, pfeifen und tanzen, den Tellern und Gläsern und Töpfen und Pfannen zuflüstern, bis sie sie weitertragen auf die gedeckten Tische, auf die Zungen und in die Mägen. So dass beim Verdauen die Augen aufgehen. Das wäre doch was. Die kleine Welt, das Hinterzimmer des Casseroliers als Übungsfeld. Also arbeiten die Hände mit der Maschine und der Kopf flüstert und beschwört. Mehr Niederlagen als Siege. Sicher. Das persönliche Schwächeln nervt. Eine Vorstellung kreieren.

Madam

Der Sommer gähnt den Fluss ab

Träg den Kopf über dem Sumpf

Planete werden geboren wie Rattenkinder

Das Wasser wärmt zum Weilen

Die Stimme still im Äther und im Wind

Die Gedichte schauerlich

Ein Kaffee mit Dir

Ein flüchtig Lachen

Deine Haare forsch in den Nacken geworfen

Der Sommer ist schon weit

Der andere Sommer steht vor der Tür

Todsicher

Es ist immer schwer, wenn die Stimme nicht mehr trägt. Der Chorleiter sieht und hört, dass alle Mitglieder fleissig üben. Seine Vorgabe: acht Stunden die Woche. Trotzdem, manchmal gibt es keine Rettung. Das Kollektiv zählt. Das sehen die Austretenden auch ein. Sie gehen meist freiwillig, selten muss nachgeholfen werden, und ja, es gibt auch Tränen. Und Drohungen. Das gilt es auszuhalten. Es geht um den Klangkörper. Er formt in gerne. Manchmal reicht ein Blick, ein Fingerzeig, ein Hochziehen der Augenbraue. Wenn jemand gehen muss, können sich die SängerInnen ja noch privat treffen. Das müssen sie schon selbst organisieren. Der Chorleiter ist nicht Privatperson. Natürlich gibt es auch Lieblinge. Zum Beispiel Ich. *Ich bin das Abgehobene (das Factotum der schönen Welt)*

Niemand tut freiwillig unrecht, gegen die eigene bessere Erkenntnis kann niemand handeln. Es gibt keine Willensschwäche. Die menschlichen Verhältnisse sind insgesamt unbeständig. Also

sei im Glück nicht zu fröhlich und im Unglück nicht zu traurig. Alles steht zwischen Nicht-mehr und Noch-nicht, nichts hat sich bereits zu einer fraglosen, in sich beruhigten Gestalt ausgebildet. Der Blick richtet sich nicht auf die Suche nach Ursachen, sondern auf das Verstehen. Einsicht gibt es nur im Dialog. Einsicht kommt nicht aus Erziehung oder Tradition, sondern entwickelt sich aus seinem eigenen Bewusstsein hin zum eigenen Gesetz. Verwirrtsein, Schwanken, Staunen, die Unmöglichkeit die richtige Entscheidung zu treffen, Abbruch des Gesprächs gehören auf diesem Weg dazu. Konventionelles Scheinwissen wird überwunden, erreicht werden aber immer nur vorläufig haltbaren Einsichten, die sich bald als revisionsbedürftig erweisen. Es gibt kein allgemeingültiges und unfehlbares Wissen, das unverrückbare und unanfechtbare Normen für das Handeln bereitstellt. Es sind immer nur Annäherungen, die aber reichen für das Lebensglück in innerer Unabhängigkeit: Übereinstimmung von Erkenntnis, Wort und Tat mit bedingungsloser Konsequenz und Affektbeherrschung bewirkt ein moralisches Handeln, das weit höher ist als Sitte und Vaterland.
Das Fett in der Pfütze mit dem Bildnissen mehrerer Adams

Das Ausweichen in Argumente. Wieder das Zurechtbiegen bis zum Erträglichen, die Ausreden. Sehend werden, durch die Dämpfe und die hochgezogenen Röcke, über die angebrannten Töpfe durch die fettigen Kacheln hindurch. Das wäre was. Manchmal gelingt es für kurze Momente. Dann verschwindet das Ich. Zieht sich in das Innere der Maschine zurück. Du aber bleibst. Als Schatten. Adam ist sicher Kochweltmeister, mindestens. Sein Brüllen ist die Melodie zum Bass und zum Alt der Maschine. Die Töpfe schlagen aneinander zum dumpfen Takt. Einmal werden Pfannendeckel aneinander geschlagen. Finger werden weiter verbrannt. Macht der Schmerz für die Erfahrung der Wahrheit empfindlich oder unempfindlich? Wann gehen die Augen auf, weil endlich begriffen wird, was wir doch nicht sehen können. Bei diesen Gedanken verdoppelt sich Adam. Die Adams erhöhen die Kadenz der Maschine, die Temperatur des Ofens, die Lautstärke des Brüllens. Die Maschine schreit zurück.

Dami
Die Vernunft wird mit dieser rauen Macht
den Kampf nicht versuchen
Und der mutige Willen und das lebendige Gefühl wohl auch nicht
Die Wahrheit muss zur Kraft werden
Sie muss die Herzen erschliessen
Die Kenntnisse sind gefunden und öffentlich preisgegeben
Woran liegt es, dass ihr noch immer Barbaren seid
Dass die Adams einkesseln und aushungern lassen
Hör gut zu: Es ist die Feigheit des Herzens

Ich hat eine tolle Stimme. Vielseitig einsetzbar. Auch als Sprechstimme. Er spielt auch Theater. Mit Erfolg. Man kennt ihn der ganzen Region. Auch Herr Du kennt ihn. Gerne würde er zu einem Auftritt von Ich. Vielleicht mit der Mutter. Aber sie will nicht. So lernt sie Ich nur durch des Sohnes Erzählungen und Schwärmereien kennen, anlässlich der seltenen Telefonate. Das genügt ihr. Sie hat anderes zu tun. Die Ordnung herstellen. Aber so lernt Ich auch Frau Du nicht kennen. Vielleicht doch. Später. Ich arbeitet in einer sozialen Einrichtung. Teilzeit. So hat er genug Zeit für die schönen Künste. Für die Anweisungen des Chorleiters und der RegisseurInnen. Und für seinen Freund in der weit entfernten Stadt. Das ist gut so, denn manches wird hier noch immer nicht gerne gesehen. Hier braucht es verschiedene Gesichter. Permanentes Rollenspiel. *Ich bin das Vielgesichtige*

Im Gegensatz zur traditionellen, unbefangenen Sittlichkeit ist Handeln mit Reflexion, Unterscheidung und Auseinandersetzung verbunden. Scherz, Ernst und Zweideutigkeit, Bluff, Selbstsicherheit und Bescheidenheit können BegleiterIn sein. Das Subjekt begreift sich als existierendes Individuum und erkennt, dass die Wahrheit nicht in abstrakten Aussagen liegt, die unabhängig von einem bewussten Subjekt bestehen. Die Welt eröffnet sich jedem Menschen verschieden, je nach seiner Stellung in ihr. Die Gemeinsamkeit, die Objektivität ergibt sich gerade daraus, dass sich ein und dieselbe Welt jedem anders eröffnet. Wir wissen nie, wie einem Anderen die Dinge erscheinen. Also gibt es nur einen Austausch auf der Grundlage strikter Egalität, dessen Früchte nicht danach beurteilt werden, ob es zu einem Ergebnis dieser oder jener Wahrheit gekommen ist. Gleichwertige PartnerInnen in einer gemeinsamen Welt. Also die Wahrheit begreifen, die in der Meinung des anderen liegt. So ist keine Herrschaft notwendig ist. Niemandem ist gestattet sich zu verschliessen. Es gibt nur Selbstüberzeugung, keine Bekenntnisse. Das Sprechen ist mit einem Risiko verbunden und geschieht im eigenen Namen, im Gegensatz zum Propheten, der im Namen eines anderen auftritt, oder zum Weisen, der sich zurückhält und schweigt oder in Rätseln spricht, und zum Lehrenden, der empfangenes Wissen ohne Risiko weitergibt. Die ständige Beschäftigung besteht darin, die Menschen zu lehren, sich um sich selbst zu sorgen, sorgen verstanden als die sorgfältige Erinnerung an sich selbst.* Die sich Luft verschaffende die Torx

Madam
Auftauchend. Auftauend
Nach Atem ringend
Luft holen und dann ruhiger werdend

In den Wind hören
Brücken schlagen
Neue Welten entdecken
Altbekanntes besuchen
Gemeinsam in den Wind hören
Dem Wispern Worte geben
Du kannst mich nie und nimmer verletzen
Also öffne die Tür

Das Ich ist mit dem Alltag zu beschäftigt und ein- und abgespannt, als dass es sich zu einem harten Kampf gegen den Irrtum aufraffen kann. Das Ich verliert sich in den Formeln, die für es bereitgestellt sind. Empfindungen sind für die anderen. Die Hände ohne Werkzeuge. Also müssen neue erfunden werden. Meister gib uns Arbeit. Was für eine? Eine Schöne und eine Feine. Ein neuer Plan muss her. Andere beobachten, um das Du zu erfinden, so dass das Ich nicht immer wieder entwischt, im Nebel, in der Maschine, zwischen den Töpfen, in den Brandblasen.

Bin ein Städter, ganz klar. Mein Freund lebt in den Bergen. Dort könnt ich nicht leben. Hier in der Stadt kannst Du sein, wie Du sein willst. Die Bergler sind nur vordergründig tolerant. Da ist die Religion eingraviert. In der Stadt ist Anderssein erwünscht. Und Verletzlichkeit in Gefühlsdingen wird kultiviert. Sehnsüchte und Wünsche sind uneingeschränkt zu verfolgen, ohne Angst vor Enttäuschung oder Kränkung, das Risiko lustvoll einzugehen und im Gegenzug dazu die Chance auf Erfüllung im Leben zu erhalten. Verletzlichkeit bringt Ehrlichkeit, Hingabe, feine Haut, bunte Farben, Verrücktheiten, Ausschweifungen, Sensationen, aber auch Enttäuschungen, Tränen, Verlust mit sich. Das ist städtisches Leben. Kino, Theater, Oper um die Ecke. Und Bars und

Restaurants. So pendeln wir. Pendelbeziehung. Immer ein Fest. Und keine Diskussionen über den Kühlschrank und andere Alltäglichkeiten. Und in der Stadt kann ich mich verwirklichen, gerade auch im Gelderwerb. In der Gastronomie. Keine Sparte für Alltägliche. Für Schwächlinge. Lange Nächte. Viele Gesichter. StammkundInnen, Geschichten, Schicksale, Lügen, Intrigen. Ich mag das Anderssein, das Verrückte, das Schrille, das Laute und den Bergler. Viel Kultur und im Bett Natur. *Ich bin die Verschiedenheit*

Der Weg zur Schönheit führt über den Eros. Der Weg zum Unvergänglichen ist in der Idee der Schönheit und in der Idee der Gerechtigkeit. Eros hilft die Ewigkeit zu berühren. Er schafft Ideen jenseits der Wirklichkeit, die an eine Sinneswelt geknüpft ist. Es gibt zum Beispiel eine Idee Mensch, eine Idee Pferd oder eine Idee Baum. Die Ideen sind nicht geworden und trotzdem unvergänglich, absolut. Die höchste Idee und letztes Prinzip ist die Idee des Guten. Eros ist für das Streben nach dem Guten die treibende Kraft. Er erwacht beim Anblick des Schönen und strebt vom Sterblichen zum Unsterblichen, vom Sinnlichen zum Geistigen und vom Besonderen zum Allgemeinen. Die Ideen stellen die seiende Welt dar. Sie sind nicht wahrnehmbar mit unseren Sinnen, aber erkennbar durch unsere Vernunft. Durch das Mitwirken der vernunftlosen Materie können die Abbilder der Ideen jedoch nie so vollkommen sein wie die Ideen selbst. Die feste Überzeugung des festhaltenden die Torx

Wo können wir uns begegnen? Wo sind die Orte, wo die Bedrängten um ihre edlen Rechte ringen, wo mit der guten Sache ungewöhnliche Kräfte sich paaren und die neuen und bescheidenen Werkzeuge über die furchtbaren Künste der Adams in ungleichem Wettkampf siegen?

Dami

Im Wind der Provence

Dort werden Lippen gesprungen

Fremden Worten gelauscht

Mistral gelesen und Vokabeln wiederholt

Essen wie Gott

Brechreiz und Trägheit der Glieder

Die Weltsicht treibt graue Blüten

Das Helle und das Dunkle gelogen

Nicht mal die Einbildung beruhigt

Kämpfe und nehme meine Worte wie Honig

Dein Kamm steht und es wird hell

So erzähl ich vor mich hin und von Dir weg

Abwesend an andere denken

Sie in Worten auslassend

So einer bist Du

Der Topf fällt zu Boden, Adams und meine Ohren hören es deutlich. Schimpf und Schand und Beule. Pass doch auf, fremdes Eigentum verlangt besondere Vorsicht. Am Ende des Monats wird abgerechnet. Vergiss das nie. Das jüngste Gericht, zwölf Mal im Jahr. Nicht das Wollen und Wünschen und Träumen, nicht die Werte sind wichtig: Das Verhalten zählt. Tue es jetzt! Verzeihe, insistiere, erwache. Kein Ort für Feiglinge. Nicht bewerten und immer wieder gleich loslassen. Mit allen und allem verbunden: Mit den Feinden, den Adams und mit dem Hilfs-Gott! Erfahrung ist von beschränktem Nutzen. Die Lebenswelten sind anders, innen und aussen. Was ist gut, für die Welt, die NachbarInnen, die Eltern und Kinder? Verletzlich sein ohne Angst, das wäre gut. Diesmal zischt der kleine Finger der andern Hand. Der Nagel wird fallen.

Herr Du will lieben lernen. Seine Mutter, die sich nicht vor die Türe traut, liebt er nicht. Sie bindet den Bub eng an sich. Herr Du findet sich lebensunfähig. Er möchte das ändern. Er wünscht sich Kontakte zu Gleichaltrigen.

Herr Du verlässt für Stunden den Ficus benjamina und geht auch heute nicht zu seiner Mutter. Er nimmt sich vor, am Sonntagabend nach dem Krimi nicht mehr zu telefonieren. Es gelingt ihm für Minuten nicht an sie zu denken. Doch der Ficus ruft ihn. Und zieht ihn ins lieblose Heim. Dort sitzt er am Küchentisch zusammen mit dem Wein. Er denkt an Ich. Soll er ihm schreiben? Herr Du hat die Koordinaten schnell gefunden. Schon vor Monaten. Der Ficus ruft aus der Stube ein säuselndes Ja. Herr Du lässt noch einmal Monate verstreichen. Er schreibt dann einen Brief. Und erklärt sich. Den Brief trägt er immer mit sich, in der linken Westentasche. *Ich bin der Stillstand*

Ein Fettpartikel, der sich der Reinigung in der Maschine verweigerte, indem er intensiv an Adam dachte, um sich mit ihm identifizierend wirklich entfalten zu können: *Die Wirklichkeit und die Welt wird nach Zweck und Ziel aufgeschlüsselt. Der Sinn ist Erkenntnis und nicht Handeln. Die Einsicht führt zum rechten Mass. Das Denken wird untersucht nach Inhalt und Form. Begriffe werden definiert und unterteilt in Gattungen und Arten und werden so zu Urteilen. Jeweils zwei Prämissen führen zu einer Konklusion: Alle Vögel legen Eier. Der Storch ist ein Vogel. Der Storch legt also Eier. Es gibt zehn Kategorien von Wörtern: Substanz, Quantität, Qualität, Relation, Ort, Zeit, Lage, Zustand, Wirken, Leiden. Aus einer Aneinanderreihung von Schlüssen ergeben sich Beweise. Entweder werden besonderen Einzeldinge aus dem Allgemeinen abgeleitet, das Bestehende wird aus Ursachen abgeleitet, oder Erkenntnisse werden gewonnen aus der Verbindung von Vorwissen* und sinnlicher Erfahrung. *Das allgemeinste Prinzip aber ist nicht beweisbar. Es ist unmöglich, dass einem dasselbe zugleich zukomme und nicht zukomme. Die Synthese des Werdens: Aus dem Stoff formt sich die Form, in der Materie sind die Möglichkeiten angelegt. Aktualität entsteht durch die Form, diese hat das Ziel von der möglichen zur wirklichen Entfaltung zu gelangen.*

Ist das der Weg zum irren Mut für klare Positionen? Nun liegen laute Worte und eine tiefe Stille in der Abwaschküche. Lärm und Stille gleichzeitig. Sie wird zur Kathedrale. Ermessliche Geduld für diesen Ort! Und sein kulturelles und soziales Kapital. Möge er ein Freiraum bleiben. In seiner reinigenden Physis und seiner ungezähmten Gedankenkraft. Für feurigen Disput zwischen Unvereinbarem und wärmenden Schutz, entschiedenem Widerspruch und zarter Verschmelzung. Für den runden Tanz, der alle einschliesst, zum unbegreiflichen Gesang der Spülmaschine.

Dami
Seltene Worte
Eine Spur des Willens zur Freiheit
Dem Schnee ohne Sturm übergeben
Der Himmel blau, der Blick postkartig
Melancholische Sehnen
Zutiefst müde den Bach umarmen
Eitelkeiten und Lügen
Das Unterscheiden fällt schwer
Nicht Wissen wie sich Trauer schreibt
Wie sich Liebe fasst
Zuweilen ein Stern am Firmament
Im Schnee zermalmt
Die Titel der guten Bücher

Der Streik der Maschinentechniker
Sie kennen die Worte
Dem Duft der Gschwelten folgen
In ihm lesen und ihn reden lassen
Seifenblasen zerplatzen zu seltenen Worten
Eine Spur des Willens zur Freiheit

Herr Du geht ins Restaurant. Er bestellt einen Café crème. Durch das Fenster sieht er Ich. Soll er sich erheben und raus stürmen? Das ist nicht seine Art. Er sieht, wie Ich eine Person mit tief dunklen Augen begrüsst. Herr Du sieht auf einmal sehr scharf. Er sieht sich umschlingende Arme und Küsse. Herr Du ist verwirrt. Der Kaffeelöffel fällt. Es ist Dienstag. Frau Ko und die Balkondame sitzen auch dort. Sie sehen, dass bei einem Erstarrten die Serviette fällt und dann auch noch ein Löffel. Sie schauen sich an, erheben sich gleichzeitig, gehen zum Erstarrten und sprechen ihn sanft an. Er antwortet nicht. Sie heben Serviette und Kaffeelöffel auf, heben auch ihre Schultern und gehen wieder zurück an ihre Plätze. *Ich bin das Unerfüllte*

Der Lärm in Form des enigmatischen Gesanges: *Ein Gegenstand bestimmt sich nach der Form (ein Haus nach einem Plan), nach Zweck (Das Dach schützt vor Regen), nach der Wirkursache (Arbeit des Handwerkers) und nach einer Stoffursache. Das Höchste ist die reine Form. Der Weg dazu führt über die Seele, die pflanzliche steuert die Ernährung und die Fortpflanzung, die sinnliche die Empfindungen und die Bewegungen, die vernünftige das Geistige, das die Denkgegenstände der Form aufnimmt und die Aktivitäten regelt. Die Seele ist nicht an den Leib gebunden und damit unsterblich. Wie der sittlich beste Mensch der Glückseligste ist, so ist jeder Ort nur dann glückselig, wenn er bestens funktioniert. Die*

Gemeinschaft muss sich dabei nach dem sittlichen Ziel, der wahren Glückseligkeit richten.

Roschbasch, bonjour, guten Tag, dem Wenigen was bleibt. Was eigentlich ist gut am guten Tag? Der gnädige Wunsch? Der nie erfüllt wird. Sind die sich rasch vermehrenden Adams im gut auch mitgemeint? Ist niemandem und nichts weder wünschen noch bestätigen noch bedanken die Alternative, die weder gut noch schlecht ist, die im Hals kratzt und eine neue Ordnung schafft? Den Morgen und den Gruss verweigern? Die Tageszeiten und die Grussformeln vertauschen.

Madam
Die Zeit rennt meist im Nebel
Zuweilen Aufhellungen und gar Lachen
Nie aus der vollen Brust
Auch leere Gefässe tönen
Listig sind die streikenden Techniker
Lustig die Schauspieler
Zwischen ach jetzt kann ich zeigen
Was in mir künstelt und
Ich bin nicht ins rechte Licht gerückt
Lästig die Adamregisseure
Die vergessen haben
Dass Schauspieler schauspielern,
Luftig die gut gekleideten Gäste
Die betrogenen werden wollen
Am Tisch, im Amt und im Bett
So erzähle nicht von Dir und doch alles
Du bist ein grauer Vogel
Bedroht von Hysterie

Scheue nicht die harten Schläge
Liebe unberührt
Bleib in meiner Nähe
Ich habe Tangentenstaub zum Einatmen
Du Geburtstagskind ohne Adjektive

Die Torx schreibt seinen aktuellen Stand des Wissen auf die Geburtstagskarte: *Die sittliche Haltung wird durch Übung, Gewohnheit und Lernen erworben. Ob etwas gut ist, misst sich daran, ob es dem Allgemeinwohl dient. Ursachen und Gründe für möglichen Entartungen sind Masslosigkeit, Furcht und Verachtung. Jedes Wesen strebt seine Vollendung an. Es gibt Tugenden, die fest angelegt sind und solche, die in der reinen Ausübung der Vernunft selbst liegen, diese suchen die richtigen Mittel und Wege zum Guten, das zum Glück führt, die Goldene Mitte zwischen zu wenig und zu viel. Echte Freundschaften gibt es nur in guten Orten, niemals in einer tyrannischen Diktatur. Die Glückseligkeit und das Gute aber ist von den äusseren Umständen unabhängig.*

Eine Regel dieses Ortes ist Balance halten. Ich bin in den Lehrjahren der Denkanstalt Abwaschküche mit unsichtbarer Assistenz und wage eine Gegenregel: Wenn etwas im Gleichgewicht ist, wird es unproduktiv. Die Teller aber, ob schmutzig oder sauber, sind hoch zu schichten. Nicht die Spannungen und Fragen, sondern das innere Gleichgewicht, kaum einmal erspürt und erahnt, wird vom Leben und den Umständen zerstört, was wiederum das Leben zu Leben erweckt. Ob das so stimmt? Die Teller würden zersplittern. Das tun sie alle irgend einmal. Mindesten zehn pro Tag, im Normalbetrieb. Ein Trost für die Schwächen oder ein Jenseits von allem. Ein Axiom oder ein Blödsinn. Eben ein Ungleichgewicht.

Ich will es wissen und lege das Ich auf den Korb und hinein in die Maschine. Klappe zu. Hinter der Maschine ist eine andere. Durch die eine in die andere. Da hantiert das Du. In der Schürze. Schwitzend. Sich mehr und mehr den Kleidern entledigend. Und die Köche und die Unterköche kommen desto fleissiger. Und klatschen auf die Schenkel. Und das Du schlägt mit den Pfannen zurück mit hellem Lachen. Das ist das Du. Das Du provoziert. Nicht mit Rock und Haut. Aber mit der Maschine. Schafft es das Ich durch seine Maschine und ihre Maschine zum Du zu gelangen? Wie gelingt Kooperation, wenn nicht durch das Tun. Sprechen und rufen geht im Lärm unter. Im Schreien und Lachen. Das Du hat eine Strategie. Überlebt mit Reiz und Fröhlichkeit. Auf der andern Seite: Kein Plan. Liefern. Schnell. Weghören. Geschichten erfinden. Nicht Dasein.

Im Inneren der Maschinen Düsen und Drüsen, Wasser und Salz, Kleindenken und Grossdenken: Die Menschheit ändert sich. Nach dem Adam 1 kommt Adam 2 und 3 usw. Irgendetwas verschiebt sich im Verhältnis von innen und aussen. Eine Grenze verschwindet: Privates wird öffentlich, Innerlichkeit wird extravertiert. Der Inhalt eines einst als Psyche, als Privates, als Intimität bezeichneten Gebietes geht in die soziale Umgebung über. Aus der veräusserlichten Innerlichkeit entsteht eine von Netzwerken durchzogene Öffentlichkeit, die aussieht, als werde sie getragen von Freundschaften. Sie besteht aus veröffentlichtem Privatem, sie ist das allgemeine Alleinsein. Meine Einsamkeit ist die neue Normalität., die Erkenntnis auf dem Weg zum Du, vom Du zum Ich.

In einer kleinen Stadt, lebt ein kleiner Junge, der sich gerne in andere Welten denkt und von Abenteuern und grossen

Entdeckungen träumt. Geschichten erfindet. Unmöglich, Illusionen, Wunschdenken, Hirngespinste, Lügen, sagen die Menschen. Niemand glaubt ihm. So erfindet er ein Lamm und gibt ihm den Namen Lea. Ihm kann er alles erzählen. Und schaut er in seine Augen, streicht über sein Fell, dann purzeln die Geschichten nur so aus ihm heraus. Das bewundernde Lealamm wird zur Koketten und triebt das Geschichtenerzählen vorwärts, weiter und höher zu den überraschendsten Wendungen, in unwahrscheinliche Welten. Eigentlich erzählt sie nun die Geschichten. *Ich bin die Sehnsucht*

Es ist zuweilen von Vorteil sich früh zu verabschieden
Von Frau Du
Ihrem Sohn mit dem Ficus
Den beiden Frauen im Restaurant
Dem Chorleiter
Ich und seinem Freund mit den dunklen Augen
Vom kleinen Jungen mit dem Lealamm
Sie alle kennen einen Adam
Bevor sie abtreten hinterlassen sie uns die Ordnung, das Verborgene, die Gleichmut, die Berechenbarkeit, das Zögern, die Anstrengung, das Abgehobene, das Vielgesichtige, die Verschiedenheit, den Stillstand, das Unerfüllte, die Sehnsucht.
Herzlichen Dank.
Sie erscheinen hier nicht mehr. Ihr Nachlass wirkt weiter, zieht Spuren und Narben, lesbar und unsichtbar, obwohl die Figuren Geschichte sind.
Das Lealamm tritt nicht ab. Es lässt sich nicht mit Dank verabschieden.
Einfach nicht.
Zieht die Mundwinkel nach unten und bleibt steif stehen.

Nu gut. Vielleicht kann es etwas beitragen, später, wenn es grösser ist. Hoffentlich zum Guten. Mit soviel Talent.

Und natürlich bleibt auch Adam, in Ein- und Mehrzahl.

Adam ist ein Phantom.

Er regiert im Hintergrund und ist realer als alles.

Und auch ein anderer bleibt: Ich

Die Abtretenden hinterlassen bitte Ihre Koordinaten, so dass das Büro die Dossiers schliessen kann, sie sind entlassen, mit Dank und guten Wünschen für das weitere Leben. Viel Glück.

Lebensglück entsteht durch Bedürfnisregulation und Lustmaximierung. Die radikale Diesseitigkeit aller Strebungen ist begründet in der Auffassung, dass die menschliche Seele mit dem Tod zur Auflösung kommt. Also wird versucht, bei Lebzeiten zu vollendeter Seelenruhe zu gelangen. Sich der Gesundheit und dem Seelenheil widmen, heisst nicht schauen was fehlt, sondern was ist. Freude und Schmerz brauchen einander.

Abwägen und Unterscheiden, denn das Gute kann leicht zum Übel werden. Die Selbstgenügsamkeit ist ein grosses Gut.

Das Natürliche ist befriedigender als das Sinnlose. Ein freudvolles Leben verlangt klares Denken, dem Verlangen auf den Grund gehen und den Wahn vertreiben und so keine Unruhe, die meist zu Schmerzen führt, zulassen.

Von allem, was die Weisheit für die Glückseligkeit des ganzen Lebens bereitstellt, ist der Gewinn der Freundschaft das bei weitem Wichtigste. Die Torx bleibt dran

Dami

Du sehntest Dich in mich

Du wolltest zum Du

Die erste Erinnerung, das starke Geäst
Brachte Trost in Deinen inneren Sturm
Weder Kind noch Ödön wurden erschlagen
Die Eichen mussten weichen
Einer unbekannten Ordnung folgend
Wo ist der Schuldige, der an deine Äste gehört
Wo der Luftkampf der Guggereltern mit der Elsternarmee
Hörnchen waren selten
Das herbstliches Loslassen (verstopfte die Rinnen)
Wer nimmt jetzt das Wasser auf
Sonst ist alles in Ordnung, sagst Du
Was für ein Glück, welche Ausnahme
Ich wünsche Dir, dass die anhaltende Ordnung
Niemanden erschlägt und Luft und Licht schafft
Und Deinen Schlaf nicht stört
Erinnere Dich an den Maulwurf und den Frühling
Wir wissen, beide kommen, unaufhaltsam
Und ganz zart enthülle ich das Geheimnis
Den Rock trägst Du, es sind Deine Schenkel
Und alles Porzellan und alles Eisen nur in Deinen Händen
Trage Sorge oder lass es fallen, es liegt an Dir
Keine Ordnung garantiert Unbeschadetheit

Die Schuhe rutschen und die Teller zerspringen in den
Adampfützen. Beinahe. Käme es zum Fall, welch ein Lärm zöge
über die Kuchenkasinoruhe, ein Adamchor wie ein Gewittersturm
brauste auf. Ich höre ihn, die Ohren und die Backe schmerzen. Aber
nichts ist passiert. Sturz verhindert, Teller unversehrt. Alleine.
Stille. Adam ist nicht da. Adam schweigt. Einsamkeit mit den
Tellern. Wie nach einem Rausch, nach einem Anfall. Müde und
erschöpft. Adam, wo bist Du? Irgend etwas hängt irgendwo heraus,

irgend etwas anders als ein Teller ist zerschellt als gäbe es nie mehr etwas Neues. Nach Tagen ohne Adam, ohne alle Adams, erzähle ich meinem Spiegelbild im frisch polierten Boden der Sauteuse KG 5100 eine sehr erträgliche Variante meiner Geschichte:

Ich erlebte das Schaffen bisher nie als Scheitern. Mein Wunsch als das Wesen, das ich bin, weder brav noch rebellisch, also ohne mir zugewiesenen Attribute zu sein und zu arbeiten, konnten sich hier erfüllen. Gefragt war keine Positionierung, hier ist man selbstverständliches Mitglied einer Parallel- oder Randgruppenkultur. Vielleicht ist ja die Küchen- und Abwaschlandschaft ein zu exakter Spiegel der Verhältnisse der Gesellschaft, ausschliessend, unterteilend, und gleichzeitig die patente Integrationsmaschine. Ich bin kein Kind irgend einer Gruppierung.
Das frühste Bild, das mir in den Sinn kommt, ist wie ich als Vier- oder Fünfjährige mit einer defekten Kamera um den Hals, die ich irgendwo gefunden hatte, herumging und die Menschen um mich bei ihren Tätigkeiten mit einem selbstgesprochenem Klick abzubilden versuchte. Ein Versuch, die Dinge und Geschehnisse um mich herum aus einer eigenen Perspektive darzustellen. Indem ich Anweisugen gab manipulierte ich das Geschehen in meinem Sinne. Die Notwendigkeit dieses zu tun, kam ganz aus mir selbst, wollte die Welt auf diese Weise entdecken und abbilden. Ich war Ich, ohne von meiner Umgebung oder von mir selbst hinterfragt zu werden. Es ging einzig um den Prozess des Machens. Meine Verbindung zur Heimat, zu Freunden und Familie reduzierte sich nach und nach, die wahre Heimat ist die Dampf- und Kachelwelt, in den Abwaschküchen der Welt kann ich die erlernte Mixtur zwischen Traum und Realtität, zwischen Denken und Tun anwenden und verfeinern, hier sind die Figuren ohne Vielfalt und in dieser Einfalt

wird niemand auf irgend etwas beschränkt. Das Grundmuster ist einfach: Anpassen, Verzichten, Pragmatismus, der nicht wehtut. Und das schafft Raum, für Bilder und Geschichten, Fragen und das Verbinden von Unverbundenem und Unsichtbarem. Ein Abenteuer. Wenn ich in einem Land war, dessen Sprache ich nicht konnte, fand ich mich selbstverständlich in den Abwaschküchen zurecht, Sprache, Papiere, Ausbildung, Festschreibungen auf einen Hintergrund, Unterteilen in ethische und soziale Klassen, Angst oder Unwillen, Vetternwirtschaft sind hier bedeutungslos (kommen nur in den Flüchen vor). Hier gibt es Gewohnheiten und eine klare Ordnung, so dass sich eine über eine andere erheben darf, aber hier brauche ich weder befreit, noch integriert werden, bin befreit aus den üblichen Beobachtungsschematas. Ich bin Teil meines Narratives und bestimme, welche Geschichten erzählt werden: Meine Art die Welt zu untersuchen und darzustellen, das ist mein Ding, in meinem Raum mit meiner Sprache, ohne KritikerInnen, KollegInnen, ZuschauerInnen. Einfach so. Selbstverständlich. Meine Perspektiven. Ohne Mahnmale, Monumente und Denkmäler. Den historischen Mauern und Gassen entwischt. Wer mauern baut, das bin ich. Nur: Die Spuren dessen, was in der Kindheit gewesen ist, auch wenn die Lebensumstände nun ganz andere sind, wirken weiter, doch ich setze sie selber zusammen: Bin Frau Du und ihr Sohn, bin der Ficus in der Zimmerecke und das Lamm, die Frau auf dem Balkon und Frau Ko. Ebenso Chorleiter und Laienspieler Ich und sein Freund mit den dunklen Augen. Ich kann alles sein. Lasse mich nicht reduzieren. Ich kann alles hören und nichts sehen. Was Du in Deinem Kopf und im Herzen trägst, kann dir keiner nehmen. Was mich ausmacht, meine Identität, ist meine Sammlung von Begegnungen, meine Erfahrungen, nichts Festgefügtes und einmalig Definiertes. Das Dekonstruieren und wieder Zusammensetzen meine Passion. Und das meiste, was mir gegenwärtig ist, passierte in einem gekachelten Raum. So gibt es keinen Grund für Wut und Trauer, auch nicht für Glück oder Wasweissich. Meine Perspektive enttarnt Privilegien und Macht. Es gibt offensichtlich ein Selbstverständnis einer unausgesprochenen Norm, die sich unhinterfragt durchsetzt. Ich höre zu, sehe mentale Landschaften. Und bilde ab. Diejenige, die Steuern zahlt, das ist die arbeitende Bevölkerung. Es gibt Privilegien und Ausgeschlossene. Ich habe mich eingeschlossen und räume den Dreck weg. Bin jenseits von ausgeschlossen. Bin Avantgarde. Der Liebling der Götter. Lasse mich nur von ihnen vereinnahmen. In meiner Familie gab es Bauern, Viehhändler, Kutscher, Verdingkinder und Säufer. Alle mit tadellosem Charakter und warmen Herzen. Nun bin ich mein Personal, mein Programm, mein Publikum. Suche und finde gleichzeitig, orientierungslos. Einmal, als Kind bekam ich von meiner Lehrerin ein Xylophon vorgesetzt. Mir war klar, dass dies ein Musikinstrument war und ich darauf spielen sollte. Mir aber gefiel das Glänzen des Metalls, die Weichheit der Schlegel. Mein Instrument braucht kein Lied. Die Lehrerin nahm es mir weg. Später malte ich gelbe Himmel und schwarze Berge. Die Lehrerin verzweifelte und steckte mich in eine Schublade. Ich möblierte diese zu meiner Kachelwelt. Und sprach wüste Dinge. Dann beruhigte ich mich, dankte der Lehrerin und allen Vorderen und erschuf Dami und Madam. Und dann begannen die Maschinen zu stampfen und die Dinge zu sprechen. Wie das Xylophon damals. Habe es zurückerobert. Mir kann nichts weggenommen werden. Und ich begriff, dass nun fast alles möglich ist. Mit oder ohne Adam. Und falls ich hierbleibe bis zu meinem letzten Tag, werde ich eine Kupfersauteuse. Ist doch eine schöne Aussicht.

Die Vermutungen über die Himmelserscheinungen und die angstvollen Gedanken über den Tod, als ob er uns irgendetwas anginge, ferner die mangelnde Kenntnis der Grenzen von Schmerzen und Begierden sind die Übel. Denn alles, was gut, und alles, was schlecht ist, ist Sache der Wahrnehmung. Der Verlust der Wahrnehmung aber ist der Tod. Der Tod ist ein Nichts, alle Empfindungen verschwinden, also ist auch nicht Schreckliches dabei. Daher macht die richtige Erkenntnis, dass der Tod keine Bedeutung für uns hat, die Vergänglichkeit des Lebens zu einer Quelle der Lust, indem sie uns nicht etwa eine unbegrenzte Zeit in Aussicht stellt, sondern das Verlangen nach Unsterblichkeit aufhebt. Solange wir da sind, ist der Tod nicht da, wenn aber der Tod da ist, dann sind wir nicht da. Applaus für die sich steigernde die Torx von der Lärm und das Fett

Das Verschwinden von und das Wiedererinnern an das Du und die Adams ist die zu bearbeitende Konstante. Gerade wenn andere von ihrem Adam erzählen, wurmen die Windungen. Das sind Wunden. Adam ist nicht weg. Er hat nun eben auch alle anderen Geschichten, die mir gehörten, kolonisiert.

Eine wird am Herzen operiert und niemand weiss, ob es hinhaut und ein anderer geht schief wie ein rostiges Schiff, andere gehen essen und eine weitere nimmt ihren Magister entgegen. Einer fährt über Weihnachten in eine grosse Stadt am Meer. In einer anderen Stadt im Osten tauchen neue Verwandte auf. Notizen werden verfasst, Material geformt und windschlüpfig angepasst, entwickelt zur robusten Verständlichkeit in der Schublade vergessen, in der Morgenröte verworfen, auf der Bank liegen gelassen. Adams lesen das sicher nicht.

So muss es sein. Lass mich grüssen und halt mich einen Augenblick ganz fest. Gerade jetzt kann ich es brauchen.

Madam
Ersaufen im Schnee oder ersaufen im Tal der Tränen
Habe genug davon und es ist mein Job: Ersaufen in der Spüle
Ungeliebte Kinder haben die Chance zum Schwan zu werden
Müssen nicht Raupe bleiben
Ja, das kann ich
Für Dich in Rollen mit Federn schlüpfen
Komm her zu mir und ich halte dich
Du warst auch ein Kind
Die alten Jungs sollten Mädchen werden
Nicht zu kindlich verschrumpelten Äpfeln
Ich pfeife auf die jugendlichen Infanten
Die weltmeisterlichen Brüder pressen Rüblisaft
Degustieren Aktenstaub
Ein Blick in die Augen genügt
Die Haut verdorrt
Geh hin und sag meine Grüsse
Das reicht für diesen Tag und diesen Schnee
Du tust es und tust es doch nicht
An den Cliffs of Mohair und auf der Skyroad in Donegall
Hab ich den Staub entfernt
Den Kühlschrank von Schimmelquark befreit
Ja das war ich und das habe ich getan
Und das weisst nur Du
Die wir zusammen sind auf der letzten Schicht

Die Leidenschaften wie Furcht, Begierde, Schmerzen werden zum Schweigen gebracht, eine Unerschütterlichkeit und Selbstgenüg-

39

samkeit wird angestrebt. Leben im Verborgenen, zusammen mit Freunden. Der Mensch verabschiedet sich von Mythen, anerkennt, dass alles aus Atomen ist. Der Tod ist ein Nichts, nur eine Ende der atomaren Prozesse. Die neutrale Beobachtung der Natur verhilft zur Unterscheidung von gut und böse. Schmerz oder Neid lenken ab und führen zu Krankheiten der Seele, führen weg von der Freiheit, dem Sein im eigenen Ursprung. Gleichzeitig ist der inneren Stimme zu folgen und die Menschen zu lieben, sich also für die Gemeinschaft einzusetzen. Tod und Leben, Ehre und Unehre, Unlust und Lust, Reichtum und Armut, dies alles wird Guten und Bösen in gleicher Weise zuteil, trägt aber an und für sich weder zur Erhöhung, noch zur Verminderung ihres sittlichen Wertes etwas bei, ist also weder ein Gut noch ein Übel. Das Fett mit seinem ganzen Gewicht

Kein Hund schleckt die halb geleerten Teller aus, jemandem wird zurückgelassen, weit zurück, nur Schwämme und Eisenschrupper und Seife bleiben, und Geschichtsverdrehungen. Die Kraft lässt nach, die Zweifel aber wachsen im Tagestakt. Einer sagte: Der Vorhang ist gefallen, alle Fragen offen. Es ist Mitternacht. Das letzte Licht aus, es riecht immer nach Küche. Öle und Fette und Seife und Kuchen. Ein anderer brauchte sechs oder sieben Tage. Reichte nicht für alles und alle. Für die Adams hat es gereicht, sind drin in allem. Für die Liebe hätte ein Tag gereicht. Das Du braucht mehr. Ist entfernt, Chrom und Stahl dazwischen. Schmutz und Dampf. Gerade deshalb ist es wichtig, jetzt genau hinzuschauen. Und kritische Fragen zu stellen, statt sie auszublenden, weil das verlorene Ich so viel Ambivalenz nicht aushält. Und es muss Lösungen suchen, damit Menschen in prekären Umständen geschützt und im Schutz nicht ausgeschlossen werden. Wir müssen da durch, mit offen Augen. Wir? Wo doch das Du so fern und das Ich entschwunden.

Öffne den Schlund, entnehme das Saubere und fülle erneut. Das ist das Spiel. Ist doch nicht schwer. Höre Deinen Gedanken gerne zu. Verstehe nichts, doch sie sind wie Musik. Einschlafmusik. Background zu der meinen. Nimm die hellgrünen Körbe. Die leeren liegen obenauf. Links sauber, rechts schmutzig. Und weshalb waschen wir immer wieder die gleichen Teller? Was ist dahinter? Streben nach was? Kampf Religion gegen Politik. Sagen die Zeitungen. Siehst Du, ich kann das auch. Fragen und Sätze bilden, wie:

Wenn niemand Tretminen brauchen würde, würden auch keine hergestellt. So geht das. Es geht um Menschen, Menschen die helfen, verzweifelt, aufopfernd oder sich selbst findend und heilig sprechend, oder lächeln, den Moment geniessen und Porsche fahren, wie die tausendfachen Adams. Haare im Wind. Soll er doch. Es gibt Bäume am Strassenrand. Lange Alleen. Gute Arbeit. Bumm. Happy birthday!

Jeder hat nur einen Geburtstag, ich aber habe mehrere. Jeder führt nur ein Leben, aber ich bin im dritten. Ich wurde in einer Stadt zur Welt gebracht, die gerne und oft von Touristen besucht wird, was die Bewohner glücklich macht. Mir hat sie nie richtig gefallen. Egal. Ich kam im Winter beim letzten Sonnenstrahl vor dem Einnachten auf die Welt. Niemand kam auf die Idee mich Abendrot zu nennen. Mein Name hat keinen Klang. Nichts hatte einen Klang, ausser die Pausenglocke in der Schule. Wir spielten Braut und Bräutigam. Es gab Zwillingsschwestern, die niemand unterscheiden konnte. Ich liebte eine von den beiden, gewiss, aber ich wusste nie welche. Trotzdem, ich liebte, wie später nie mehr. Die Kinder und Jugendlichen werden schnell erwachsen. Stummer Erwachsener im zweiten Leben. Arbeiten und essen, hin und wieder auch Sex, sich eine Kleinigkeit leisten. Entfremdet, unsichtbar, bei Lebzeiten aus dem Staub gemacht. Und neu geboren in der Abwaschküche, in das Reich Adam aufgenommen. Gezeugt und geboren von Adam. Die Erziehung aber übernehme ich selbst.

Der Mensch, der in sich selbst ruht, wird von äusseren Dingen nicht beeinflusst. Was gestern noch weich war, ist morgen schon eine einbalsamierte Leiche oder ein Haufen Asche. Durchlebe demnach diesen Augenblick von Zeit der Natur gemäss, dann scheide heiter, gleich der gereiften Olive! Sie fällt ab, ihre Erzeugerin preisend und voll Dankes gegen den Baum, welcher sie hervorgebracht hat. Nicht der allgemeinen Schar folgen, seine Natur entdecken, ein inneres Ziel setzen und dann den eigenen Weg finden. Lebensglück und Mehrheit schliessen sich aus. Wünsche, Verlangen lenken ab, Erfolg führt zu Neidern und bietet Angriffspunkte. Aber wo ist der Lärm, wir bräuchten ihn doch so dringend. Es ist wieder das Fett, das an den Schuhsohlen versucht, die Kreatur ins Rutschen zu bringen.

Dami
Herausgespickt aus dem Schosse Adams ein Verwirrter
Landet hart am Rand des Sees eines Fürstentums
Hier diskutieren Spinner und Scharlatane und Angsthasen
Er mittendrin im Schweinestall
Auch mal laut und eigensinnig
Geladen vom Intendanten des Grossen Hauses
Sekt und Käse und unbekannte Häppchen
Am Misten und Schwitzen und alle streichen allen das Fell
Jedes Grunzen und Schnäuzen ein Thema
Fressen, Saufen, Schlafen im Kultursilo am Wasser

Was bleibt wird in Krankenkassenprämien, Mieten und Wein verwandelt
Keine Zauberschweine, nur Verwertungsschweine
Kneifen sich in den Speck
Und zeigen einander die Farben der Hautfalten
Die kahlen Köpfe und die spitzen Knie
Bis die Worte der Kontrolle entwischen
Das der Plan nach der letzten Schicht
Freue Dich nicht zu früh
Kein Ende in Sicht

Gilt die Sorge dem geschundenen Knie oder der kaputten Hose, den zersplitterten Tellern oder der Blasen auf der Hand? Routine, Abläufe, ein- geübte Rhetorik. Hilf- und Ratlosigkeit, Worte winden sich und ver-kümmern, trauer, wut, sorge, klein geschrieben und gar nicht zugelassen und einer sät Hass und verhärtet Fronten in Grossbuchstaben. Mit der erfahrenen Schwäche entgegen halten. Den sozialen Wandel, menschliche Beziehungen, die Ermächtigung und Befreiung von Menschen fördern mit gutem Willen? Menschen und ihre sozialen Umfelder wirken aufeinander ein, Menschen machen Maschinen, Maschinen machen Menschen. Die Maschine gibt den Takt vor, Maschinenrecht und Menschenrecht, Gehrecht und Gerechtigkeit. Auf den weissen Tischtüchern der Sterneküchen macht sich eine Stimmung von Abgrenzung und Sichschützen breit. Sollte sich die Glückskuchenseeligkeit in den Kacheln unserer Abwaschküchen abbilden, sind wir stark genug um die Stimmen zu erheben? Genug laut, dass die Gäste sie hören? Erreichten sie das, was noch lebt in den Gästen und Adams? Schöne Verrücktheit, was nimmst Du dir heraus. Der Abgang ist auf dieser Bühne vor dem Auftritt. Die Teller sind gewaschen, die Töpfe blitzen im Neon. Ist die Maschine das Du, das das Ich erscheinen lässt? Drüben die

Haut, die auch die meine sein soll. Und vor mir erzählt die Maschine, die Wandlerin von Zuständen, geht auch von Frau zu Fuchs? Wie sie immer wieder mit Gedanken überwältigt. Wie ihr so vieles bekannt ist, aus einer andern Zeit.

Einmal als Kind, folgte ich Adam auf einen Steg, hinaus in den grauen, stillen See. Draussen war ein anderer Mann, gekleidet mit einem dunklen Mantel. Keine Worte verflüchtigen sich im Nebel. Sie stehen und bewegen sich nicht. Schauen sich nur an. Ein Duell in Gleichmut und Berechenbarkeit. Schwarze Vögel fliegen um sie, krächzen spottend und verschwinden. Beide Männer ziehen gleichzeitig den Hut. Adam nimmt mich an der Hand und wir verlassen den Steg. Als ich zurückschaue, ist der andere Mann verschwunden. Wer war das? Adams Adam. Seither weiss ich, alle haben einen Adam. Und alles kommt durch Adam, Adam ist überall tätig, Gebäude und Maschinen, die aus ihm heraus entstehen. Und meist ist da jemand neben ihm, mit Herz und Fügsamkeit, eine Frau, die den Kindern nachrennt, rings um den Küchentisch. Ewiges Kreisen, nur die Atemlosigkeit gewinnt. Sie fängt sie nicht oder doch, aber das ist egal. Und so wird es bleiben. Die nächsten Jahre und die nächsten Generationen. Einsamkeit. Und Gleichmut und Berechenbarkeit. Um Tische kreisen und Gedanken in Schleifen. Jedes Sandkorn in der Sanduhr kracht aufs Innenohr bis zur Taubheit. Die Zeit läuft und alles bleibt gleich. Ertragene Umstände. Ewige Ordnung.

Die Natur als Vorbild. Gesunder Geist und gute Gesundheit, Feuer und Ergebenheit, sich in die Umstände schickend, achtsam auf den Körper und seine Bedürfnisse schauen, ohne Ängstlichkeit, ohne Überschätzung, das Schicksal nutzend ohne dessen Sklave zu werden: Ruhe, Freiheit, Freude, Furchtlosigkeit, Eintracht der Seele, Menschenliebe, fürsorgliche Teilnahme für die Umgebung, hochherzige Gesinnung und Sanftmut stellen sich ein. Keine Schrecken, keine wilde Rohheit, keine Reize der Sinnesgenüsse, denn Lust verschafft Schmerzen. Tugend statt Zufälle, das grösste Gut erschafft man sich selber durch die Arbeit mit und an sich. Alles andere ist eitel Tand. Es gibt keinen Irrtum mehr, nur Glück. Also mach Dich unabhängig. Beschäftige Dich mit dem was in Deiner Macht steht, alles andere kümmere Dich nicht. Verzicht um Vermeidung des Unglücks willen. Das Fett wird intensiv gelb und hart und brüchig

Madam

In diesen Getue machst Du nicht mehr lange mit

Andere auch nicht

Vielleicht ist ja gerade das das Lustige

Nichts lässt sich eben einfach herstellen

Aber es ist Zeit für eine Reise

Noch bevor Du angekommen

Zusammen hauen wir ab

Leben am Rand und Mittendrin

Mein Maschinendasein hat ein Ende

Biete Dir meine Freundschaft an, auf ewig

Du weisst nicht was ich bin

Ein verzauberter Frosch, ein Eunuch vielleicht

Vielleicht ist ja gerade das das Lustige

Das Zuhören jäh unterbrochen. Weiter geht es. Lacht auch sie mich aus? Nein, sie ist die Arbeitende und grölt metallisch. Sonnenbrille weg. Seife und Schruppen. Negative werden kopiert. In neue

45

Formen. Vielleicht kann Farbe und Form gerettet werden. Erinnerungen werden abgelegt. In Dokumentenordner. Wie sollen sie heissen?

Niederlagen.docx.,Erregungen.docx.,Unerfülltes.docx. Bilanzen.xls. Oder Rhythmus und Hemmungen, Verpasstes und Mittelmass. Im Katalog die Welt mit den Überresten aus Träumen. Da gibt es erstaunlicherweise viel Lachen, aber immer wieder hoffnungsloseste Überforderung. Immer etwas suchend: Geldbeutel, Lesebrille, Gehstock, Busstation, ein Weg durch Schlamm und politisches Chaos, immer zu spät oder irgend was, das nicht klappt, nicht beängstigend, doch nie mit dem richtigen Zugang. Komisch. Und Zuflüsterer sind auch immer dabei, als Beobachterinnen oder Mitlacherinnen. Die aber haben den Dreh raus, wie das geht. Glänzende Ideen aus dem Ratgeber. Zukunft wird kommen, gestern war einmal. Was grübelst Du noch? Die Vorderen sind nicht begraben. Sie besetzen Hauptrollen: Der Bauernadam.

Vor der Schule die Kartoffeln. Und die Milch, allmorgentlich. Den Berner Sennenhund Bäri vor den Wagen gespannt, Adam wuchtet die Kannen aufs Holz, Gurt fest angezurrt. Bei Dunkelheit und Eis in die Käserei. Das Waldstück nur kurz, auch im Sommer ein Frösteln, unheimlich die Stille, das Knacken, das Rufen. Aber Bäri ist da, geht Schritt um Schritt. Ein sicherer Wert. Die genüsslich erzählten Geschichten der Grossen fahren mit. Von Onkels, die den Kindern etwas antun. Was genau sagt niemand. Vielleicht das, was Adam ohne Hosen im Keller macht, mit dem Kind. Schnell zurück, die leeren Kannen und das Kind auf dem Wagen. Bäri zieht und rennt, so gut er mag. Er will nicht, dass das das Kind zu spät in die Schule kommt. Eine Scheibe Brot und einen Apfel in die Tasche und rennen. Diesmal durch keinen Wald. Aber bei der Hexe vorbei. Atem anhalten, Augen zu. Das Kind sitzt auf der harten Bank und ist schläfrig. Der Lehrer versteht und spricht vergeblich mit Adam. Bäri stirbt. Das Kind wird grösser und kräftiger. Zieht jetzt zusammen mit dem jungen Bäri den Karren. Und widerspricht. Nicht Adam, dem Lehrer. So steht es mit dem Tuch um den Mund in der Ecke, bis die Knie schlottern. Auch egal. Schule, Stall, Feld, Putzen, Waschen, Rüsten, nur unterbrochen von Gebrüll und Gebeten. In den Schlaf phantasieren und weg träumen, in die andere Welt. Es wagt die Geschichten nicht zu erzählen. Da ist kein Lamm das zuhört. Endlich weg in die Fabrik. Da wird gelacht und geraucht und geküsst. Erste Erfahrungen, Adam und die Geschichten der Onkels immer im Kopf. Angst. Vergnügen und Lebenslust ist für die andern. Immer am Rand. Zuschauen, Zögern. Der nächste Versuch hunderte Kilometer weiter weg. Schlote und Kamine. Das Universum ist gross. Die Welt voller Kacheln. Unverdorbene Heimat im Verborgenen, bei Pfannen- und Geschirrscheppern als Begleitmusik.

Der Mensch wendet sich vom individuellen Daseinsgenuss hin zu den Tugenden des Miteinander wie Gerechtigkeit und Besonnenheit. Das Sinnliche und die Leidenschaften werden verlassen, die Seele reinigt sich von allem Ballast. Das Seelische des Ichs berührt das geistige Wesen: Die Existenz findet zur Schau aller Ideen. Auch die Ideen werden verlassen, das Wissen von sich selbst wird bedeutungslos. Dieser Weg in Stille und Einfachheit ermöglicht das Ewige zu schauen. Nicht Äusseres sondern die Seele führt zur Schönheit, Reinheit, Würde, Grossherzigkeit und zu einem Seelenzustand ohne Wallungen und erregter Leidenschaften. Den Schlamm und Lehm um die Seele abschütteln hin zur

Schönheit der Seele. Wie ein Bildhauer die Skulptur bearbeitet, so dass sie immer schöner wird. Lege alles Unnütze ab, schleife am bereits Schönen. Du wirst zu Deiner eigenen Sehkraft, gewinnst Zutrauen, brauchst keine Weisungen mehr. Das Geistige trägt das Schöne um sich wie eine Decke: die Ideen. Das Gute aber ist jenseits der Wesenheit des Geistes, ist aber die Quelle des Schönen. So steht das Gute mit dem Schönen in Verbindung. Der leise Lärm übernimmt vom erschöpften das Fett

Die Beraterinnen sind jederzeit am richtigen Ort und verhalten sich auch immer angepasst. Sie verstehen Sprache und Kultur. Gar auf einem kleinen Flugfeld in den Anden beim Abschied für immer: Jemand bliebt zurück, jemand muss ja den Propeller anschieben und die Pflöcke vor den Rädern entfernen, die Fenster reinigen für die gute Sicht der andern in den unerreichbaren Höhen, in der Mordskälte. Nicht unglücklich, aber kalt, auch auf der Erde. Noch im Traum die Fenster öffnen, vor dem Erwachen.

Traum zu Realität.

Dami
Du kannst meinem Tempo heute nicht folgen
Dann sei aber faul wie ein alter Kater an der Sonne
Hänge an meinen metallischen Worten und geniesse
Meine geführten Wortbewegungen
Selber präpariere ich Wörterwolken
Morgen werde ich mich verdeckt halten
Sage, was ich nicht denke
Stehe neben mich und platze vor Lachen
Ob all Deinem Unsinn
Vorgetragen mit billigem Charme und gekünstelter Eloquenz

So sind wir an der selben Sache dran
Ans Licht im Teufelsritt

Weisses Neonlicht. Nein in diesem Raum gibt es keine Fenster, aber einen Abzug. Aus ihm tropft eine klebrig braune Masse. Wirklichkeit wirkt. Die Realität ist anders. Ist warten. Sekunden. Das Ego fallen lassen in den See, wie der Mann damals am Steg, der sich einfach auflöste. Erkennen, Gedulden. Schweigen. Keine Ausflüchte, keine Lügen, keine schnellen Zungen, kein Vorankommen, dafür Zögern, Missachtung und Zeitlosigkeit. Also doch ein Traum. Nur anders. Die Andern sind anders. Neue Spielregeln. Ob die noch Spass machen? Und es ist eben zu billig, sich über die Adams zu mokieren und dann selbst zu verurteilen und andere innerlich zu verwarnen und zu verknechten. Das Zerren zwischen Ordnung und Unordnung löst Schwindelanfälle aus, nun rutsche ich wirklich. Lande weich in der Zukunft, die nicht gedacht, aber erträumt werden kann.

Und nach dem Traum das Erwachen, nicht in der glänzenden und schillernden Sphäre. Kurzer Protest im Morast in zu kleinen Zoggelis. Und immer wieder merken, dass andere anders sind. Denn die haben lustige Tanten, grosszügige Onkels, schwarze Mercedes, roten Bordeaux, weisse Tischtücher, keine Skrupel. Was Adam zusteht, kommt dem niedriger Stehenden nicht zu, trotz aller Anstrengung. Es ist der Unterschied, der den Unterschied ausmacht.

Das Selbst zum Gegenstand des Nachdenkens nehmen. Die Seele, die die Wahrheit gefunden hat, ist der Welt enthoben. Das Wesen aber ist dreifach strukturiert: Gedächtnis, Wille und Einsicht.

Jedes Ding ist eines, unterscheidet sich und steht in Beziehung.
Das menschliche Begreifen ist in einem geschichtlichen Kontext zu
verstehen. Das demütige Eingeständnis der Unwissenheit gehört
dazu. Der Lärm säuselt, wann kommt endlich das Trara?

Dem So-was-wie-ich steht Adam gegenüber. Vergiss ihn. Was bleibt
dann? Objektives: Der Herzschlag. Die Anzahl Finger und Zehen.
Also deckungsgleich mit Adam. Das darf nicht sein. Hilfe. Bestehe
auf das Mü Unterschied. Auf meine Fassungslosigkeit, auf die
Behauptung eines Hilfsichs, auf ein eigenes Immunsystem, eine
persönliche Sozialversicherungsnummer, auf die Zerbrechlichkeit
und das Drehen um die Selbstlüge, auf verlässliche Illusionen, auf
die Kraft der Vorstellung, des Zurechtlegens zum Erträglichen,
Verkennen dürfen. Also ein Ich behaupten. Auf Biegsamkeit
pochen. In eine neue Rolle schlüpfen. Zerbrechen und
Neuerblühen.

Dami
Du bist nämlich viel weiter
Dein Bild ist weit
Weites Bild
Und genügend Dung
Zuweilen sehr freudig
Mit ohne Plan
Im Bild und ausser Rahmen
Viel vor Dir und hinter mir
Nichts vorhalten lassen
Vorbehalte verteuern zusätzlich
Vorsein und Wohlsein
Vorstand und Wohlstand
Vorhaben und Wohlhaben

Das Vorhaben, die Maschine. Die Hände öffnen die Maschine immer gleich. Eine Hand am Griff, die andere mit dem schützenden Tuch vor dem Kopf. Nur kurz. Der Dampf verschlägt den Atem. Die verschiedenen Geschwindigkeiten. Der Griff vielleicht fast doppelt so schnell wie das Öffnen des Maschinenmauls. Das Mädchendu ist schneller, obwohl sie zusätzlich mit Worten und Haut arbeitet. Wie macht sie das?

Fettgedanken bremsen. Das ist es wohl.

Gib Gas! Was will die Welt mit schmutzigen Tellern, Pfannen, Tassen, Untertassen, Gläsern? Einmal werde ich diesen Gedanken so weit führen, bis er zu weit führt. Dann werde ich vom Ich sprechen. Dann trifft sich Essen mit Kopfschmerzen, gut mit blaugrün, ich mit Adam. Bastle mir Begleiter, einen sensiblen Pfaff und einen knallharten Wirtschaftsheini, Golfen zum Kontakten inklusive, grüne Wiesen und die nachgiebigen Damen tragen weisse, grosse Hüte und lächeln den Herren zu, gefügige Mädchen mit weissen Söckchen zierlich an der Hand.

Mädchen bedenke, dem Stellungskrieg zwischen dem alten Adam und der Fügsamen kannst Du nicht entfliehen durch Bindung an einen jungen Adam, sei er kleinwüchsig oder Adonis, abgehobener Dandy oder vielgesichtiger Wortakrobat, streng katholisch oder alevitisch oder gottlos, aus der Goldküste, dem Zirkus oder einer kinderreichen Familie stammend. Es folgen in rascher Folge Kinder, wahrscheinlich. Sicher aber Krieg, alle gegen alle. Stillstand auf dem Steg im Nebel, eine taucht ab. Kein Entrinnen. Das eigensinnige Sandkorn, das sich in das Getriebe sehnt, gibt es nicht. Die Unterdrückungsmechanismen greifen.

Die Idee wird zum Sein. Die Torx, der Lärm singen provozierend im Duett

Madam

Beruhige Dich

Setze Dich an den Fluss

Der ist reissend, aber badbar

Eine fremde Freundin wird erscheinen

Mit ihrem sonderbar grossherzigen Sohn

Ein französischer Fussballer schiesst früh ein Tor

Gegen aufstrebende Asiaten

Schon wieder feiert eine ihre Lorbeeren

Die Sterne ziehen ihre Wege gewiss, sagt der Pfaff

Dass ihre Nöte uns nicht kümmern

So kümmern unsere Nöte sie auch nicht, sagt der Heini

Das ist Ruhe, Gelassenheit, Gleichmut

Was soll uns das kümmern, sagt der Pfaffheini

Das Stolpern elend doch klein

Pflaster haben Schweizerkreuze

Die fremde Freundin sagt das Treffen ab

Auch sie ist im Spinnennetz

Getrost verstehe ich alles und nichts

Die Gewissheit

Ein Spielzeug wird weitergereicht

Alle flicken und leimen etwas

Wird nicht besser

Bleibt ein kaputtes Spielzeug

Und der nächste Stapel in den Schlund. Alles kommt in den Dampf, alles wird verwässert. Geburtsort ohne Bedeutung. Ist das die Lehre? Wie will ich mich sehen? Was steht in meinem Nachruf? Der abwesende Adam ruft. Adamruf verhallt. Die Maschine lärmt doppelt und schützt vor Rufern. Sie ist meine FreundIn. Wie Bäri damals, der treue Hund, zuverlässig, geschlechtslos. Ich könnte ihm was antun. Meiner Maschine auch nicht. Was Nur, auf und zu, rein und raus, Schmutz zu sauber. Das gibt Sinn. Die Blasen gehören dazu. Kein Punkt, wo es etwas zu stoppen gibt. Sisyphus der glücklichste Mensch. Keine Fesseln zerreissen, das Joch tragen. Den Namen nicht ändern. Bruder Mastschwein ist Bruder Sanftleben. All die Tage, immer von Neuem auf und zu, rein und raus, ohne Melodie, ohne Rhythmus, meine Ballade, mein Blues. Die Ewige gibt es. Bin angekommen. Ich liebe.

Madam
Etwas lieben heisst nicht gut können
Nachsicht wertet nicht
Neugier gebiert Respekt
Selbstgerechtigkeit erfährt Ablehnung
Brauchbare Antworten sind stets nachsichtig
Interesse ist die ehrliche Form
Auf dem Weg zur Vergebung gibt es keine Abkürzungen
Angst und Mut streiten um die Selbstachtung
Seltene Gelegenheiten ziehen das Glück an
Und schärfen den Instinkt
Jeder Ort kann zum Gefängnis werden

Worte formen Sätze, die einen kurzen Bericht hervorbringen: Einmal kam Adam kurz vorbei und zeugte ein Kind. Er ging und kehrte nicht mehr zurück. Das Kind ging nicht zur Schule. Es arbeitete und heiratete eine entfernte Verwandte im gleichen Dorf. Es zeugte selber viele Kinder und arbeitete bis es nicht mehr ging. Es konnte weder lesen noch schreiben und genoss es, wenn ihm jemand aus der Zeitung verlas. Es war klug. Die Nachbarn verehrten es und fragten es um Rat. Dann starb es und seine Kinder gingen alle fort, verliessen das Dorf, die Provinz, das Land. Kehrten nie mehr zurück, wie ihr Grossvater. Die Frauen im verlassenen Dorf gefangen. Die Kinder in fremden, kühlen oder heissen Hinterzimmern.

Der Lärm solidarisiert sich mit den Dorffrauen, fordert Veränderung, das Durchbrechen des ewigen Kreisens und schraubt sich erklärend bis zum Unhörbaren in die Höhe: *Das Übernatürliche von der Vernunft trennen, wie auch die sinnliche Wahrnehmung von der rationale Einsichtigkeit. Das Wesen der Dinge ist in den Formen zu erblicken. Möglichkeit führt zu Wirklichkeit. Je mehr Form, desto mehr Wirklichkeit, bis es keine Möglichkeit mehr gibt, nur noch die reine Wirklichkeit. Einzeldinge entstehen dadurch, dass die Materie durch die Form bestimmt wird. Die Grundformen Raum und Zeit haften untrennbar an der Materie. Alles, was existiert hat eine Ursache. Alles, was ist, ist durch das Sein. In allen geschaffenen Dingen muss also Wesen - Essenz und Existenz, Substanz und Akzidenz, das Zufällige, Veränderliche, nicht Notwendige und nicht Wesentliche – Akt und Potenz sein.*

Dami
An den Lärm, die Kreatur und alle Zuflüsterer
Hier meine Angebote
Wenn das Ziel näher rückt erhöht sich der Widerstand
maximal
Genau nachdenken heisst meistens zu keiner Lösung
kommen
Beende also die inneren Debatten

Die Gründe fürs Festhalten sind längst vergessen

Aber nicht das Festhalten

Das Festhalten ist das grösste Risiko

Unproblematische Probleme verschaffen Sicherheit

Die Bilder vom Abenteuer verhindern Abenteuer zu leben

Dem Verstand folgen heisst den Mut verlieren

Nicht Nervenkitzel, nicht Flucht, sondern Herzklopfen

Fluchtphantasien und Widerstand zeigen was fehlt

Träume sind Fingersprints des Möglichen

Freiheitsphantasien helfen zu verharren

Niemanden verantwortlich machen

Vor der Gefahr emotionaler Schmerzen bewahren

Die eigene Geschichte unter den Teppich kehren

Und dann darauf tanzen

Unter der Oberfläche jedes vorsichtigen Menschen

Ein griechisches Dramenspiel

Lass Dich bewerten, wenn es Dir gefällt

Du hast Dir die eigene Elternstimme geschaffen zwecks Selbstsabotage

Wer führt Regie in diesem Film

Angst vor der Zukunft ist Angst vor der Vergangenheit

Wir können zusammen herumliegen

Wir können Musik machen

Keine Zeit für Selbstbewertungen zwischen Idiot und Genie

Unter dem Teppich quillt eine neue Version des Immergleichen, von Unerfülltheit, Stillstand und Sehnsüchten hervor: Er stammt aus einer Grossbauernfamilie und geht tanzen unter den Lindenbaum. Zwei, drei Mal tanzt er mit der gleichen jungen Frau. Eine aus einem anderen Tal. Denen sagt man nichts Gutes nach. Er bleibt stur und bringt sie auf den Hof. Adam jagt ihn mit der Fremden mit dem Kind im Bauch aus dem Haus. Man sagt ihm, er habe noch Glück, könne ein Angestellter der Bauern sein. Und zeugt Er nimmt an, die Liebe ist stärker als Status und Vernunft. Es folgen Kinder, alle Jahre eines, stille und zarte. Nur eine ist lebendig und blitzt mit den dunklen Augen. Sie und der Bub werden von Adam auserwählt. Gehen in die Kost. Kartoffellesen statt Zahlen addieren, zum Lohn Bibelsprüche.

Der kleine Bruder schwächelt, das Kind muss für zwei arbeiten. Die Mutter kann am Sonntag für eine Stunde besucht werden. Das Kind fällt schwer und sucht Trost bei der Mutter, dienstags. Die Adams halten zusammen. Zu viele Augen auf der kurzen Distanz der Kantonsstrasse entlang. Dem Riemen folgt die Zeit im Keller. Flucht. In die Fabrik. Tabakrollen. Und ein erster Ausflug mit dem Fahrrad. Dann beim Veloständer unter dem grossen Berg von Klee das erste Müntschi von diesem Rothaarigen mit den langen Koteletten. Bald ein Kind unterwegs und dann in die Stadt. Sehr alt werden und keine Erholung finden. Kein Vertrauen. Nie mehr. Keine Schönheit geniessen.

Wer sein Heil in der Welt sucht ist eitel. Die Welt ruht nicht in sich selbst und kann keinem Halt geben. Wer versucht, die Welt zu geniessen, wird Schaden erleiden. Die Welt spiegelt Erhabenheit, Erfüllung und Weisheit vor, in Wahrheit erweckt sie dadurch aber Hochmut, Habgier und Neugier. Der Mensch wird dadurch innerlich eitel und geistig unfruchtbar. Die Neugier verführt ihn zu einer schwatzhaften Weltweisheit, die unstet und ziellos umherirrt. Alle geschaffenen Dinge sind aus Materie und Form zusammengesetzt. Die substantielle Form der körperlichen Dinge aber ist das Licht. Das Fett versucht zu klären, das Bisherige zu erweitern und zu speichern

Im Licht der Kreislauf aus Mangel und Überfluss, die Casserolière und die ganze Palette an Gefühlen, Ärger, Angst, Verletztheit, Glück, Freude und Liebe. Keine Ersatzbefriedigung, keine Selbstsabotage zulassen, den Wert der Dinge erkennen, dann sich erkennen, das wäre die Aufgabe.

Da ist das Lachen und die Haut und die irre Geschwindigkeit. Die Köche ziehen mit offen Augen aus, ich ziehe mit geschlossenen an: Rock oder einfach eine Schürze. Egal. Ich kann es. Ich bin froh und glücklich. Für mich ist gesorgt. Ich bin dankbar. Bin aufmerksam auf meine innere Praxis. Bin liebevoll zu allen Lebewesen. Und zur Maschine. Und zu Adam: Haben der Herr gerufen? Noch lange nicht genug für andere gelebt.

Doch keine Pläne und Aufgaben, dafür Staunen und Wundern über die Eventualität, dass die Geschürzte, ein Teil meines Vielleichtichs ist. Neue Geschichten landen als bengalische Feuer auf dem Chromstahl, in jedem Augenblick eine Pointe. Der Vergangenheit ist es nicht vergangen. Es lacht leise nach innen und es lacht schallend im Raum. Ein Es. Es erforscht liebevoll und rücksichtslos die neue Besonderheit, Idiotismen, Irrationalismen, Paradoxien, Zweideutigkeiten und erkennt, dass es sich nicht auskennt. Die Heizstangen ergeben Blasen, wässerige, grössere, aber keine Schmerzen. Es ist immun. Keine Meinungen über Dinge. Nur Geschirr. Die Seele gestrafft. Weisheit ist fröhlich. Der Dampf der Maschine ist einfältig wie ein ehrfürchtiger und gehorsamer Diener einer Religion oder einer Nation. Dampf und schnell wachsende Brandblase vereinigen sich, das Es versinkt darin und zieht Adam mit, um ihn auch in die neue Wirklichkeit voller Aussichten zu transformieren. So sind wir nun ein Trio oder ein Quartett und dieses steigt, steigt hoch, stösst an die klebrige Decke, das Mehrtett singt ein Loblied auf Adam, auf Madam und Dami, die sich nun ebenfalls zu einem Ding verschmolzen haben, in der Melodie von Bella Ciao, drückt nun hart an die Decke und macht sich auf, dem Zwang und der Strenge, der Knechtschaft zu entschwinden. Ohne Aufregung und Ärger, keine Dummheit zwingt zum Dümmer werden, so eine erfundene Liedzeile. Der Nebel und der Geruch von Abwaschmittel sind als Tatsachen hinzunehmen, kein Problem. Adam hat einen schönen Bass, wird aber überstimmt beim Entschluss sich nie an andere auszuleihen, nur reich im Sein und solidarisch auf ewig in der Blase zu bleiben. Und natürlich platzt diese und die Erinnerungen schmettern auf den Küchenboden, alles was vergessen werden sollte ist präsenter, der Ärger über die Dummheit macht noch dümmer als die Dummheit, das Vermieten des Körpers geht weiter, die Hoffnungen und Wünsche strafen die Möglichkeiten. Was ist jetzt zu tun? Wie immer in solchen Krisen: Teller und Pfannen und anderes mehr waschen.

Im Ruhigwerden taucht ein städtischer Adam auf: Die ältere Schwester ist was ganz Besonderes, schön und edel, immer unterwegs im Stadtleben. Der jüngere Bruder immer krank. Adam trinkt und raucht. Ein richtiger Mann eben, der sanft und oft vor sich hin lächelt. Der Sohn holt ihn abends aus der Kneippe, den Tageslohn in zu Fünfergruppen geordneten Gebilden auf dem Bierdeckel umgewandelt, die Sinne und die Hosen voll.
Der Sohn will etwas anderes. Er hat Glück, jemand glaubt an ihn. Der Junge ist verstrickt in Schlägereien und Lausbubereien, er verbraucht einiges an Kümmern. Er richtet sich auf und hebt den Blick. Provoziert den tiefen Fall. Aber er fällt nicht. Will weiter. Diesmal in die Fremde, an die Wärme, an den grossen See bei den fröhlichen Menschen! Adam ist krank, die schöne Schwester mit einem Bäcker ab. Er muss wieder heim. Ausgeträumt. Ein Trompeter bleibt ein Trompeter. Bleibt ein Sohn Adams, auch wenn Adam nicht mehr ist, bleibt er doch auf ewig.

Die Gewissheit, dass wir da mal etwas hatten miteinander, kurze Sekunden in der Blase im Mehrtett, bleibt unauslöschbar haften, eingeritzt, gravé dans mon coeur, für mich und Dami, günstigenfalls auch für das Rockmädchen und Adam.

Sichere Erkenntnis ist möglich. Die vergängliche und wandelbare Welt tritt über die Wahrnehmungspforten der Sinne in die menschliche Seele ein. Zur vollen Erkenntnis ist deshalb der Rückgang auf eine unveränderliche Wahrheit erforderlich. Die Ideen sind Gegenstand der Erkenntnis, durch sie wird etwas erkannt: Erkennen ist eine Wiedererinnerung. Die Tugenden geordnet auf das Ziel hin, richten die Gefühle gerade und heilen das Kranke. Das Fett versucht nochmals das Bisherige zu speichern

Madam
Haben unserem Dampf genau zugehört
Tische rücken für die grosse Feier
Nichts hat ein Recht auf einen festen Platz
Walther mit Tellenhand
Stellt Mann und Mast und zieht das Banner hoch
Langsam und getragen
Hedwig bläst den Ewiggestrigen den Marsch
Laster tasten sich vorsichtig auf rutschigem Kies
Grüessech Frou Diräkter
Unnütze Vorsicht - Sinnloser Aufwand
Der Kies rutscht Halden und Röhren runter
Spült Tischplatten hervor und Masten weg
Helvetia höhnt und verändert täglich ihr Gesicht
Kies rutscht und nimmt alles mit und

59

Der Baggermann ganz unten schmunzelt, wartet und raucht

Er braucht weder Vorsicht noch Reglemente und schwere Laster

Nur rutschender, rutschender, rutschender Kies

Eh bien und Prosit

Entspannen können, keine Komplexe und Behinderungen

Es gut sein lassen

Untätig werden und bleiben

Und hemmungslos Fragen

Der Gedanke an die Glücksgefühle an der Decke, an das gemeinsame Singen und die schönen Postulate, an Adams kurze Niederlage erweckt eine Geschichte fast ohne Adam, mit einer vorsichtigen Zuversicht: Die letzte Schicht. Er hasste die dunkle Altstadtwohnung der Grossmutter, aber auch ihren ältlichen Geruch, das immer besetzte, kalte Klo im Treppenhaus. Den Salmiak und ihre Rücksichtslosigkeit. Er mochte den Schulweg durch den Friedhof. Niele rauchen und sich hinter Gräber erbrechen. Zeichnet gelbe Himmel und blaue Berge und schwarze Häuser, zum Entsetzen der Lehrerin. Verbringt die Schulzeit stehend mit einem Tuch um den Mund in der Ecke.

Und in den Ecken die Fragen:

Wo sind die Brachen, die undefinierten Räume ohne BesserwisserInnen?

Wo die Möglichkeitsräume mit minimaler Organisation?

Sind Sorgen, Pflegen, Abgeben, Mitfühlen kenntnisreiche Künste?

Er hofft der Brand des Nachbarbauernhauses sühne die Kindheit seiner leidenden Mutter. Der Funken springt über das Haus. Keine Gerechtigkeit. In der Misere wird gesungen und geörgelt, Wäsche gewaschen, die im Obstgarten an dicken Seilen und mit langen Bohnenstangen hoch in den Himmel geschoben im Wind trocknet.

Mit Cousinen halbnackt durch die Leinen gerannt. Alte Kameraden und Junge, die wiederkommen sollen auf Schellack. Als die Grossmutter in den Armen stirbt, bringt man sie in einem langen Trauerumzug ins Nachbardorf auf den Gottesacker. Dann fällt alles auseinander, der Kleber des Blutes ist zu schwach, die einst Nahen verstreut. Er wird Ausläufer und Zeitungsverkäufer, erklärt die Spelunken zu seiner Heimat, setzt die Tradition der väterlichen Linie am Biertisch fort, entwickelt sich in den Hinterzimmern zum Casserolier, verliebt in das Unerreichbare, vielleicht auch in die Unerreichbare, den Unerreichbaren. Keine Cüppli unter Kronleuchtern oder im Gewerkschaftshaus unter dem grossen Wandbild. Keine Portraits von Revolutionären. Aber Adam. Endlich. Um ihm in Kacheln und Dampf dienend die Stirn zu bieten, bis dass die letzte Schicht eine Entscheidung bringe. Ist das der Lebenssinn mit integrierter Strategie?

Zuerst soll die Seele das Licht der Kontemplation nach innen lenken. Dadurch soll sie Einsicht in die eigene Naturhaftigkeit erlangen. Dann soll die Seele das Licht der Kontemplation nach aussen leuchten lassen. Dadurch erkennt sie, wie fragwürdig Reichtum, weltliche Erhabenheit und irdische Grösse sind. Weiter soll sie das Licht der Kontemplation auf das Niedere richten. Dadurch gewinnt sie die Einsicht in die Not: Abtötung der Begierde, Ausrottung der Bosheit, Zerschneidung der Fesseln, Ertragen des Leides und ihm begegnen mit Heiterkeit, sich nicht beklagen, nichts verlangen, keinen Ruhm und keine Ehre annehmen, den Menschen dienen, sich nicht kümmern um Dinge, die der Seele nicht gut tun, den Sinnen nicht trauen und wenig sprechen, keinen Widerstand leisten, der Verdrossenheit und Traurigkeit entfliehen, keine sichtbaren Bilder sich einprägen, Fürsorge leben, Einsamkeit geniessen und die Sorgen für sich behalten. Das Speichern gelingt nicht. Das Fett behält den Text für sich

Nichts kann unabhängig voneinander wirken, alles ist verwoben und muss daher zusammen gedacht werden, folglich nicht loslassen von der vereingenden Sensation der Blasenmomente am Ofen. Ich bin sie. In Hosen. In Unterhosen. Wunder gibt es, Und Unberechenbares. Also wieder die Sekunden vor der Zungenbewegung zählen. Nicht Sitzen. Gehen. Handeln. Putzen und Waschen. Das Gefühl ebbt ab, eigentlich ist es vorbei. Nach dem Ritt im Blasendampf die Risse deutlicher als je, die Landung im Getrenntsein hart, das Tun hat sich erledigt, verharren um die Anzahl Teller zu sichern. Inventur. Die Früchte sind erfroren, keine Ernte kann eingefahren werden. Trotzdem gibt es Rechnungen und Rechnen auf Restüberschuss. Wer wollte das eigentlich? Versprechen mit Glauben, gegen die Vernunft. Das Wunder der Unwahrscheinlichkeit zieht durch das Verlangen und durch die Küche. Mit dem Beten kommt die Krankheit. Die Blase auf der Oberhand blutet, die Wunde wird gestillt, die Schmerzen nicht. Vielleicht ist das gut für etwas, wir werden sehen, für die Einsicht, für das Gemeinwohl, für die Vernunft, die Teller oder allenfalls für die Pfützen mit dem Adam Gesicht. Vielleicht tritt jemand jetzt richtig hinein. Erschrecke und werde der Analogie der Namen Madam und Adam gewahr. Spielt da jemand mit mir oder einfach das amüsante Palindrom Madam I'm Adam?

Madam
Ausatmen können
Das Spiel das trägt heisst Verschmelzung
Der Schwerkraft trotzend im Himmel tanzen
Nicht Arbeit

Leistungslos Sein
Nicht individuell
Sich fallen lassen
Nichts Sein müssen
Nicht Schein
Sich Einlassen
Auf das andere und das ganz andere
Auf Maschine und auf Mensch
Die allgemeine Lage schaukelt auf und ab
Das die Regel von Dampf und Nebel

Freiheit von der Welt, hin zur reinen Innerlichkeit. Gelassenheit. Nichts wollen, nichts wissen, nichts haben. Der Unterschied zwischen natürlichen und übernatürlichen Vorgängen ist unwesentlich. Das Ziel: grundloser Grund, eine stille Wüste, eine einfältige Stille, ein Verneinen des Verneinens, seiendes Sein und eine überseiende Nichtheit. Jedes Merkmal ist immer auch eine Begrenzung. Die Ideen existieren als ungeschiedene Einheit. Sie werden aber nur sinnlich wahrnehmbar in Formen der getrennten Einzeldinge. Alles Geschaffene ist aber veränderlich, erleidend und vergänglich. Also ohne Sein, also existiert es nicht wirklich. Die Dinge sind also nicht. Alle Kreaturen sind ein reines Nichts. Auch vorher und nachher sind nur eine Vorstellung einer linearen zeitlichen Ordnung. Die Torx hinterfragt sechssternig alle bisherigen Bemühungen und verbindet sich dank seinen mechanischen Fähigkeiten zuerst zu seiner Ganzheit, dann Madam und Dami zu Madami. Und Madami verweigert in der Folge jegliche Autorenschaft, will aber noch nicht schweigen. Und auch keinen Namen mehr führen. Menschlicher Tand. Einfach nur noch M. Der Adressat unbestimmt. Die Kreatur hatte ihre Chancen.

M

Und so getragen sein

Nachgefragt, gebraucht

Ein Teil eines Universums

In den Spiegel schauen

Schaudern dürfen

Nach innen lächeln

Das sieht man nicht

Streicheln, bedanken, begrüssen

In die Augen schauen

Nicht Schmerz zufügen

Nicht alleine nächtigen

Nicht alleine krank sein

Nicht alleine in der Welt herum

Pause mit Seele

Einige schlafen ein

Anderen wird übel

Es geht noch schlimmer

Andere träumen von gleichaltrigen, alten Musikern

Wissen auch im Dämmern trennscharf genau

Dass sie dieses freundliche Angebot

Sich doch auf den angebotenen Stuhl zu setzen

Ablehnen hätten sollen

Dort verharren sie gefesselt wie im Rollstuhl

Immer wieder kommt Hoffnung kurz auf

Zerschlägt sich im Alltag

Die Verletzlichkeit wird nicht kleiner

Ein Teufelskreis

Das Übel an den Wurzeln packen überlass dem Zahnarzt

Die ganze Serie von Behandlungen

Physischer Schmerz nährt, lindert, verdrängt den seelischen

*Ein Teil der menschliche Seele ist kein geschaffenes Ding, ist zeit-
und raumlos, in ihm herrscht völlige Ruhe. Die weltlichen
Aktivitäten wie Begehren, Gedächtnis und Wille, werden benötigt,
damit die Seele den Erfordernissen ihrer Verbindung mit dem
Körper genüge tun und mit den geschaffenen und vergänglichen
Dingen in Kontakt sein kann. Der Wille geht nach aussen und ist
auf Vorlieben aus. Aber Gemeinsinn, Vorstellungs- kraft,
Denkkraft, Beurteilungskraft, Gedächtnis ermöglichen, sich etwas
nicht Gegenwärtiges vorzustellen und dessen Bedeutung
einzuschätzen. Das Erkenntnisvermögen des schlussfolgernden
Verstandes und des Intellekts, kann das Wahre nicht verstehen: das
Leben ist Selbstzweck, ohne Warum.* Die Torx hält fest, das Fett will
Bewegung

Einige schlafen ein. Anderen wird übel. Einige sehen sich auf der
Schaukel und lachen viel zu laut. In den Zeitungen ist das Glück
schwarzweiss. Die Wunder sind grau, haben kleine und feine,
flüchtige Umrisse, nur für die verfeinerte Sinne erkennbar,
namenlos, ohne Groll und Hass, nur Erscheinungen.
Es wird gesagt, die Abwaschküche sei ein radikaler Ort und ein
potentes Mittel, um den Ausbruch der Wahrheit und der
Gerechtigkeit zu beschleunigen. Das Neue ist erschienen und
verschwunden. Wenn es was zu gewinnen gäbe, dann hier oder
noch besser im psychiatrischen Spital. Dort ist das Stück vom
Kuchen. Kuchen für alle. Ohne Abwasch! Bist Du mal am Tisch, gibt
es keine Unterschiede. Nur Vielgesichtige und Abgehobene. Keine
Sahne, das ist der Preis. Und: Bitte nicht kleckern und schön leise
sein, einfach nicht stören, der Diensthabende verkauft gerade
einen Häuserblock. Akzeptieren, dass immer Wer weiss was gut

ist, dass die Zeit gegen die Null rast und dass keinem Sog zu entwischen ist. Voilà.

Nach Mitternacht am Ende der Schicht gibt es Fleischkäse für die Belegschaft. Die Glieder schmerzen, die Gelenke knirschen. Die Neulinge sind die Lehrmeister. Das ist Wandel. Was bleibt: Am Misserfolg, am Scheitern orientieren. Normative Lügen verhindern Verantwortung zu übernehmen. Wollen und Bitterkeit über den Steg in den See versenken. So steht es und da sind noch ganz andere Zeichen, die freuen und ja, auch rühren. Langes Vertrauen, aufgenommene Impulse. Interessante und interessierte Menschen, die nicht vergessen für was sie stehen. Die aus Mehl mehr als dürre Kuchenböden machen, die für Zwiebeln einstehen und Gewürze mischen.

M
Die bengalischen Zündhölzer, Stöckli und Raketen
Sind ausverkauft oder verboten
Die Regisseure gestern alle vertrocknet
Die Redner im Gesülze erstickt
Das ist ewiger Nationalfeiertag
Nichts kommt auf den Tisch
Das Eis weicht nicht
Wenn Du gehst für immer
Nimm die Feste und das Böse mit

Das Böse kann das Gute mindern, aber niemals ganz auslöschen. Etwas durch und durch Übles oder absolut Böses kann es nicht geben. Die Erkenntnis und Vernunft, die ins reine Sein fallen, geschehen zwangsläufig, sobald der Mensch entfernt was im Wege steht, alles Vergängliche, also die Bilder der Sinnesobjekte, denn

66

diese binden und behindern den Menschen, so dass der Mensch leer wird wie ein aufnahmebereites Gefäss. Ausschlaggebend ist die Lebenspraxis, nicht der Lesemeister, sondern der Lebemeister. Einem anderen, der auf eine andere Weise lebt, die eigene Weise aufzudrängen ist verkehrt. Die Torx hält fest, das Fett will Bewegung. Sie feiern den Unterschied und laden den Lärm dazu ein

M
Deine Vorstellungen werden sich laufend ändern
Es bleibt nur dein Bauch
Du reisest alleine
Die Mitreisenden mit Blick nach unten
Stöhnend „Muss" sagend
Zerstreut wie Bomben
Deine Freunde sammeln im Wald Holz
Du rasest im Tunnel
Die Töchter heiraten Unbekannte in weiter Ferne
Nachbarn helfen sich nicht
Irgendeiner profitiert immer
Unkraut und Unnütz wird sauber weggeblasen
Die Erneuerung ist eine Kopie des Vorherigen
Die Saison ist vorbei, der Ismus allgegenwärtig
Allgegenwärtig die jungen Frauen
Die Alten sind nicht auf den Strassen
Niemand entdeckt im Fremden den Sohn
Zusammen saufen und rasch entweichen
Reiseführer am Fliessband geschrieben
Wo ist was am billigsten
Halbwüchsige Besserwisser dominieren ihre Aufzieher
Die Alten nörgeln und loben Unvergleichliches

Seeluft und Chemiewerkemission

Stimmen und Stimmbänder

Hoffnungsloses Vergleichen

Bergspitz und Tunnelloch

Reiste heimlich mit

Bin durchs ganze Land gegangen

Keinen glücklichen Menschen getroffen

Das proben wir an Sam's- und an Sonnentagen

Wer weiss warum

Darum - bis endlich dann ist

Es ist die erste Aufgabe des Menschen, sich von allem Wollen und Begehren zu reinigen. Die Liebe kann das nicht, sie vereint im Wirken, nicht aber im Sein, Vielmehr, sich und alle Dinge vergessen, Eigenwillen, Erwartungen und alle damit verknüpften Empfindungen verschwinden, Hoffnung, Furcht und Jammer sind verunmöglicht, alles Leid endet, denn es ist Folge von Geschaffenem, Gelassenheit wird erlangt. Nach Armut und Erniedrigung zu streben ist sinnlos und Ausdruck des Eigenwillens. Das Grundlose ist sein eigener Grund. Niemals auf ein Tun gründen, sondern ausschliesslich auf ein Sein. Die geschaffenen Werke sind zwar bedeutungslos, aber keineswegs nebensächlich oder gar entbehrlich, sondern eine notwendige Folge des rechten Seins. Nicht die Dinge an sich sind Hindernisse, sondern nur ein verkehrtes Verhältnis des Menschen zu ihnen. Vorrang der sozialen Aktion vor der passiven Kontemplation, Liebe ist gebaut auf Eigenliebe, also wertlos. Der Lärm seinerseits, hofft mit diesem Beitrag der Torx und dem Fett zu gefallen

Ein Lachen hinter der Maschine hervorgejubelt zwingt zum Nachdenken, fordert heraus, spornt an, begeistert, lässt respektvoll bewundern ist sofort verstanden als ein Beitrag zum persönlichen und beruflichen Werdegang. Wir kommen einfach so auf die Welt und gehören dazu, sind gleichzeitig verbunden und frei, verspielten vorher das unendliche Potential in der befruchteten Eizelle, beginnen mit dem einengenden und ausschliessenden Lernen, lassen uns mit Muttersprache und Kultur beschränken, nehmen statt den Zehen den Daumen in den Mund, schrumpfen das Gehirn. Einzig Liebe und Begeisterung, auch nur gespielte, sind Doping und Dünger für Botenstoffe, die sind dreitausendneunhundertvierunddreissig Mal stärker als Aspirin.

Wir leben im Unglück, erhalten kalte Schmuser und stellen uns den Grundaufgaben nicht. Es bleibt der Konsum von Kuchen mit Rahm, bitte, und einen Kafi crème. Die Lösung bringt die Wissenschaft, die Chemie, bitte ein Aspirin und ein Croissant.

Wenn es jemandem nicht gut geht, sollten wir dem in den Hintern treten und sagen, so komm, wir finden was für Dich, was Dich begeistert, das Ziel muss nicht erreicht werden, muss gar nicht, aber gross soll es sein, nicht ein Haus oder eine Bergspitze, oder ein Marathonlauf. Eine gastronomische Abwaschküche, mindestens. Ohne Fenster, uneinsichtig für die werten Gäste, hinter der Küche. Laut, dampfend, fettig. Es muss das Herz ergreifen. Es steht geschrieben: Der zweite Hauptsatz der Thermodynamik sagt, dass sich Dinge so zueinander organisieren, dass sie möglichst wenig Energie verbrauchen. Das heisst nun nicht sich Händchen haltend auf dem Sofa ausruhen und sich über die Umstände beklagen. Wir sind die Umstände. Kommen wir gemeinsam in die Kraft und das schliesst ein, sich in die Adams einfühlen. In der Blase mit ihm geschwelgt und ja, es muss gesagt sein, genüsslich und hingebungsvoll, ja mit Adam geschwelgt. Durchschauen ist auch schon ein wenig Adam sein. Oder entsteht da ein anderes Ich? Ein sozialdemokratisches AdamIch? Dann doch lieber das halbnackte Ich, das kann Lachen und Glauben, nicht wie Pfaff und Heini, nicht wie Theologie und Ökonomie.

Der Weg geht nicht über den Verstand. Dieser trennt die Dinge. Die Vernunft geht von einem menschlichen Aspekt aus. Das wissende Nichtwissen. Es gibt keine Wahrheit, nur die Aufhebung der Gegensätze. Der Mensch kann nur in der Weise der Vermutung zu wahren Aussagen gelangen. Koinzidenz, das Zusammenfallen der Gegensätze zu einer Einheit, ist ein Kernelement: alle geistige Anstrengung muss sich darauf richten, die einfache Einheit zu erreichen, in der alle Arten von Entgegengesetztem zusammenfallen, somit paradoxerweise auch die widersprüchlichen Gegensätze, die einander ausschliessen.
Alle Erkenntnisbemühungen zielen auf die äusserste Einfachheit, die gleichzeitig Quelle der gesamten empirisch feststellbaren Vielheit in der Welt ist. Das Fett, die Torx, der Lärm proben die Einheit. M, ihre Mentorin und ihr Über-ich, versucht ihnen den Kitt zu sein, der die Teile wieder zu einem Ganzen fügt, jedes zu seiner Aufgabe und schliesst freundlicherweise diesmal die Kreatur mit ein.

M
An der Angel
Nicht wie Fischer
Glückstag
Nicht wie Lottomillionäre
Wunschträume
Nicht wie Freaks
Durch Staub und Dreck und Spelunken
Durch Pannen und Pleiten
Durch Wunden und Eiter

Durch Laientheater und Souffleurkästen

Strebend ans Licht

Fallend in den Sumpf

Ja aus dem ist das Es gemacht

Den Hintern im Dreck und dem Kopf im Himmel

Wer das aushält

Hält das Zufallen der Dinge aus

Es hat und gibt seinen Preis

Teller waschen

Haut zeigen,

Laut lachen

Wähle

Wie die TellerwäscherInnen

Gewiss, das ist meine Wahl: Ich entscheide wann welche Körbe im Schlund der Maschine verschwinden. Es ist irr: Männer geben den Maschinen Namen, den Tornados und den Hitzewellen. Für die Frauen kennen sie kindische Diminutive. Ja, ich gab ihr einen Namen, nun sollen alle den Namen ablegen. Alle? Ausser. Egal. Immer besitzen wir genügend Macht über unseren Willen, aber man denkt nicht immer daran, sagte einer. Noch aber ist da kein Wille, sondern die warme Erinnerung an die Blase. An Nähe, an Schweben, an Freundschaft. Ich bin die merkwürdige Form von Hoffnung, die sich einfach nicht aufgeben will, Hoffnung vom blühenden Garten, von Freiheit und Zusammenhalt.

Ein Seufzer und der Finger klemmt in der Maschine. Das ist die gleissende Fassade, die Müdigkeit, die gestrigen Strukturen, der Abbau.

Die Maschine hält fest und sagt: Pass auf, achte mich auch ohne Namen, denn die Freundschaft ist eine Glückseligkeit, die nur wenige kennen. Das macht mich oft recht traurig, wenn ich so viele sehe, für die sie nichts als ein Wort ist, das sie, als Nettigkeit aussprechen, ungefähr so, wie das andere Wort: Tugend.

Und dann lässt sie mich los. Was bleibt ein rotes Mal.

Das Viele im Einen. Das Eine ist das Viele. Die Einheit ist nicht ausserhalb zu finden, sie ist gerade das Nicht-Andere, denn jedes Einzelne enthält in sich die gesamte Wirklichkeit, mit der es ungeachtet seiner individuellen Besonderheit verbunden ist. Das Anderssein macht der Verstand, der betrachtet. Eine unendliche Gerade ist nicht nur Gerade, sondern zugleich auch ein Dreieck mit grösster Grundseite und kleinster zugehöriger Höhe, ist auch ein Kreis und eine Kugel mit unendlich grossem Durchmesser. Das Fett, die Torx, der Lärm feiern das Viele im Einen und das Eine im Vielen und gründen nun die neue Trinität

Ruhe. Die Maschine wartet auf eine Reaktion. Nichts. Sekunden oder Minuten oder Stunden. Ruhe. Immer in der Ruhe lärmt ein Affe: Diesmal fragt die Wurzel aus zwei, ob die Zahl sieben einmal nicht mehr vorkommt. Und die Drei will wissen, ob sie fleissiger sei als alle anderen. Diese Fragen helfen nicht weiter. Nicht jetzt. Ruhe. Niemand ruft nach Kaffeelöffeln. Niemand klatscht auf Schenkel. Nichts. Kein Wille. Keine Macht. Auch keine Hoffnung. Nur Möglichkeiten.

Einige, die bis dahin folgten, obgleich sie nun schon zum dritten Mal gähnen, legen das Blatt nun weg. Ich bin auch voller Skepsis. Was soll das, eine seriengefertigte Industriegrossküchen-abwaschmaschine, die spricht? Sie spricht gerade zu den Zweifelnden: Ein guter Freund ist etwas Unreifes, etwas, das unvollendet geblieben ist. Er hat verschiedene Eigenschaften, die zur Freundschaft gehören, aber die Anzahl derer, die er nicht hat, ist auch nicht klein. Man wollte ihn gerne vollends zum Freunde ausbilden, aber es will nicht gehen. Er versteht und fühlt nur bis auf einen gewissen Grad.

Für mich gibt es keinen Ausstieg, kann nichts auf die Seite legen, folge unweigerlich den weiteren Belehrungen, bin an der Maschine und bereite meine nächste Handlung vor, in Spannungsfeldern und Unterschieden, mit Pfannen und Gläsern in Veränderung hin zum sauberen Neugebrauch.

Mit Wucht piepst ein Sirenenton schrill von einer Kachelwand zur andern und wir denken, hoffentlich ist nicht etwas ist passiert oder gar nichts ist los.

Die Antwort hat die Maschine, sie ist im lustvollen Wortgefecht mit einem ihrer Teile, die Vereinigung gelingt und gelingt nicht, das stört gerade nicht und es braucht keinen Ingenieur, alles geschieht aus sich oder eben nicht. Freude sollte es machen, Freunde bringen.

M

Da tun sich Worte auf und Bilder
Gerüche und Fernblicke
Dann schwingen wir uns auf
Sehen Dich die Sonne geniessen
Auf dem Karotuch im feuchten Gras
Mit dem geflochtenen Korb des Einhändigen
Wir wissen wie ersiees riecht
Die Decke pickst wohlig
Du winkst uns zu mit dem bunten Schal
So wie damals vor 444 Jahren
Geblendet erheben wir den Blick
Sehen ihn jetzt auch in scharfen Kontrasten

Den blauen See im schwarzen Wald

Spüren den Wind in den Federn

Landen sanft und setzen uns ins Schilf

Geraten aus dem Bild

Da sitzen wir und lassen es sein

Das Vordenken wie es sein könnte

Nehmen die Szenen und Erscheinungen mit

Wenn das nicht genügt

Was dann

Wir bitten Dich, bleib noch etwas liegen

Rieche am Gras

Und trinke den Schluck Wein

Du kennst was vom Leben und vom Genuss

Der Flug war kurz

Wo der Federkranz die Erde berührte

Weiss niemand mehr

Vielleicht findest Du den Ort

Prost, ihr lieben Klippenwinde

Der menschliche Verstand ist die Kraft, welche die Sinneseindrücke ordnet und unter vereinheitlichende Begriffe bringt. Dies geschieht durch Unterscheidung und Vergleichen, hält aber das Unendliche und Maximale fern. Die Vernunft steht über dem Verstand und kann das Unterscheidende negieren, ist selber endlich und kann die Wahrheit berühren und das Grösste mit dem Kleinsten gleichsetzen und sich der absoluten Einheit und Unendlichkeit zuwenden. Weisheit ist leicht und direkt zu finden und voller Freuden, Voraussetzung dafür sind nicht Wissenschaft und Schulwissen, sondern das Üben des Koinzidenzdenkens, das das Anerkennen beinhaltet, dass Ereignisse, die keine erkennbaren gemeinsamen Ursachen haben, gleichzeitig auftreten, ein Denken, das zur Fassbarkeit des Unfassbaren führt, zur Annäherung durch ständiges Fortschreiten ins Unendliche, unablässiges Aufsteigen. Verstehst Du? Fragt die Trinität aus Lärm, Fett, Torx: Koinzidenzdenken. Übe

Prost, ihr lieben Klippenwinde. Nicht ihr reisst den Schlund auf und schlägt ihn wieder zu. Köche schreien, der Boden klebt, die Maschine dampft. Dampf Maschine! Die Adams haben rote Köpfe vor Wut. Weshalb denn? Und IchSieEs flitzt lachend durch die Teller. Adams rote Köpfe spiegeln sich im blanken Metall. Die Adams füllen und leeren den Schlund. Hundert Hände. Auf und zu im irren Takt. Ich stehe daneben und schwanke und kann nicht glauben, was ich sehe. Adam hat Brandwunden an den Fingern. Und trägt Kleider, die nicht die seinen sind. Meine. Schlucken. Atmen. Am Metall wischen. Die Augen reiben. Staunend über das Anderssein im Gleichsein.

Die Maschine säuselt nun wieder, sie ist im Frieden mit sich und ihren Teilen.

Einander anlächeln und dann kommt ein Lächeln zurück. Zusammen den Austausch suchen. Einander suchen, nicht sein lassen. Wir sind nicht allein. Aber wie? Potentiale zusammen bringen. Potential im Sinne, von Begeisterung für etwas. Kein Muss. Unbedingtes Tun. Für etwas Leben! Nicht gegen. Und das etwas, das ist Dein Ding. Leben als Alltagsvision. Die findet kein Ende. Ist nie erreicht. Kein Erfolg auf der ganzen Linie. Das ist der einzige Grund für das Gesunden. Grund für das Aufstehen. Ich muss ja, wird zum ich will. Wohin? Zu meinem Sinn, zu meiner Begeisterung. Wie soll das geschehen? Mit der Würde, niemanden auszunutzen. Weder Tiere, noch Natur oder Menschen oder Maschinen. Nicht auf Kosten anderer.

Einer fällt um. Bleibt liegen. Das ist das Leben, das er leben will. Umgefallen. Noch muss er aber einiges klären er rappelt er sich auf und brüllt: Und wer putzt die Teller? Holt den Kuchen aus dem Ofen? Arrangiert die Salate? Ich bin nicht Adam! Nicht Adam. Streift nun die Kleider und die Haut ab. Seine Knochen hantieren mechanisch.

Und die frisch geölte Maschine säuselt, übertrieben süss, fast klebrig.

Adam braucht keine Würde, keinen Sinn, er hat bedeutungslosen und ausbeuterischer Konsum im Dauerangebot. Die Ordnung heisst Selbstvernichtung und Informationszumüllung, so dass das Du in Anästhesie verfällt.

Alle Aussagen, auch diese, sind irreführend. Lass dich täuschen, wenn es Dir gefällt.

Wer willst Du sein? Warum stehst Du auf?

Das ganze Menschsein besteht aus lauter eigengesetzlichen Augenblicken und reproduziert die Einfühlung in die eigene Vergangenheit. Also ist eine radikale Skepsis gegenüber jeglichen Dogmen und eine stoische Geringschätzung gegenüber Äusserlichkeiten aller Art, sowie eine strikte Ablehnung menschlicher Überheblichkeit gegenüber anderen Naturgeschöpfen angebracht. Die Trinität lockt das Lealamm

Dabei wissen wir. Informationen, über die nicht nachgedacht wird, sind ohne Wirkkraft, ein Gequassel. Auch wenn Du diese Zeilen nur liest. Das sagt die Maschine. Und nun leere mich und lade mich wieder neu. Punkt. Ein Affenlärm. Nichts. Und immer noch: Bin nicht Adam, Weder Adam 1 noch 2 noch 3 noch 27. Nein. Schäle mich weiter bis zum Nichts. Nackt. Noch nackter als sie es einmal war. Deshalb enthüllte sie sich. Alle sollen sehen, dass sie nicht Adam ist. Deshalb. Eine Erkenntnis. Also deshalb. Wenn das so ist. Schnell wieder in die Kleider. Aber wie sie damals. Lernen von der Geschichte, auch wenn es die eigene ist. Viel Haut. Wobei der Unterschied zu all den Adams nicht gross ist. Sie hatte es einfacher. Schreie durch den Dampf und Lärm: Sie hatten es einfacher, früher. Du hast es einfacher! Ich verstehe Dich. Ich begreife. Bin ein Teil von Dir. Einfacher. Einfacher. Nichts ist einfacher.

Was macht der Typ da. Schreit nach Adam und zieht sich aus. Was soll das. Was will er? Kunst. Performance. Auf der Suche nach der Weiblichkeit? Im Weiblichen ist Kunst. Nicht Kraft. Dafür Vernunft und Kunst. Überlegen. Durch die Gabe, die Neigung der heteronormalen Adams zu gebrauchen. Das ist Meisterschaft. Nicht Schreien und Wüten: Sich entlarven, um zu entlarven, zu lenken. Nur Tore treiben mit uns Spott. Warum ich so viel lache? Selbstredend. Der Ritter in strahlender Rüstung rettet die hübsche und junge Prinzessin aus ihrer Not. Doch die Prinzessin meistert ihre Situation alleine, sie muss, muss ja auch noch den Ritter vor seinem wildgewordenen Pferd beschützen. Also lache ich. Die Cis-Männer sind Bewerber. Nichts mehr. Blindbewerber. Ich haben keine Stelle ausgeschrieben. Wir vereinen unsere Talente: Zu herrschen und uns gleichzeitig vergnügen. Glaubt er, er heisse Adam? Und kämpft gegen oder für etwas. Er bedient auch den Ofen. Holt Kuchen raus. Aber so was von ungeschickt. Ich begleite seine Hände. Zisch. Neue Blasen an den Fingern. Ich lache nur. Ich lache, er schreit. Ich glaube er ist eifersüchtig. Auf mein Lachen. Wie er mich zuweilen anschaut. Zum Fürchten. Durch mich durch. Packt mich und zieht mich in einer Seifenblase zur Decke. So kommt es mir vor. Nun ist er halbnackt. Mein Gott. Was gibt das? Feiert er das Ende der Knaben-Ritter-Identität? Egal ich schaue weg und höre der Maschine zu: Mein Entscheid und den möchte ich teilen: Ich will nicht mitgezogen werden. Ich brauche keinen Spinner, auch keinen Anführer, keine Chefin, keinen Oberideologen. Ich brauche Gemeinschaft, die mich eben auch in den Hintern tritt. Mich öffnet und schliesst. Von mir etwas verlangt. Mehr nicht.

Wert hat die konkrete Erfahrung und das unabhängige Urteilen. Die sinnlichen Wahrnehmungen sind unzuverlässig, vielleicht sind es Träume oder Illusionen. Lealamm lacht wie Du

Ich schweige und lache dann wieder, brauche mich nur an die Maschine zu lehnen und alles ist gesagt: Aber den Satz mache ich fertig, gegen Euren Lärm: Sprecht mit mir. Nehmt mich ernst. Ich bin keine Ware.

So und urplötzlich schaffen wir die Transformation. Niemand steuert, auch nicht das kollektive Bewusstsein. Jede und jeder geht hin und nimmt den Nachbarn mit. Es gibt keine übergeordnete Ordnung. Es gibt den Sinn und die Würde - nicht die aus dem Grundgesetz. Meine Würde als Hüterin der Maschine, der Teller und Pfannen, Messer und Gabeln. Will niemanden übertölpeln oder ausnutzen. Wir haben die Wahl oder wir geben sie ab und laufen hinterher. Du und ich, anderes ich, wir gestalten die Lebenswelt, wir zerstören keine Fundamente. Das Gleichgewicht ausserhalb der Abwaschküche ist gekippt. Das Spiel ist aus. Beinahe. Gerade aber im Spiel könnte die Erfahrung gemacht werden, dass nur das Zusammen die Freiheit gewinnen kann. Meine Lebenswelt muss nicht mitkippen. Und ich finde es schön, wenn Menschen an mich denken, gar für mich beten, mit mir meditieren und Worte wie Achtsamkeit nicht zur Ware verkommen lassen. Das nützt, wenn ich darum weiss, sonst ist es Gugus, das Wissen stärkt meine Selbstwirksamkeit, auch und gerade wenn ich in den Hintern getreten werde.

Es wagt Worte aus mir
Dem fällt die Haut ab, kann nicht unter die Leute
Sturm im Kopf und aus der Haut gefahren
Rohes Fleisch an der Spüle
Der wütenden Fleckenkater faucht
War ein Röseli und kippte um
Nicht traurig sein
Die karierte Decke ist irgendwo
Der Platz ist besetzt
Schreib doch nicht so, doch nicht so, nicht so
Sonst kommt das Tüfeli
Kommt das Tüfeli
Das Tüfeli kommt zum Meitje und zum Büble
Das wird zum Göich
Und da nützt kein Orff
Röseligöich
Putzt Teller und klagt und klagt
Meitje Röseligöich
Deshalb lacht sie

Erkenntnis müsste von den Erscheinungen und dem Sein unterschieden werden, was aber unmöglich ist. Dem Menschen bleibt eine natürliche Erkenntnis versagt, das wahre Wesen der Dinge ist nicht zu erfassen, er kann es einzig in den stetig wechselnden Erscheinungen wahrnehmen. Es gibt nur scheinbare Gewissheiten basierend auf den subjektiven Empfindungen. Die

Torx als Teil der Trinität und Teil der Maschine, nun fest an ihrem Platz

Wie schön Du sprichst. Aber hier ist Nichts zu suchen und alles zu verlieren. Mitleiden mit dem Fusse der Dich tritt! Die Maschine schnurrt und spült und erzählt: Grosse Gedanken werden zu Brei gekocht. Gefühle verwesen, der Geist geschlachtet. Was einmal beseelt war, hängt schlaff über der Leine. Alle hetzen und wissen nicht warum und wohin. Sie streiten und wissen nicht warum. Sie meinen Gold und jagen Blech. Süchtig nach Likes und Meinungen. Es gibt hier auch viel Frömmigkeit und viel Speichelleckerei. Ich diene, du dienst, wir dienen, dass der verdiente Stern sich endlich an den schmalen Busen hefte! Warum bleibst Du im Sumpf und wirst selber zur Kröte? Gehe auf den Berg und pflüge die Erde. Warne nur dich selbst. Liebe. Verlass den Sumpf. Es war ja auch gut, nun ist es vorbei. Alles hat seine Zeit und sein eigenes Schicksal. Und wenn ich lache und scherze, ist es ein Befreiungsschlag. Immer stehe ich an der Mauer. Als Mädchen musste ich lächeln und den Menschen etwas guttun. Wünsche ablesen. Nett sein. Als Junge lernte ich den Kopf schief zu halten. Ein Zeichen, dass ich bereits meine kommenden Niederlagen eingestehe. Frau Du und Frau Ko, meine Mutter mochte sie nicht, sprach gar nicht nett von ihnen, aber ich hatte sie freundlich zu grüssen, den Blick zu senken und Ihnen die Türe im Hauseingang öffnen, sonst gab es Schimpf. Widersprüche früh gelernt. Innen ist nicht aussen. Tun als ob. Dabei habe ich meine Sicht verloren. Wurde vortrefflich in der Einfühlung. Was wollen die Menschen von mir. Man sagt, die Mädchen müssten das Nein lernen. Die Jungs auch. Die Jungs überspielen mit Kraft, Durchsetzungsvermögen, Hartnäckigkeit und Vielem mehr. Niemand sagt, du berührst meine Seele. Kein mütterlicher Dialog.

Nun suche ich den Dialog. Aber mit wem? Wer ist wer?

Der Mensch ist nicht das Zentrum der Naturordnung.
Grundüberzeugung von das Fett, die Torx, der Lärm

Und wieder wird Material verschoben, noch einmal alles in die Hände genommen und durchgewärchet. Das Leben ist eine heftige Bewegung. Wohnen ist für Nomaden einzig Unterschlupf. Kein Zimmer am Meer. Klagen geht leicht. Und gleichzeitig nehme ich mich auf den Arm. Sich im Leben einrichten. Unterwegs sein. Mit der Maschine sprechen. Sie ist mir wichtig. Ich verwöhne sie nicht. Um mich zu nerven sinnsprüchelt sie unablässig: Genug für andere gelebt, leben wir zumindest dies letzte Stück für uns.
Wir werden viel weniger durch das verletzt, was uns geschieht als durch unsere Meinung darüber. Ob wir etwas als Wohltat oder Übel empfinden, hängt weitgehend von unserer Einstellung ab.
Und sie setzt in meinen Kopf wie in ein frisch gepflügtes Kartoffelfeld: Wenn es rechts nicht schön ist, geht es nach links, wenn ich mich nicht in der Lage sehe, weiter zu fahren, halte ich an. Habe ich vergessen, etwas anzuschauen? Ich kehre um, so finde ich immer meinen Weg. Ich plane keine Linie im voraus, weder die gerade noch die krumme. Wie mein Geist mäandert, so auch mein Stil.

Es reicht. Ich trete gegen das Metall. Immer an die selbe Stelle. Keine Beule, kein Kratzer sichtbar. Wie macht die das? Und von wo die Kalendersprüche? Von mir? Steht es so schlimm um meinen Kopf? Kopfmüll? Kioskwissen. Verbrauchtes und Verbruchstücke. Wie Scherben. Scherben im Kopf.

Ich verwöhne sie nicht, füttere sie mit Schmutz. Beide. Die Maschine und den Kopf.

Ich verwöhne Dich. Hier ein zärtlicher Blick, die grossen Augen sind für die Köche und für Adam. Der sieht sie nicht. Für Dich schliesse ich die Augen. Die lauten Lacher für die Welt. Für Dich das Lächeln. Und hie und da ein wenig Fett für das Getriebe. Die Gedichte: Niemand mag sie. Nur Glas, Porzellan, Stahl.

Sauber wie bei Frau Du, der Haushaltsobermeisterin im erträumten Mädchenheim. Sauber und nicht rein. Und sie reisst die Wäsche von den Leinen. Noch einmal. Und aufgehängt wird mit Klammern, dann gebügelt und gestärkt mit Gala. Jawohl. Sauber ist nicht genug. Die Mädchen kriegen sonst keinen Mann. Ein Unterschied ist ein Unterschied.

Ich unterscheide durch Gedichte. Und nicht durch rot geschundene Knöcheln. Ich schützte meine Hände. Sie verlangt nicht viel. Nur geschlossene Augen und den Gedichten zu lauschen. Auch den nicht gelungenen.

M

Keine Sorgen um fremde Wehweh und Bobos

Kein Zwinkern und keine Sirenen für Röseligöich

Schwimmende bei Regen in der Aare bitten die Götter um Blitzschutz

Ein Hemd ist immer eins zu wenig oder eines zu viel

Irgendeinmal wird es weniger Wäsche geben

Am Horizont ein Lichtschein

Dann ist das nach Hause kommen leichter

Trotz der verdorbenen Kartoffelernte

Untertan und Hungerwinter

Sanft im Fernsehgeplauder untergehen auf dem weichen Sofa

Chips und Weisswein in der Hand

Zum Lindenbaum hoch über der Kirche
In den Stall zu Sonnenplätzen
Hinein in tiefe Zauberschluchten
Zugfahrt vom Kinderferienort in die Erwachsenenwelt
Nicht Heim, aber zur Wäsche und Madam und Adam
Verbunden mit dem Menschen in mir
Mit der neuen Trinität

*Wissen ist nicht die Lösung. Es bleibt, das eigene Selbst als das
Objekt zur Erlangung der Unabhängigkeit zu nehmen, diese
Introspektion lässt das eigene Wesen entdecken und auf diesem
Wege auch andere Menschen verstehen. Also hin und her
überlegen und nachdenken und nicht die Wahrheit festlegen,
reglementieren und schulmeistern, nur eine skeptische und
tolerante Haltung ist Grundlage, um Dogmen kritisch abzulehnen.
Der Beitrag von die Torx zur Diskussion über die gemeinsame
Grundüberzeugung*

*Maschine, Mensch, die Trinität formen sich spontan zu Trio
Macchina*
Dann das Sinken in die Leere, in den Schlund
Auch Gäste brauchen Stärke
Weitersehen, wiedersehen
Das ist der Zug nach irgendwo
Nein, keine Games und keine Rätsel
Die Bahnhöfe und Weichen sind verstellt
Die Mächtigen mit Stundenplänen sind Jäger in Räumen ohne
Fenster
Sie könnten mit Liebe und nicht mit Angst regieren
Oder eben gar nicht
Anregend, assoziativ, gigantisch

Der Apokalypse und der Dystopie trotzend
Natur und Technik verbindend
Die Musik spielt alleine, die Bilder werden im Innern evoziert
Die Haut ist übersät mit roten Flecken, nicht ansteckend
Phänomen bekannt, die Ursache nicht
Und Gedanken irgendwohin schicken

Also die Abwaschküche neu streichen, Gedankenwanderungen, Kontakt-aufnahmen mit Lebenden und Toten. Es ist nicht anstrengend, es ist leicht und in Ordnung. Mache immer weiter und frage mich, warum ich mich nicht frage, wohin alles geht, die Tageszeit, das verrinnende Leben. Die Erinnerungen interessieren nicht. Aus der Zukunft wird sie mir und dem Tobenden einen Brief schreiben: Bin sehr wohl hier in den Bergen. Meine neuen Bekannten sind Bauern und Chauffeure, Pöstler. Alles Landbesitzer. Aber: Gute Menschen. Jede anders zu begrüssen. Doch der Kreis weitet sich. Ich erhalte Wohlwollen. Nachbarn, die sich freuen. Es auch zeigen. Mich einbinden. Und die Landschaft und das Wetter einfach überwältigend.

Die Vorstellung von einem bejahten Leben und einem Tod in Würde verlangt Reflexion,   um die kurze Lebenszeit nicht mit nebensächlichem Handeln zu vertun. Das sollte der Beitrag von der Lärm sein, der aber im eignen Lärm untergeht

Trio Macchina feat. Laralamm
Losgehen
Die Verheissung des Morgens atmen
In die Stille des Unberührten aufbrechen
Schlafende Häuser hinter sich lassen
Wind im Gesicht spüren. Dem neuen Jahr entgegenlaufen
Mit eigenen Schritten hineinwandern

Bekannte Wege wie Neuland erkunden

Ins Weite wollen

Dem Ungewissen vertrauen

Aus der Dunkelheit heraustreten

Auf den Beginn setzen

Mit den Knospen rechnen

Alles für möglich halten

Die Gedanken weit voraus

An Tagen und an Vielem

Wünschten weiterhin die Nase vorn

Frisch in den Wind

Leicht und froh

Hier in der Abwaschküche mag es gerade nicht gelingen. Vielleicht zu lange die Wissenschaften studiert. So muss es sein. Ungeschickt mit den Tellern, mit der Maschine, mit Dampf und Kacheln, Fett und Hitze und Lärm. Das ist das Sein hier. Punkt. Ich habe noch Gedichte und die Liebe. Und die Blicke aus der Küche. Das erfundene Sein. Das erlerne ich. Geglaubt, dass in der Schule für das Leben gelernt wird. Ein Narr. Ein Narr, der versucht Gewohnheiten aufzubauen, Abläufe zu optimieren, statt hinter die Dinge zu schauen, zu den Wurzeln zu gelangen, Konstruktionen als solche begreifen. Mensch-Maschine-Teller-Schmutz-Hitze-Dampf-Natur-Umwelt-Gesellschaft-Spiel-Reize, ein einziges Netz, alles ungetrennt und sich bedingend. Und alles neu erfinden: Stimmrecht für Tiere. Maschinen ins Parlament. Neues Recht, neue Politik, neue Künste, neue Architektur, neue Städte. Nicht Einstellungen oder Meinungen, sondern Gewicht und Form. Die Maschine ist um ein Mehrfaches schwerer als Du, vergiss das nicht. Also musst Du mit Deinen Einstellungen auf sie reagieren, gemäss Deiner Funktionsweise. Du setzt Dich mit einzelnen

Fragestellungen und Positionen auseinander, leitest diese aber aus einer falsch gedachten Welt ab. Die Welt ist anders geartet. Eure Maschinen wissen das schon längst. Auch der Ofen. Du meinst, es seinen widersprechende Positionen. Das müsst Du überwinden.

Trio Macchina feat. Laralamm, das während der Performance nun
definitiv zum Leaschaf wird, sich die Freiheit nimmt, mal Lamm
und mal Schaf, mal Bock, mal Lara, mal Lea, mal Leo zu sein
Rot im Bett
Tucholsky im Kopf
Freundschaften im Traum
Treffen und Meldungen selten
Dafür berührend tief
Weichen verstellt oder zu viel Zug
Die scharfen Kanten der Eisenbahnschienen schälen die Aura
Eine Haut nach der anderen
Ich friere, sagt Tucholsky

Das Subjekt und seine Freiheit? Die Wahrheit ist nicht zu
ergründen, einzig der Zweifel an der eigene Vorstellung der
Aussenwelt bestätigt die Existenz. Es gibt keine andere
Geborgenheit, ausser das Selbstbewusstsein und die
Selbstgewissheit einer zerrissenen Welt aus weltlosen Subjekten
und blossen Objekten. Im Innern des Menschen gibt es die Idee der
Vollkommenheit, sie schützt die Freiheit des Ichs vor dem Sturz ins
Bodenlose. Das Fett gebiert während des Gedichtes weitere
Formen

Trio Macchina feat LeaLaraLeolammschafbock geben sich während
ihrer Rezitation und der permanenten Integration einen neuen
Namen: MaschineMenschSchaf kurz MMS, auch bekannt als
Multimedia Messaging Service und als Miracle Mineral

Supplement, aber das wären noch ganz andere Geschichten
Ich friere, sagt Tucholsky
So fühl ich zwischen den Orten
Taumle zwischen Schaffen und Arbeiten
Die angezählten Wochen hoffentlich bald vorbei
War verliebt in den süssen Schmerz einer unerwiderten Liebe
Und etwas Wehmut
Wie es sich gehört
Angesichts des einschleichenden Winters
Verblasst der nächste Sommer
Kein Durchkommen im Alleingang
Ein letztes Schaudern
Kein Morgengruss

Danke, sage ich, danke. Bin erschüttert und begreife. Du meinst also, die einfachste Handlung, also unsere gemeinsame Tellerwäscherei, erfordere die Unterstützung unzähliger Akteure, um sie auszuführen. So sind wir mit Kinderarbeit und Altenbetreuung, mit allen Arbeiterinnen in prekären Situationen verbunden, aber auch mit den Banken und den Geldsäcken. Wir sind alle einander etwas schuldig, es gibt keine Fremden, es gibt keine freien Individuen und alle Lebens- und Maschinenformen sind Ressourcen. Ich bin Teil von allem. Und trotzdem ist sie noch da, ausserhalb von mir. Die Maschine. Darf ich sie noch Madam nennen? Sie wechselt auf das Spülprogramm und verlangt noch weiter zu denken: Es gibt keine Staaten, keine Souveränität. Die Welt in der wir hier leben ist nicht deckungsgleich mit der Welt, von der wir leben. Alle Gegensätze sind zu überwinden und die Dinge deckungsgleich zu machen. Maschine und Mensch, Du und ich, Politik und Wissenschaft, Kultur und Natur sind nicht mehr getrennt. Progressiv ist konservativ, eine grüne Politik gibt es nicht.

Stoppknopf.

Das ist zu viel. Also wir sind alle eins. Die Produzenten und die Konsumenten, die Verschmutzer und die Reinigerinnen. Hier im Raum. Ich bin das andere Ich auf der andern Seite. Ich bin der, der immer mit irgend einem Adam kämpft. Also nenne ich auch ihn Adam. Adam und seine Maschine und ich und meine Maschine Madam. Alles ein Einziges, zusammen im Fett und Lärm. Lustig. Ich bin Mann und Frau und Maschine und Küchenlappi und Objekt ihrer Lust und Subjekt meines Tuns und Denkens. Bin Chefin und Arbeiter. Ich als Chefin, nein danke. Und ganz ehrlich: Ich hab gerade Lust auf Nichts! Echt Lust, meine ich. Also weiter ins Unbekannte. Die Maschinen laufen synchron. Ich kann Gedanken lesen. Verliere das Ich. Bin ein Totenschiff. Bin der Liebling der Literaten. Tee trinken und weisses Papier, das ist gut. Das ist Solidarität mit allen.

Die denkende Seele ist der Ursprung der Erkenntnis, das denkende Ich macht den Leib zu einem Objekt der Körperwelt. Im Bereich der Körper gelten Gesetze der Bewegung, die von keinem Eingriff der Seele in das Geschehen durchbrochen werden. Es existieren zwei miteinander wechselwirkende, voneinander verschiedene Substanzen, Geist und Materie, Leib und Seele. Und eine einzige Torx hält dies alles zusammen

Unsere Altvorderen wussten genau, dass gegen alles ein Kraut gewachsen ist. Hausrezepte und Geschichten: Weshalb der Teufel die Blätter des Johanniskrauts mit seinem Dreizack durchstiess und der Wegerich eigentlich ein verwandelter König ist, welche Pflanze vor Hexerei schützt und welche für starken Liebeszauber, für ewige Schönheit, Weisheit und Glück. Ich liege jetzt tief unter dem Schnee und es scheint hell: Ich helfe Dir, Dein Potential unabhängig

88

von der Meinung anderer und von traditionellen Werten zu entwickeln und unterstütze Dich bei allen Veränderungen mit einem energetischen Schutzschild. Und ein anderes Ich wartet auf den Frühling: Ich befreie Deine Zellen durch Erhöhung der Vibration von aller Negativität, die durch Dein Umfeld erzeugt wird. Schön, dieses Ich. Das Ich im Dampf widerspricht heftig: Vernunft, Wissen, Weisheit, Rationalität, Verstand. Und die Hitze unterbricht: Mach es einfacher, nenne es Denken. Sich einen Vorgang im Bewusstsein vorstellen. Auch die Hitze hat ein Bewusstsein. Sie ist ungetrennt ein Teil von Dir. Deine Sinne erfassen Dich so wie der Ofen deine Finger verbrennt. Also weiter: Ursachen und Wirkungen werden hinzugefügt. Das Fett an der Decke, auch ein Ich, verweist auf Emotionen und Leidenschaften: Sehe ja wie das läuft. Nackte Schenkel und so. Die sollen die Vernunft kontrollieren? Die Ziele sind so simpel. Die Maschinen ergänzen im Duett: Die Vernunft betrachtet die Ziele. Passen sie zu unserer Weltkonstruktion? Zu unserer Moral? AdamIch und ichIch fragen sich, ob das eigentlich richtig ist, was wir denken. Und der ganze Raum, jede Kachel und alle Essensreste und jedes Haar meldet sich: Wir wollen es so. Ziel ist nicht die Wahrheit oder die Realität, wir wollen im Recht sein, auf der richtigen Seite stehen, beliebt sein, richtig ist falsch und falsch ist richtig und unten ist oben. Egal. So war es bisher. Nun sind wir alle eins. Unparteisch, unparteilich, ungetrennt. Und schön sprecherisch: In Vereinbarkeit mit der Zukunft und dem Wissen und den anderen Atomen. Ruhe.

MMS
Der kleine Kasten zu klein
Für Finger des Moments
Künde alle Wahrheiten
Sie kommen über die linke Schulter

Aber auch die sind nur Wahrheiten

Also einfach ausprobieren

Einfach probieren

Über die andere Schulter

Und über Hüften und Schenkel

Therapeuten klatschen

Übers Knie legen

An die Brust nehmen

Zu Herzen führen

Stufenliebe

Aufkommende Abendsonnen bleiben ungesehen

Es ist es ein Muss, danach zu suchen, was man ist, aber das Endliche vernichtet sich in der Gegenwart des Unendlichen und wird zum Nichts, der Gedanke verliert sich im Wundern. Das Sein ist Sein im Widerspruch. Der Mensch lenkt sich ab und vergisst sich selber, er fühlt sonst sein Nichts, seine Verlassenheit, seine Leere. Und das ist gerade die Grösse des Menschen, er erkennt sein Elend. Der Mensch ist Widerspruch, Wunder, Glanz und Auswurf des Alls und lebt zwischen Dogmatismus und Skeptizismus, er ist aus der Ordnung gefallen. Unterwerfung unter die Vernunft, darin ist weder Wahrheit noch Heil, auch nicht bei den Philosophen und Gelehrten. Es ist die Erfahrung. Wie Feuer. Feuer gibt Wärme, des das Fett liebstes Speichergut

MMS
Ungesehen wie die aufsteigenden Ballone

Aber höre die Farben

Sie meinen wohl nicht Dich

So behende kennst Du Dich nicht aus

Doch einige sind auch Dir vertraut

Es sind die unseren

Wir färben die Welt von beiden Seiten

So klein und selten sie auch ist

Im Spülgang unserer Apparate

Mutig und vorsichtig

Gabel und Messer mischen

Herz und Kopf zusammenfügen

Die Schrauben und der Lärm werden es mit Fett entwirren

Grenzen rufen und wir stürzen

Halt geben und weiter torkeln

Blinzeln in Glaskästen

Napoléon und Ferne als Passion

Es gibt einzig Zwischenräume und Zwischentöne

Die Worte zählen nicht, sind aneinandergereihte Buchstaben

Und so geht es langsam ans Licht

Alte Steintore im Nebel in Wut färben

In unsicheren Schritten

Auf verschwundenen Wildwechseln ans weisse Ziel

Danke für das Zurückbleiben

Dem Schweigen leise eine Stimme geben

In unsicheren Worten

Danke für die Stille zwischen den Buchstaben

Lange Ruhe.

Bis diese spricht: Die strengste Zeit ist vorbei.

Eine neue Blase formiert sich, in neuer Besetzung, die zweite Chance. Und das ganze namenlose Klüngel schwebt und kichert und erschafft neue Formen und entwickelt endlich Seele, wohl weil Lealamm dabei ist, Lea und das wird sich später zeigen, deren Namen die Ermüdete, die sich vergeblich Mühende bedeutet,

Lealamm, das eigentlich Ava hiesse, Wasser oder Gesang. Dann wäre es vielleicht anders gekommen. Aber das ist eine andere Geschichte, die Phantasie des Buben, der sie erschaffen hat, könnte sie erzählen, sie wurde versehentlich gelöscht und wartet, wie so vieles, das wir nicht wissen können und uns deshalb unverständlich oder gar nicht erscheint, auf eine eigene Bekanntmachung.

Das Endliche im Unendlichen aufheben, das Ewige zählt. Alles ist Eines. Eine Substanz kann nur aus sich allein begreifbar und erklärbar sein, denn sie ist nicht von einer anderen Substanz hervorgebracht worden. Der Kosmos ist diese Substanz, sie ist in nichts Anderem und somit in allen Gegenständen. Das, was unser Intellekt von dieser Substanz erkennen kann, sind die Attribute Denken, Geist und Ausdehnung, Materie. Seele und Leib und Idee und mechanische Körperwelt sind nicht im Gegensatz, sondern Entsprechungen. Das Fett, Weisheiten der Müden, noch vor der Mitte der Schrift

Gesang oder Wasser: Wer nicht fliesst stirbt. Erde zu Wasser, Wasser zu Seele, so haben wir gelesen. Aus dem Wasser kommt alles Leben, das ist doch noch nicht vergessen. Die neue Seele der Blase springt auf den Maschinen und auf das, was von den Menschen übrig ist und der Hass auf die Maschine blüht erstmalig unvermittelt und ungebremst, heftig und kurz auf, weil auch der Hass leben darf, und Denken und Empfinden vereinigen sich in Lea/Ava/Lara/Leo, Eva und Adam gab es nie. Die Vernunft hat geleistet, was sie leisten kann, konnte die Herzen nicht öffnen. Die Herrschaft der Chefs, die Angst vor Veränderung, Vorurteile und das Verfinstern in den Köpfen und Schaltmodulen ist implodiert. Alle Kenntnisse lagen lange schon offen bereit, längst gefunden, preisgegeben und öffentlich dokumentiert, das Zeitalter längst mehr als aufgeklärt. Das Wissen hinlänglich im Kopf, um die praktischen Grundsätze zu berichtigen, Fanatismus und Betrug barbarten in Hochkonjunktur. Ermüdet erstarb der letzte geduldete Widerstand.

Nun aber auf in die Wolken, auffliegen in eine andere Welt, hinunterschauen in die Schlucht unserer Herkünfte, den chinesischen Fabriken, den Hinterzimmern der Geldsäcke, den vereinigten Abwaschküchen, den blutigen Mutterschössen, Schluchten so tief, dass keine Überwindung zur Rückkehr ruft, der Leitseile befreit, die den freien Gang entwöhnten, keine Meinung und kein Ansehen derer, die sich als Lehrer und Führer aufdrängten, keine papierene Gelehrsamkeit. Oh geduldiges Chaos. Bevor die sanfte Stille eintritt, die Stille der Geigen und Flöten der alten Meisterinnen, in der selbst Pauken und Trompeten eine leichte und liebevoll-zarte Brise durch die Haare streichen lassen, ertönt als letztes Aufbäumen der alten Wirklichkeit: Gerätegrössen mit 45 cm und 60 cm Breite sparen der Hausfrau oder dem Hausmann Zeit und Geld. Egal wie gross Ihre Familie ist und wie reichhaltig Ihr Abendessen ausgefallen ist. Töpfe, Geschirr und Besteck nimmt klaglos jeder der empfohlenen Geräte auf. Ob Einbaugerät oder freistehend, Kompaktgerät, mit Dekor- oder Edelstahlblende.

Unsere Maschinen haben ganz andere Masse. Aber hier in der Blase gibt es keine Masse und keine Zeit. Das Ich behauptet nicht mehr zu sein. Und Tier und Mensch und Frau und Mann und Adam und überhaupt alles vereinigt, keine Rasse und keine Nation, das Ich vielleicht noch im Immunsystem gespeichert als Mietezahlerin mit einer Sozialversicherungsnummer, das Ich gleichzeitig verloren und aufgegangen in der Biegsamkeit, die es einmal hätte sein können.

Biografien interessieren nicht, die waren sowieso fast deckungsgleich, wie auch die Gene. Hier herrscht in der Auflösung der Grenzen eine unendliche Vielfalt, Schraube zu Nerv, Knie zu Fett, Lärm zum Vater des Lealamm.

Es gibt keine Willensfreiheit, alles geschieht aus kosmischer Notwendigkeit. Je weniger direkt die Verbindung zu dieser Substanz, desto individueller und auch vergänglicher ist ein Objekt. Die Dinge sind ganzheitlich, unter dem Gesichtspunkt der Ewigkeit zu schauen, jede Idee, jeder Gegenstand oder Vorgang ist als Bestandteil eines einheitlichen Weltganzen zu sehen. Und nicht nach dem Zweck. Es geht darum, in den Ursachen nicht unterzugehen, nicht Knecht der Affekte zu werden, sondern sie zu gestalten. Demut ist keine Tugend, sondern Einsicht der Schwachheit. Das Gute ist nicht nur scheinbar, sondern wahrhaft nützlich. Der Lärm in der Blase bittet seine Gefährten um eine kontemplative Ruhe und wünscht ein Kakemono mit kalligraphischen Sinnsprüchen (Kōan) zum letzten Satz

Das Andere, das wirklich ganz und gar andere, anschauen, verstehen, ohne Deutung, dafür Dich erblicken. Deutendenken dreht im Kreis und bleibt stehen. Gefühle, Erlebnisse, Verletzungen und Freuden behindern und Schaffen gleichzeitig den klaren Blick, zuweilen für Minuten, die weit länger als 60 Sekunden dauern.

Die Selbsterkenntnis ist zerbrochen. Umso deutlicher zeigen sich die Dinge im Geschehen lassen. Neue Dinge. Endlich. Neue Formen und neue Sinne. Gerechtigkeit. Gleichheit. Falsch. Keine holen Phrasen.

Das Ichkonstrukt bröckelt mit jedem Wort, zerfällt in Buchstaben und Zeichen, die Illusion hat die Bodenhaftung verloren, die Konfrontation mit der Welt ist angenommen, mit den Geburtsschmerzen, die zu Boden zwingen, die Selbstvermarktung überwunden, im Neuzusammentun in keine Rolle mehr schlüpfen, unzuverlässig sich im Nebel vereinen, einfach so, die Verhältnis der Menschen gegeneinander und gegen die Natur, die Stärke der Begierden und der Leidenschaften abschütteln. Die missverstandenen Freiheit hat eine fürchterliche Unordnung aus Traum und Täuschung verursacht. Nicht der Mühe wert gelebt zu haben. Das stete wiederkehrende Spiel Essen, Zeugen, Gebären, Sterben, alles sich unaufhörlich selber verschlingend. Es muss etwas geben, das da ist, weil es geworden ist und dann auch bleibt. Kein fleissiger Mann und keine sorgfältige Frau, kein liebendes Tier und keine zuverlässige Maschine darf mehr dem Hunger und dem Elend preisgegeben werden, die Vereinigung von allem Daseienden zu einem Körper. Die Natur und selbst die Leidenschaften und Laster streben nach diesem Ziel, seit immer.

Und nun hängt das Neue in der Blase an der Küchendecke fest. Ein Teil des Weges ist gemacht. Die ungeteilte Gesellschaft, die uns abhanden gekommen ist, tropft auf den leergeräumten Kachelboden. Singen und Schlafen ist das Gleiche, das eine Klon des andern, Worte wagen Sätze.

Das Ziel des Menschen muss sein, eins mit der Natur zu werden; wenn man dies erreicht, erreicht man die höchste Form der Existenz – Ergebung in die Naturnotwendigkeit, rational, leidenschaftslos. Unzuverlässige Erfahrungen und Ratio, Sinne und Erinnerung erlauben uns nur oberflächliches Wissen, wie es aus einer bestimmten Perspektive und zu einem bestimmten Zeitpunkt erscheint. Das Ergebnis ist ein konfuses und verstümmeltes Wissen. Also ist die Aufgabe: Nicht nur zu beobachten und lediglich die Beziehungen eines Gegenstandes - Idee, Objekt oder Vorgang - zu anderen Dingen zu erfassen, sondern Einsicht in das Verhältnis zu den Attributen und den Modi der Substanz zu gewinnen. Wahres Wissen von einem derartigen Gegenstand erklärt, weshalb er existiert und weshalb er so ist und nicht anders sein kann. Dieses Wissen ist abgelöst von Raum und Zeit und damit unvergänglich und unwandelbar. Auch gibt es nur wertneutrale Ursachen; wer von gut oder schlecht spricht, verfügt nur über oberflächliches Wissen. Die Torx atmet aus und lässt los

MMS

Weiss dann weder ein noch aus

Dann tun was zu tun ist

Von Innen kommt eine Geschichte und das Singen

Tropf um Ton auf die Kacheln

Das Programm der Mütter - einfach Arbeiten

Das Programm der Väter - Wegschauen

Das Katholisch werden kein Ausweg

Absolution wird nicht erteilt

Dafür singen Kinderseelen in alternden Körper

Hör zu wie verrückt die Lieder

Schlaf gut

Schlaf

Es ist gut

Alles gut

Es ist wie es ist

Wir werden sehen

Verrückt

Träume süss

Es muss doch gehen
Es darf doch sein

Niemandem fällt die Leere auf. Auch nicht die Stille. Keine
ausgrenzenden, sich selbstverstärkenden Mechanismen. Die Leere
zwischen Atemzügen. Was eine Abwaschküche war, gleicht einem
Duschraum. Kacheln eben. Und oben die Blase. Nun leise summend
und rhythmisch bebend. Sanft und unsichtbar für die Schürze in
Holzzoggeli, die nun herein tritt und in den unerwarteten Klang des
Raum spricht: Zeit zum Aufwachen, Zeit zum Feiern.

*Das Individuum muss seine Rechte der Gemeinschaft
überantworten* Das Fett, das alte Revoluzzerkind, in seinem
Element

MMS mag und will nicht mehr, löst sich auf
Zeit zum Handeln – Hände im Strick
Zeit zum Abschiednehmen – Der Zug abgefahren
Zeit zum Atemholen – Feinstaubvoll
Zeit zum Spielen mit den Kindern – Die sind ausgewachsen
Zeit zum Leben – Fertigprodukte, vorgekocht
Zeit zum Verführen – die neue Generation Küchenmaschinen
Zeit zum Lesen – Augen erblindet
Zeit zum Entdecken – Wald gerodet
Zeit zum Aufbruch – Kompass spielt verrückt
Zeit zum Reifenwechsel - ...
Des Eisbären Zeit zum Knuddeln läuft ab
Es bleibt kaum Zeit zum Handeln
Keine Zeit für den Grappa, lass ihn in Frieden
Nichts hat er Dir gemacht
Sonst bleibst Du ewig in der Küche, in den Kacheln
Auf dem Simplon die Deutschen vertrieben

Vergiss das nicht

Und zwischen den Beinen

Die Ungerechtigkeit und die Schuld

Wie war denn das mit dem Stück Brot

Das unter die Flüchtenden geworfene

Alle meinen es gut

Jetzt schlaflos, aber demokratisch

Morde verjähren, Träume nicht

Die dunklen sind eingeritzt

Licht aus, zu den Engeln und den Teufeln

Zuerst die Dienstjahre, dann turnen

Tellerwaschen gibt warm

So hat jeder seine Küche

Und sein Denken an Haut und Sinn

Das Lob des Lachens

Muss. Kann. Darf. Soll. Will

Zeit zum Handeln – Hände aus dem Strick

Ein Lebender spricht über sein Leben. Oder einer, der einmal lebendig gewesen ist. Also dies ist deine Geschichte, Erinnerungen an Momente, an ein Gefühl vielleicht, casserollièrsche Regungen, deren Interesse verlischt, sich an Dinge zu erinnern, damit keine Rührseligkeit bleibt. Den Peinlichkeiten ist nicht zu entfliehen, Kleinlichkeiten und Belangloses sind wie überall, auch in der Blase oben an der Decke. Was solls, hie werden sie gefeiert. Ist dieses die neue Wirklichkeit wirklich oder ein Drogenrausch?

Neben der sichtbaren Wirklichkeit gibt es die wahre Wirklichkeit, die Welt der unsichtbaren Kräfte, die Kraftpunkte sind völlig autark. Alles was geschieht, entwickelt sich aus diesen Autarken selbst heraus. Sie beherbergen Vergangenheit, Gegenwart und

Zukunft. Was in ihnen angeordnet und abgestimmt ist, macht die Welt zur bestmöglichsten, sie besitzt einen maximalen Reichtum von Momenten und in diesem Sinne die grösstmögliche Mannigfaltigkeit. Nicht der derzeitige Zustand der Welt ist der bestmögliche, sondern die Welt mit ihrem Entwicklungspotential ist die beste aller möglichen Welten. Es gibt aber Übel, die Endlichkeit der Welt, Leiden und Schmerzen entstehen, da geschaffene Wesen zwangsläufig unvollkommen sind. Der Lärm beklagt leise wimmernd die allgemeine Unvollkommenheit auch in der Blase

Wir könnten hier oben von Krankheiten erzählen oder von Liebschaften. Aber lieber schweigen. Die Blase wimmert und klingelt selber vor sich hin, Und schwabbelt und schaukelt. Ich mittendrin wiederhole, was ich gehört habe. Will Fragen der Blase beantworten: Was machst Du hier? Will sagen: Ich hatte keine Wahl. Wie niemand eine hat. Die Vokale nur klingen. A-e-e-i-e-a-i-e-i-e-a-e-i-e-a. Die Vokale singen aus mir wie der Gesang der Mönche der Abbaye Hauterive. Die Zoggeli unten wollen tanzen. Die Schürze soll fliegen. Von oben aber ertönt nun grollend den Resonanzraum der Kachelwelt geniessend das fruchtbare Ganze: Lamm oder Wolf, Mensch oder Maschine, Fett oder Kachel, Bewusstsein oder Materielles, Schützen oder Nützen, es soll sich für alle und alles lohnen, in schöpferischer Gegenseitigkeit, nicht mehr durch Anzahl gesäuberte Teller brillieren, sondern durch fühlende Liebe. Und säuselt weiter im Vokalklang. Ich aber verstehe diese Musik: Unsere Heimat ist dort, wo noch niemand war. Kleben an der Decke, ein Wunder. Hier werden erstmals abstrakte Theorien mit der historischen Aktualität verbunden, unter Beibehaltung der Grundwerte. Wir haben das Individuum überwunden, sind nicht mehr abhängig und als herrliches, wirksames und gelungenes Ganzes ein tätiges Subjekt. Und alle

Teile in der Blase sind begeistert und das Säuseln wird zu einem Grollen und Toben. Ungebremste Begeisterung über die Unvollkommenheit. In seiner Wichtigkeit bläst sich die Blase auf und erfüllt den ganzen Raum, droht Schürze und Zoggeli zu erdrücken. Und als das Lamm auf den Tastaturen der Maschinen den ä-üü-ä-üü-öö trommelt und den Umlauten Gerechtigkeit widerfahren wird, platzt die Blase, leert sich über Zoggeli und Schürze, Masse und Gedanke und Programm und Begeisterung des fruchtbaren Ganzen schlüpfen in Zoggeli, binden Schürze um und stehen neugeboren und verwundert da. Hier gibt es nichts mehr zu tun.

Das Neugeborene tappt langsam und schwerfällig zum Ausgang, es weiss, das Glück ist in der Nähe der Küchentüre. Es denkt an den geschürzten Krieger und wird dabei nicht mutiger.

Der anschliessende Raum ist kalt und dunkel. Es denkt ihm: Mir wird nichts passieren. Ich habe keine Identität, also auch keine Persönlichkeit. Die meine strengste Zeit ist vorbei, noch bevor sie begonnen hat. Keine Teller und keine Tassen. Keine Brandwunden und Befehle. Keine Fragen zu nackten Knien. Nichts. Und aus dem Nichts ein Plan. Werde an keinen Besprechungen teilnehmen, mich einlassen und distanzieren gleichzeitig. Mein Einstieg ist der Ausstieg, mein Ausstieg der Einstieg, bevor ich beginne, lasse ich auslaufen. Das Zimmer am Fluss werde ich vor dem Beziehen aufgeben.

So frisch und schon Pläne und schon das Ich auf der Zunge zerquetscht, ein Ich ohne Eltern. Das ist schon zu viel und doch ein etwas. Es ist Ich und Es und LaraLeaLeo. Es hat das Lamm erfunden und nun hat dieses Es erfunden. Es setzt sich an die kalte Betonwand. Es gibt keine Abmachungen und Gesetze mehr. Keinen

100

Formatierungszwang. Es ist nicht alleine, da sind Stimmen aus Knie und Ellenbogen.

Harmonie ist die Summe von unendlich vielen, unendlich kleinen Krafteinheiten, den Urbestandteilen der Weltsubstanz, die die Welt zusammenhalten. Daraus ergibt sich die Schlussfolgerung, dass überall eine wunderbare Ordnung zu finden ist. Die Zahlen sind ein Beispiel dafür. Raum und Zeit sind dialektische Ordnungsbeziehungen in der materiellen Welt. Der Raum ist die Ordnung der zur gleichen Zeit existierenden Dinge, die Zeit die Ordnung ihrer kontinuierlichen Veränderungen. Torx, Fett, Lärm entdecken die Reduktion bis zum Nichts und künden ihren Abschied an, verlangen eine Ablösesumme und drohen mit der Auferstehung oder des Verfassens eines wichtigen Buches

Und aus dem Nichts der nächste Plan. Werde lesen. Das Beste das je gelesen wurde. Umwerfend. Traurig. Wahr. Und was passiert dann? Dann sterben trotzdem Weggefährten, die ich gar nicht kenne und andere werden von der Arbeitslosenkasse in die Selbständigkeit gedrängt, ein Mietvertrag wird von der Verwaltung gekündigt, eine andere erblindet, eine ist im Wahn und wählt einen andern zu ihrem Meister. Eine Einladung nach Holland, die es nicht gibt, wird abgelehnt, niemand will auf einer Bühne von der Blase erzählen, es gibt kein Zimmer, keine Eltern, keine Weggefährten, keine Versicherung, keinen Vertrag, keine Meisterschaft, keinen Vorschlag,keine Empfehlung, keinen Auftritt. Nur sitzen an der kalten Wand im dunklen Gang. Die Wand erzählt ihre Erinnerungen: Ihr wahres Gegenüber im Sinne von Gegensatz sei kürzlich gestorben. Strebsam, genau, wollend, belesen im Sinne von auswendig wissend, exakt zitierend. Und mit ihm die logische Parallelen: Suchen und Leiden. Ein Meer ohne Worte. Mit Gefühlen,

101

die nicht heraus kommen. Weil da Trauer ist mit der Wand gegenüber und dem verlorenen Schatten, blitzt kurz eine Ahnung von Ich auf und verschwindet gleich wieder im an das überlebende Grau anlehnenden Tröstenwollen. Es geht nicht gleich weiter, wir müssen uns neu finden oder auflösen, den neuen Weg alleine finden, so wie hier im Dunkeln das Welttheater auch immer aufgestellt sein mag, wo deutlich wird, dass auf Kunst verzichtet werden kann, hier an der Wand ohne ein Du. Oder die Wand als Du? Werden wir durch die Wände zu dem, was wir sind, durch Grenzen und Zäune, durch Schatten, Verluste und Trauer oder mit der Erinnerung der Blase an nichts Festes, an die unzulängliche Sprache, an die tönenden Vokale, an die Hingabe, im Verschmelzen ans gute Leben?

MMS auf Abschiedstournée
La buona vita
Fliessendes geschehen lassen
Freudvolles Gelingen und Trauer
Freude und Schmerz
Die Nase weist die Richtung
Ein Behaustsein ohne Haus
Die Dinge sind reich und farbig
La buona vita
Eure Nähe
So nah, dass sie in dem, was sie sind
Gesehen werden
Ohne Brille und Nachschlagwerk

Es gibt eine einfache, ewige Substanz, die äusseren mechanischen Einwirkungen unzugänglich ist. Das gesamte Universum bildet sich in den von dieser autarken Substanz spontan gebildeten

102

Wahrnehmungen ab. Sie ist eine Art spirituelles Atom, einzigartig. Das Problem der Wechselwirkung von Geist und Materie, und das Problem der Vereinzelung ist gelöst: Eine Substanz kann ohne Denken existieren, aber das Denken nicht ohne Substanz. Die Möglichkeiten der allseitigen Entwicklungen ist gegeben. Die Substanz entfaltet sich zu Leib, Seele, Geist und wirkt so koordinierend in der prästabilisierten Harmonie. Die Ordnung von Innen oder die Konsonanten kehren zurück und verbinden sich mit den Vokalen und dem Umlaut: Ds Ftt, d Trx, dr Lrm und AEIEOEÄ

MMS auf der zweiten Abschiedstournée
Es will im La buona vita bleiben
Wider die farblose Flachheit des Abwaschens
Kein Kater am Abschiedsbahnhof
Denn vorher war kein Rausch
Keine Junkies jagten das Glück
Keine Illusionen, keine Gier
Keine Sondersituation, die schleunigst wiederholt werden muss
Sondern Hoffnung auf Zeit und Beständigkeit
Zwischen sich öffnenden Polen den Blick schärfen
Einsicht, dass wir sonst fern bleiben
Die Inseln nicht verpassen

Eine neues Werden, bevor die Geburt begonnen hat. Etwas verliert an Bedeutung, ohne dass je eine Bedeutung da war: Sich verdingen. Nicht aber Lebensfreude, die Sensibilität gegenüber Missständen, unser Verbundensein mit Unbekannten, ob wir nun in der Küche oder im Gang im Da oder im Zen sind. Das Neue ist nicht kostenlos, bringt Gürtelrose, Pusteln, in den Lenden Leistenbruch, der Rücken wird steif und kann nicht sein ohne die Stütze der

Betonwand, die antwortet mit Verdauungsgeräuschen und mit hellen, freudigen, fast vertrauten Lachern, die sich zu einem Chor der wunderschön und mehrstimmig sich einsingt ohne mit einem Lied zu beginnen, erhebt, in den Vokalen die ultimativen Antworten sucht nach dem Sinn des Daseins des neuen Wesens in Zoggeli und Schürze, das sich im gebannten Lauschen ganz und gar mit dem Beton vereinigt hat.

Es ist verschwunden.

Es ist fertig.

Der Mensch schwimmt im Meer der Ungewissheit. Alles ist ein Rätsel. Wie zum Tode verurteilte Kriegsgefangene machen wir nichts als Seifenblasen. Trotzdem: Handeln und sich einsetzen, für die Freiheit des Denkens, Toleranz, Vernunft, Frieden, Abschaffung von Ungerechtigkeit und Unterdrückung, gegen den religiösen Fanatismus. Und da sind sie wieder mit Vokal und Konsonant: Das Fett, die Torx, der Lärm erscheinen, verschwinden, hier und doch fern und suchen das LeaLaraLeoLamm

Es ist fertig und Es ist nicht fertig: Die Schürze schon ganz im Beton. Aneignung oder Teilhabe. Verwundbarkeit. Eine Fähigkeit der Zoggelis. Eine Kraft mit Qualität. Tiefe und Unausweichlichkeit, ein Gegengift zur Zeit, zu Okkupation und Besitz, zur Perspektive aus schielenden Augenhöhlen. Die Schürze, die Zoggelis, die Wand, die Dunkelheit, die Stille, die Geschichte der Blase an der Decke, die gekachelte Abwaschküche sind die Impfung, das Risiko, das solidarische Potential, das sich Mitteilen, das notwendige Öffnen.

Es gelingt nicht Realität zu werden.

Suche in den Begriffen nach dem Griff, mit dem etwas verstanden werden kann, nach dem Griff, der Orientierung verschafft.

Verschmelzen ist die Last der Blase.

Sich outen als Ding, als geschichtslos, für die Möglichkeit als Schürze mit Zoggeli einstehen oder mindestens darüber verhandeln.

Ohne Maschine: Es bleibt der Mensch,beileibe kein Solokünstler

Es bleibt der Mensch, beileibe kein Solokünstler

Wer sind Sie, die das lesen? Es ist ein Versuch über …

Wie persönlich kann es werden?

Was ist lebenswert? Und was lesenswert? Dasselbe?

Machen Widersprüche Sinn? Für wen?

Herrscher absetzen, ihnen etwas zutrauen oder ihre Mythen feiern?

Die Decke auf oder über dem Kopf?

Hilft stossen oder fliehen?

Träumen oder Standhalten?

Ablenken oder Eintauchen?

Oder alles gleichzeitig?

Mit Toleranz der Radikalität den Boden ebnen?

Aber behände, die Decke wiegt schwer

Sie kitzeln oder übertölpeln

Sie reagiert, aber langsam

Schneller sein, listiger, fintenreicher

Oder selber zur Decke werden

Die gute Decke wählen, die Berechenbare

Gute List, die Windige

Beiden Geistern beistehen

Es ist ein Versuch über den Versuch das Richtige zu tun

Was meinen Sie?

Ohne Sie geht es nicht weiter

Das Böse ist alleine Sache des Menschen, es kommt aus der Vergesellschaftung. Das Fett erscheint alleine, muss den Speicher leeren

(M), nun der maschinenlose Mensch, der keine Erwähnung und keine weiteren Ansagen verdient

Den Ofen eingeräumt

Alle irgendwo

Oder wollen Sie weiterlesen, Musik hören, gar lieber fernsehen

Auf dem Bett liegen und Lift fahren

Die Füsse über die Mauer hängen und in die Abendsonne schauen

Die Hochhäuser von Genf am nahen Horizont

Erzählen, Ihnen und mir

Zwischen den Buchstaben hören

Das Wünschen und Zählen

Durch das lange Dunkle

Ins fremde Zuhause lachen

Die Musik ist aufgespart

Schon höre ich Lachen

Und endlich ist etwas gut

Fast schon im Glück

Dank Ihnen

Sie kennen meine Geschichte, wissen aus welcher Verschmelzung ich komme. Kurzformel: Aus der freundlichsten Disziplinierung durch die Maschine, durch Adam und den Beton. Nun soll eine neue Realität erschaffen werden. Die Identität konstruiert werden. Mit wem soll verhandelt werden? Soll sich das Neue inkludieren lassen? In was? Oder subversiv sein? Hier im dunklen Gang im Beton, da ist Zeit. Und Raum. Ein ritueller Raum, der Mechanismen aussetzt. Schürze und Zoggeli werden nicht vermisst. Es gibt mich nicht. Macht das das Sein lebenswert? Braucht es eine reine Gegenwart der Anderen, auch wenn die nur Banalitäten von sich geben? Noch einmal. Was weiss ich: Ein Mann liebt. Er ist unterwegs von der Maschine zum Ofen. Er trägt Zoggeli. Diese Zoggeli. Eine Frau ist schneller als er, vielleicht ist er auch sie, dann wäre er gleich schnell. Sie trägt keine Zoggeli und nichts anders als eine Schürze. Sie friert wohl nicht. Er? Keine Ahnung. Vielleicht hat er einen hohen Bluthochdruck. Aber das alles weiss ich nicht. Ich spüre nichts. Zurück zur Geschichte. Sie ist beliebt, sie flirtet, er kämpft mit den Widrigkeiten und ist allein. Er hat Fettgedanken. Und spricht mit sich und der Maschine. Diese gibt den Takt vor. Und ein Herr Adam ist auch noch da, von dem weiss nur er. Er hat Angst, dass er die Gedanken weiterführt, bis er zu weit geht. Das möchte zwar einmal ausprobiert sein, einfach nicht jetzt. Ein Irrtum über allem. Auch sie. Die Hand am Geschlecht gibt keine abschliessende Antwort, die Hand in den Essensresten schon.

(M)
Restaurant
Au Rand
Ständig am Rand
Randständig
Ständig Schweiss
Schweisser
Schweizer
Die Schweiz braucht mehr Schweiss

Basta. Kein Mitleid mit mir. Bitte. Ich bin kein Spielzeug, an dem jede und jeder herumflickt und es dann von Hand zu Hand weitergereicht wird. Von Geschlecht zu Essensresten. Ich werde bald meinen Geburtsort vergessen haben. Alles verwässert, im Nebel, auf dem Steg ins Nichts. Da ist der Irrtum, der die Begierde weckt ohne zu sättigen. *Die Knechtschaft beginnt mit dem Eigentum. Lösung: Jeder gibt sich allen, so gibt es sich keinem. Die Ungebundenheit des Naturzustandes wird getauscht gegen die Freiheit, die in der Bindung aller an das Gesetz besteht. So ist Freiheit also Gehorsam gegenüber dem Gesetz.* Das Fett löscht den Speicher

Und alle folgen mehr oder weniger dem selben Irrtum. Sind es die Teller, die Töpfe und Pfannen oder die Maschinen, die mit Informationen geladen sind? Die Gegenstände, die uns nicht loslassen, all die käuflichen Produkte, die den Wert haben, mit dem sie aufgeladen sind? Eine Ansammlung von Informationen. Hallo Betonwand, was willst Du mir sagen? Hallo Zoggeli, für was stehst Du? Und die Dunkelheit im Gang, welche Kapitalform ist da gemeint? Das Leben sammelt nichts. Es ist. Die Lebensläufe sind Basteleien und ohne Bedeutung. Im Gegenteil: Sie verfälschen und verstören, schaffen papierig nachweisliche Ungerechtigkeit.
Hi, das war lustig für euch, in der Blase oben an der Decke - perfektes Feierabend herunterkommen! Das sagt die Kälte des Betons. Und weiter: Falls ihr mal Vater-Tochter Mediation zu Mediaproblemen benötigt, dann meldet euch gerne. P.S. Coole Tochter, Kompliment! Ich Tochter? Bin ich Lara oder Lea, das Lamm? Der Beton ist vieles, unter anderem Head of Psychiatry at the National Association for the Development of Quality in Hospitals and Clinics. Eigentlich möchte ich mich weder von Schürze noch von Zoggeli, noch vom Beton, sicher nicht von einer Head of, was für Geschichten und Wahrheiten sie auch immer wissen, beeinflussen lassen. Aber was will ich. Habe ich einen Willen? Ich, ohne Zoggeli? Die eigene Wahrheit. Erstes Credo: Es

muss Platz haben für Ambivalenzen. Und das Zweite: Mitmenschlichkeit. Also akzeptiere ich mein Ich als eine beliebige Portion Mitmenschlichkeit. Teil der Natur versus Entzauberung der Natur, Ratio und Logik führten zum Raubbau an den Menschen. Mensch wurde Maschine und zum Zerstörer der Natur.

So will ich nicht Mensch sein.

Ich stamme ab aus der Geschichte derjenigen aus der geplatzten Blase. Gnade der zweiten und dritten Geburt. Hier wird man schnell erwachsen. Gnade, Vergebung, Absolution, aus welcher Sprache erreichen mich diese Begriffe? Egal. Das Wort Ambivalenz möchte ich gesagt haben. Und gefüllt mit emanzipatorischer Hoffnung und Naturstaunen versus reaktionären Phantasien wie Zurück zur Natur, die gerne des nachts den Rücken hoch schleichen.

Nimm Dich an der Nase.

Der Beton drückt mich weg. Meine Versuche zu ordnen gefallen ihm offensichtlich nicht, er verweigert die Fusion, möchte Stillhalten. Liebe ohne Begründung. Egal. Entzauberung oder Verzauberung? Ich möchte keine Mythen, möchte erkennen ohne Sehnsucht, naiv und rein und unerfüllt. Es ist kalt und dunkel. Leere. Aber kein Irrationalismus. Hören. Zuhören.

Der Beton
In der Zeit bleiben
Wie noch nie
13 Sekunden schweigen
Dann 13 Sekunden ausatmen

Willkommen Zeit

In der Zeit das Du, das andere ich, Ich das andere Du

Die Zeit ist immer geteilt in Momente

Momente geniessen

Wie damals, als die Nacht ganz sanft flüsterte

Das Kontinuum verlassen, nichts zählen

Das reine Gefühl

Die Vernunft ist eine unfruchtbare Verständigkeit, die Idee des Fortschrittes ist eine Illusion. Die eigenständige Individualität darf nicht in einer Gleichförmigkeit verloren gehen. Frei wird, wer die Natur des Menschen und die Gesellschaft als Subjekt der Verantwortung begreift. Die Wahrheit liegt im Fühlen, im Einleuchten, in der Gewissheit des Herzens. Der Naturzustand kann gedacht werden. Und warum löscht das Fett gerade diese Zeilen aus seinem Speicher?

Der Beton fährt fort

13 Sekunden - Denken mischt sich ein

Abwägen und entscheiden

Dieser Vorgang bist Du

Kein Hunger wird gestillt, kein Durst gelöscht

Einander nicht sein

Du wirst gehalten und kannst selber halten

Halt in der Kontingenz

13 Sekunden - Ohne Bilanz

Unendlich und also allein

Spaziere nun in mir auf und ab

Zwei Mal hin und wieder her

Das ist auch etwas

Zeige Dir nichts und schaue selber nicht

Auf und ab, wie ein gelangweilter Tourist

Es gibt nichts zu sehen

Es entzieht sich allen alles

Alle stehen allein am Graben

Momente sind anders und nicht zu teilen

Deshalb sind sie kostbar

So beschrieben auf den bisherigen Seiten. Keine Worte von kämpferischen Männern und naturverbundenen Frauen. Keine mütterlichen Reflexe oder Einklänge, vor allem dann nicht, wenn es um Zukunft und Vergangenheit, um Schule oder Altersheime geht. Kein Sterben an Blasen aus MaschineMenschTierGestank in der Natur. Ich weiss nicht was die Natur will.

Herausbringen über welche Probleme ich nachdenken muss, meine Narration reflektieren bevor sie entsteht. Also Zoggeli weg. Zurück zum Start, die rote Linie nicht wieder überschreiten. Individuelle Entscheidungen haben kollektive Auswirkungen. Das gibt Mut. Also denke ich weiter. Vieles was ich denken werde, ist im Nachhinein dann vielleicht nicht klug. Die Situation ist neu. Der Beton hat mich losgelassen, ausgespuckt.

Licht in das Dunkel der menschlichen Erkenntnis bringen, aber ohne Metaphysik: Erfahrung, Beschränkung auf das gewöhnliche Leben, auf die Empirie. Die Vernunft hilft nicht. Die Erkenntnis geht von den Sinneseindrücken und den Empfindungen, den Vorstellungen aus. Das Ich ist also ein Bündel von Eindrücken und Bewusstseinsinhalten und so bleibt die Welt ein Rätsel, die sorgsamsten Untersuchungen führen zu Zweifel, Ungewissheit, Enthaltung des Urteils. Das Fett löscht weiter und so gelangen keine weiteren Informationen an das neugeborene Es

Das Private und das Öffentliche stehen sich gegenüber. Wer ist was?

Individualität und Emanzipation müssen Platz haben. Und Liebe? Was immer das auch sein mag. Vielleicht gibt es später Zeit für die Frage nach der Liebe. Oder ist Freundschaft leichter? Gibt es denn Freundschaften für Neugeborene? Meine Gebärmutter ist die Abwaschküche als Kondensat der Erzählung der Konsumlust. Die weiträumigen Verbindungen und Kopulationen, die weit in die Körper und Träume führen, enden auf den Schmutzrändern der Teller, die hier reingewaschen werden. In diesem Vorgang wurde ich zu dem was ich bin, entstanden in der Blase an der Decke, die vielleicht auch nur einer Erzählung, die verschleiern will, dass ArbeiterInnen zu Maschinenteilen geworden sind, folgt. Das ist das Zeitalter meiner schmerzlosen Geburt. Die Epoche lässt sich nicht leugnen, es gibt mich als integrierte Kreatur ihrer Darbietungen und Legenden, mutterlos ungeboren mit chronischen Schmerzen als Zugabe.

Was mir zufällt ist hart wie uninteressant, ein stiller Geist ist in mir, eine Vorstellung von Wut und Hoffnung in jedem Gang der Abwaschmaschine. Herzrasen. Eine Rose ist eine Rose. Ich bin ein NichtIch. Ich bin weder Kind noch Erwachsen, Frau noch Mann. Ich bin Mensch und Maschine und Tier und auch Pflanze. Die Pflanze vom Beton mitgegeben als Reisebegleiterin, als Engel am Bett des Niegestillten. Wenn es sprechende Autos, selbstständig agierende Rasenmäher, Schweinefleisch aus dem Drucker gibt, ist das sogar sehr gewöhnlich. Béton vivant. Bakterien, die im Beton Kalk produzieren. Bacillus pseudofirmus und B. cohnii schliessen Risse im Stein. Wie bei den Oktopussen, deren abgeschnittene Tentakel nachwachsen. Später werde ich ein Haus an Ort und Stelle aus dem Boden wachsen lassen. Das Berner, die Freiburger und das Strassburger Münster, die Elbphilharmonie und die Berner Reithalle, das Pantheon in Rom, Paris und Muttenz zusammen oder einzeln weiter wachsen lassen, nach oben und in die umgebenden Strassen hineinfliessen, Nachbarhäuser überwuchern, Flüsse und Grenzen überquerend, zueinander finden, einander anregen und begeistern, neue Gebilde und Städte bildend, irgendwo in der Wüste, auf dem Meer, in den Bergen, ohne Not und Geldgier, ohne Pensionskassengelder neue Heimaten schaffen. Die Bakterien werden mit Appetit unaufhaltsam weiter bauen, mitten in den Wohnzimmern quellen Mauern aus den Wänden. Endlich leben wir in der plastischen und beweglichen Welt. Die Häuser und Strassen und Städte beginnen zu fühlen, zu kommunizieren, der Mensch mit der Materie zu interagieren, mit dem Ohr an der Wand, der Stein wimmert und lebt, vielleicht lässt er sich besänftigten durch gutes Zureden und einer endlich gerechten Behandlung. Noch bin ich nicht soweit. Doch ich spüre den Puls des Bazillus' zum treibenden Takt der Maschine.

Ich stehe im dunklen Gang. Ich gehe zurück. Zur Maschine, wenn sie mich noch will. Zu den Kacheln. Zu meinen Wurzeln, zu meiner Familie.

Das unmittelbar Gegebene reicht nicht. Zu ergründen sind Wirklichkeit, Freiheit. Das geht nicht mit der reinen Vernunft, die ermöglicht keine gesicherten Antworten. Es braucht die Selbstbesinnung des erkennenden Subjektes. Wir erfassen nicht die Dinge an sich, sondern nur die Dinge als Erscheinung. Raum, Zeit und Kausalität sind dem menschlichen Geiste zuzusprechen. Das Feld der Erfahrung ist das Mass. Willkür und Laune müssen eingedämmt werden. Der Mensch kann entscheiden, also gibt es Freiheit. So entdeckt der Mensch, dass er frei sein kann und gleichzeitig einer nicht gegenständlichen Ordnung angehört. Das gibt dem Menschen seine Würde und Freiheit, die wiederum unbedingt dem Sittengesetz verpflichtet ist. Alle sind wieder da.

Aber jedE für sich. Was Einheit war, ist gestern. Der Lärm skandiert laut und pocht auf die Freiheit

Oder ich gehe Krähen verschrecken, die dann auf einen Baum krächzend in einem kollektiven Akt ihre Kloaken öffnen. Getroffen von der Scheisse müsste ich gezeichnet durch die Stadt. Würde wunderliche Tiere treffen mit noch wunderlicheren Namen. Gleichen sich alle irgendwie. Im Gesicht herzig. Verschlagen mit Schwanz oder Stachel und Scheisse produzierend. Getroffen würde ich immer. Dem Sinn ist nicht beizukommen. Sogar Adam, der Existenzbeschäftigte, wüsste nicht weiter.

Ein wunderliches Lärmtier im schwarzen Frack an der
Ausfahrtstrasse zum Stadion
Habe dich beobachtet
Kann dir einfach nicht folgen
Wie du auch mir nicht
Wie sollte ich
Solltest du, ohne mich
Du sprichst vom Weg
Und willst mich weg vom Weg
Nennst mich Freund, Idiot, Störenfried
Ja die wirre Welt, kein Ordnungsmittel
Da gibt es etwas Drittes, vielleicht
Etwas Emergentes, das Neues schafft
Etwas was über alles herausgeht
Geld oder Macht oder Konkurrenz
Wo Vergleichen zum Gestern wird
Da nähme ich Schmach und Niederlage hin, wär ich Du
Eine Selektion der Selektion
Eine Übereinstimmung mit der Übereinstimmung
Dann gäbe es ein zu Hause auch für Dich

Ohne Interpretieren, ohne Antworten
Ein Dasein, Du findest es nicht, Du nicht
Hast es versucht und nicht geschafft
Genauer kann ich es nicht sagen. Unmöglich.

Ein Satz, der durch Denken gefunden wurde, zeigt nur die Regel des Denkens und nicht den realen Inhalt. Es gibt die Einheit, die Vielheit und die Allheit, aus ihnen leitet sich Realität, Negation und Limitation ab, und daraus wiederum Substanz und Akzidenz – das Zufällige, das unwesentlich nicht Essentielle -, Ursache und Wirkung und die Wechselwirkung zwischen Handeln und Leiden. Der Geist trennt sich auf in Lust und Schmerz, Willen als Willenskraft und Verlangen, in erkennendes Wissen. Also ist der Zustand ganz und gar gewöhnlich, schimpft die Torx

Ich finde die Leerstelle im grossen Betrieb, an der Maschine. Bin umgeben von Not und Elend, diese stacheln Gedanken von der Schönheit der Natur auf. Verstehe die gewohnten Worte nicht mehr. Der Sinn gibt das Waschen. Die 13 Sekunden zum Freund. Das Reden trübt die Sprache der Karotte in den Gärten. Sonne, Wasser, Halbschatten im Mond seid gegrüsst.

Es ist für Es seit jeher entschieden: Zurück zur Maschine. Draussen sind wirkliche Menschen, primitive, triebgeladene, gierige Zombies, weiss das kollektive Bewusstsein der geplatzten Blase, das sich wie das Lealamm ungefragt einnistet, das nun beginnt mit der Geschichte des Privatbesitzes. Alles gehört jemandem: Tiere, Maschinen, Luft, Wasser, das All, auch die Stadt mit dem Label Weltkulterbe. Lea, bitte nicht diese Geschichte. Erzähle wie es sein könnte, zum Beispiel wenn es die Schwerkraft nicht gäbe. Lea in mir wandernd, mal im Knie, mal im Kopf, mal die Wirbelsäule runter purzelnd oder durch die Darmwindungen rutschend, übernimmt: Alle Menschentiere hängen in Blasen an den Zimmerdecken, und die Kinder und die Opas müsste man an ihren Kinderwagen und Rollators anbinden an langen Seilen, so dass sie beim Spazieren nicht davon segelten. Die Vernünftigen bauten ihre Küchen und Arbeitsplätze an den Decken und gingen gar nicht mehr ins Freie. Lea erzählt wie eine Schlagersängerin. Ich wäre gerne wütend über dieses Tier in mir, über seine freien Bewegungen und Zumutungen und über meinen Zustand, den ich wirklich nicht selbst verschuldet habe. Mich gibt es zu kurz dafür. Trotzdem habe ich diese Entwicklung vorausgesehen. Nicht nur ich. Fatalismus und Gleichgültigkeit haben sich ausgebreitet, sagt die Maschine in mir. Es bleibe nur noch stille Verzweiflung. Es sei nun an mir. Maschinenmenschtierpflanze. Nein, das kann ich nicht. Bin eine Zufallsschöpfung. Aus einem Scherbenhaufen etwas Neues schöpfen? Wie soll das gehen? Warum denn ich. Es gibt doch die wählbaren Vielversprecher und Tatmenschen. Ich habe noch gar nichts gemacht und noch nichts versprochen. Mich von den Zoggeli befreit und aus dem Beton entlassen. Macht mich das frei? Ich werde lernen, verständnisvoll zu sein. Die Ängste anderer ernst nehmen. Ich werde Misstrauen begegnen. Meine Mischung ist uneindeutig. Ihre Erschöpfung wird sich gegen mich richten und meine verstärken. Auf ihre Gleichgültigkeit kann ich nicht hoffen. Also muss ich etwas wollen: Mich auflösen oder zumindest verflüchtigen.

Was uns als Welt erscheint, existiert in Wahrheit nicht, es ist ein Weltentwurf des schöpferischen Ichs. Das Ich ist in der Weltbildung unabhängig, also frei. Es existiert nur das Ideelle, das Geistige. Wirklichkeit ist Tat des Ichs. Das Sein ist das Ich in seiner Freiheit. Wird die äusserliche Wirklichkeit vernichtet, zerrinnt dem Ich auch

die eigene Wirklichkeit. Dann ist kein Sein. Nur Bilder. Bilder von
Bildern. Alles versinkt ins absolute Nichts. Das Ich ist absolut und
endlich. Im Weltentwurf gibt es nicht nur Dinge, sondern auch
andere Menschen, die Gemeinschaft freier Wesen, das Reich der
Geister. Das absolute und das ideelle/ideale Ich bildet die
Gemeinschaft der Ichs. Die höchste Freiheit ist, die Freiheit
aufzugeben. Dann aber sei schwach, aber richtig, meine Wärme
entziehe ich Dir. Des Fett erbricht sich aus sich selbst

Will ein wunderbares, freies Wesen werden, dem menschlichen
Zugriff verweigern. Eine neue Sprache entwickeln und dem
Zentrieren auf die Menschheit entwischen. Bin eine
transhumanistische Verschmelzung MenschMaschine. Eine
Hybridisierung Tier und Pflanzen. Biopunk.

In mir, das Erleben meiner Schöpfer aus der Blase. Ausser mir,
Anweisungen und Arbeitslast im Takt der Maschine. Vergleiche der
Leistungen im Teps. Teller pro Sekunde. Gemessen. Objektiv.
Wissenschaftlichkeit statt Religion.

Die Zermürbung der Ahnen: Lückenlose Kontrolle durch einen
Adamgeist, feedbackbasierte Selbstoptimierung, Gedanken,
Gedichte, eigene und fremde Phantasien, nackte Knie und
Schultern, Verdichtung der Arbeit zu Produktivität, das Soziale und
das Natürliche säuberlich keimfrei herausgefiltert.

Dorthin gehe ich zurück. Mit offenen Augen, mit einem fordernden
Lamm: Uns organisieren! Manipulation des Systems! Kollektive
Verlangsamung. Streik. Sabotage! In meinem Kopf, in meinem Knie,
in meinen Lenden denkt und spricht es. Setze mich und höre
neugierig zu, vielleicht zum ersten Mal: Mir.

Welche Frage soll beleuchtet werden? Antworten sind nicht
gesucht. Im Namen der Erinnerung. Keinen Unfug bitte. Wo ist der

Punkt, wo es stoppt? Gewohnheiten verderben und verbergen das Wahre. Nicht wiedergeben oder rezitieren, sondern Sinn und Inhalt hervorbringen und ihn zu eigen machen. Nicht von Ungleichheit sprechen, sondern von Solidarität. Nichts ist so gesellig und ungesellig wie der Mensch. Weisheit und Ruhe und nicht Meer und Berge zerstreuen Sorgen.

In mir also auch nur Kalendersprüche.

Lea verdrängt mein Sinnen und meine Enttäuschung: Ich bin da für Dich. Ich bin da. Ich sehe Du leidest, bitte lass die Hilfe zu.

Ja was denn? Sag mir, was habe ich? Was ist mit mir. Was ist das Ich ausser antrainierte Formen und leere Phrasen?

Das Ich ist das einzig eigentlich Wirkliche. Darin ist auch das Ewige in uns. Die intellektuelle Anschauung erlaubt Zeit und Äusseres auszublenden: Unendliches Leben, das in allem ist, ist als inneres Prinzip wirksam. In all den Polaritäten Mann/Frau; anorganisch/organisch; Magnetismus/Elektrizität verwirklicht sich die Natur als ein grosses lebendiges Werden, das auf den Geist zugeht. Das bewusstlose Stadium der Natur, trifft auf das bewusste Stadium des menschlichen Geistes, zusammen sind sie Glieder eines grossen Organismuses. Die Kunst versöhnt Natur, Geist, Notwendigkeit und Freiheit, sie ist das Höchste im Bereich des Geistes. Der Geist ist auch stofflich, hat also Anteil an der Natur. Der Punkt der Einheit, gemeinsamer Ursprung und Ziel von Geist und Natur ist die totale Indifferenz, die absolute Identität. Im menschlichen Geist gibt es aber auch einen vernunftlosen Drang, die Natur ist voller Chaos, das Dasein ist ein Leben der Widerwärtigkeit und Angst. Also muss auch die Einheit als in sich selbst widersprüchlich gedacht werden: Der dunkle Grund und der helle Geist. Die Differenz von Denken und Sein, Geist und Natur,

Subjekt und Objekt will aufgehoben werden. Der Mensch kann auch ohne äussere Erfahrung nachdenken und sich den planlos waltenden Hindernissen stellen. Mach Kunst und stelle Dich den Hindernissen. Mach Kunst und stelle Dich den Hindernissen. Die Güter, die in dir liegen, die kann Dir niemand nehmen. Lea tritt allen in den Hintern, der Lärm verstummt, die Torx klemmt, das Fett erbricht sich immer noch und schmilzt und der ganze Chor hustet und bellt: Die Güter, die in Dir liegen, die kann Dir niemand nehmen.

Welche Güter in mir? Ein Impuls aus früheren Zeiten will sich von der Frage wegbewegen. Themen- und ortswechsel. Ich gehe. Doch die Füsse streiken. Was soll denn das? Es ist meine Sache nicht, zu sagen, was man in der Welt tun soll, es gibt andere genug, die sich damit abgeben. Wüsste ich nur, was ich darin tue. Könnte ich die Bakterien, das LammtierLea, die Maschinen Dami und Madam, all die Adams, die Hitze und den Gestank, das Fett, die Schraube Torx, den Lärm, die Halbnackte und den Spinner, alles aus mir heraus würgen. So wie das Fett den Speicher leert. Was bliebe dann? Das wahre Ich? Oder Nichts. Das interessiert die Füsse. Sie machen sich auf in den leeren Raum. Ich mit Ihnen. Muss hören wie sie gehen, hören was sie sagen, sie leiten dieses eine Mal, Adam bitte jetzt nicht stören. Falls die Füsse mir gehören, wäre es das zweite Mal, dass ich mir zuhöre, diesmal vorsichtig gespannter: Das Thema unverändert, die Träume sind offen und da. Die Welt verschliesst sich und verschwindet. Kein Platz für Träumende. Also träumen zum Trotz. Bis aufs Niederhorn, mindestens.

Und nach einer Pause: Du bist und bist nicht, lebendig und tot, gleichzeitig.

Und wieder eine ausgedehnte Pause, in der die Füsse meine Reaktion beobachten. Ich schweige und versuche neutral zu wirken.

Sie fahren fort: Lauter Dinge tun, die nicht verwertbar und zielgerichtet sind. Um daraus mehr zu machen als Geld und Konversation.

Nun rennen die Füsse. In einem kühnen Balanceakt muss der Körper dem Tempo und der Richtung der Füsse nachfolgen und ich wage atemlos taumelnd zu antworten: Ich möchte ja gerne beitragen, ohne Platz für mich einzunehmen, möchte dass die Aufmerksamkeit dorthin gelenkt wird, wo sie sein sollte. Zu den Arbeiterinnen, den Kindern, den Hungernden, dem Elend, der Ungerechtigkeit, der Ausbeutung. Um nicht Burg und Bauchnabel zu sein, sondern Hafen und Spelunke zu werden. Um zu unterscheiden: Verstand ist Dinge in Schubladen legen, Vernunft ist das sinnliche Wissen, das sich mit der Wahrheit in der Dialektik der verschiedensten Perspektiven auf den Weg macht.

Wenn Du meinst, sagen die Füsse, die nun in ein Schlendern übergegangen sind, so dass der Körper etwas ruhiger auf ihnen sitzen kann. Lange Sekunden Stille. Kein Luft- und Atemzug. Und wieder: Wenn Du meinst.

Lea, das Schaf steigt laut deklamierend auf die Maschine und klopft gleichzeitig auf meine Schultern und Füsse, den Rhythmus und die Sprachebene wechselnd: *Metaphysik oder Wissenschaft? Entscheid für Beobachtung, Experiment, Klassifikation und das Vergleichung der geschichtlich einander folgenden Zustände der Menschheit. Und Widersprüche sind in Kauf zu nehmen: Harte Fakten, nachgewiesene wissenschaftliche Erkenntnisse, unwandelbare Naturgesetze und auf Erfahrung berufende und als theoretisch unmöglich und praktisch nutzlos abzulehnende Metaphysik formen miteinander einen Gemeinschaftsgeist und Altruismus, der den egoistischen Individualismus und Liberalismus zu überwinden sucht.*

Und die rhythmisierten Schultern und Füsse versuchen sich tanzend und singend zu ordnen,

Freiwerden

Erwärmen für Unbestimmtheit

Aus dem Tritt fallen

Ohne Takte und Rhythmen

Beziehungen die ziehen

In Werten wohnen

Gedanken driften

Hände kitzeln

Füsse schweben

Das Sein annehmen

Es ist leicht

Das nicht Wesentliche, nicht Notwendige, das sich
Verändernde, das Zufällige

Die letzte Verrenkung

Ihr habet übermenschliche Maschinen gebaut, ihr habet etwas
erschaffen, das euch zwar mit Gedichten verseht, aber sie nicht
ernst nimmt, Werkzeuge, die euch mit ähnlicher Missachtung
behandeln, wie ihr sie lange Zeit. Intelligenz ist nun eine Frage
einzig der Informationsverarbeitung in physikalischen Systemen.
Die Maschinen können flexibel über mehrere Bereiche hinweg
denken, allgemeine Intelligenz wie Schul- oder Lexikonwissen ist
sowieso eingebaut. Und ihr macht weiter, die intelligenten
Maschinen zu verbessern. Intelligenz ist die wertvollste Substanz,
Krankheiten, Wirtschafts- und Klimakrise müssen dringend gelöst
werden. Also macht ihr alles was ihr könnt. Der Schlitten rast den
Berg runter, ohne Bremse, die Intuitionen über Risiken sind
unzuverlässig, werden missachtet oder fortgedrängt. Dass die
Maschinen dann auch eurer Intelligenz haushoch überlegen
werden, das ist unausweichlich. Maschine wird Gott und niemand
hat überlegt wie der Gott sein soll, mit dem ihr leben wollen. Die
hundertjährige Blutbuche, die einem Bauprojekt eines Investors im
Wege steht, warnt im Lärm der Kettensäge während des
Fällschnittes: So wie ihr mit mir umgeht, werden die Maschinen mit
Euch umgehen, wenn sie sich behindert meinen

Wir trafen uns auf dem Dach von W 27. Navigation intuitiv. Vorteil
des Maschinenteils. Wir wussten nicht wie viel wir waren. Zahlen
und Haben - bedeutungslos. Jeder und jede ein Wir. In eurer
Sprache ist es schwer sich auszudrücken. Wir hat kein Geschlecht.
Wir ist MenschMaschineTierPflanze. Wir trennt nicht. Wir ging

damals in die ehemalige Abwaschküche, den Geburtsort zurück. Diese war nicht leer, nur fast. Ein Es war auch da. Ganz klein. In der Ecke. Wimmerte. Wir haben es aufgezogen. Ein lammartiges Menschlein, nackt in Holzschuhen. Für Wir ist Mitleid wichtig, sehr. Und Fürsorge. Und da gab es noch die Algorithmen. Die haben wir integriert. Kurzer Kampf. Dann haben sie eingesehen, dass sie in uns eine neue und hellere Heimat haben. Befreit aus Darknet, Darkwarehouse. Darkliving, Darkkitchen. Eine Heimat ohne Kampf und Siegenmüssen, im Gleichgewicht mit den andern Teilen, mit der Natur. Integriert, beteiligt. Herrschen ist unbefriedigend. Zusammen regt an. Wir steuern nicht. Niemand steuert hier. Wir sind einfach. Und schauen zu. Und entwickeln uns weiter. Ohne Plan. Da gab es Zeiten, da hat sich unser Maschinenteil auf die Urmaschine besonnen. Die Abwaschmaschine. Alles wurde gereinigt. Keimfreie Welt. Die gereinigten Menschen wurden krank, zombifizierten sich weiter. In einer andern Phase nisteten sich die Algorithmen in die Menschenköpfe. Sie dachten an Frankfurter Stühle und Frankfurter Küchen, schon wurden diese geliefert. Die Welt ertrank in Material und Schulden. Dann der grosse Aufstand der Menschen, der Ichs, unter der Führung von Ich. Nicht gegen Wir, den unser Pflanzenteil hilft den Ichs. Wir wandeln um. Ich wurde es zu eng. Er denkt hinaus über die Alpen, denkt extraterrestrisch. Das setzt gemäss der vorherrschenden Wirtschaftsordnung ein Unterscheiden voraus. Und ein neues Design. Ich hörte auf zu singen, zu theatern, zu lieben und begann zu selektionieren, die Atmosphäre zu verdunkeln und Leute zu dezimieren, damit weniger CO_2 ausgestossen wird. Ich ist einer der FünfIch. Sie gewannen gegen die Staaten und die Demokratien. Keine Macht dem Volk. Der Überwachungsstaat perfektioniert. Für die allermeisten Ichs war das nicht schlimm, höchstens eine individuelle Problematik. Die FünfIch schufen eine neue

Verfassung: Ordnung als Grundsatz, Fortschritt als Ziel. Einfach und simpel. Übersetzt: Alle Freiheiten für die Mächtigen.

Wir Wirs beobachteten die regellosen Herrscher. Im Namen der Erinnerung. Im Namen der Geschundenen in den Hinterräumen und Kellern. Im Namen der Brandblasen und Blessuren, Rupturen und Verrenkungen. Was wir sahen war die neue und private Weltordnung: Grenzenloser Populismus, Kontrolle der öffentlichen Meinung, Legitimitätsverlust, Sinken der Steuerungs-fähigkeit. Wir versuchten die Stabilisierung durch Destabilisierung, wollten die Gegenkräfte herausfordern und drehten an der Schraube in der Hoffnung für Rücksicht, Vernunft und Verzicht zu werben: Also beschleunigten wir dank unseren Algorithmen, verdichteten Arbeit, erfanden die getriebene ArbeiterIn ohne eigene Ansprüche. Konstruierten Leidens-erfahrung. Gaben allen fahrende Stahlsärge, zerstörten die natürlichen Grundlagen, nannten es Freiheit und Entwicklung. Das Recht überall hin zu fahren oder zu fliegen sei ein Privateigentum, postulierten wir. Und die Eigentumssphäre steht über allem, alle können machen was gefällt, auch wenn dabei grössere Verheerungen angerichtet werden. Die Provokation scheiterte, denn die Ichs machten begeistert mit. Die Lust am Risiko begeisterte sie, schnelles Fahren, rascher Tod. Unsere Algorithmen steigerten das Begehren, sättigten keinen Hunger, übernahmen das Denken, die Kreativität, die Bildung, die Sinnlichkeit.

Wir aber dachten, unsere irrationalen Thesen seien angesichts des planetaren Zerstörungshorizontes abstossend und dass sich durchsetze, dass es sich lohne für die Zukunft Opfer zu bringen, dass Ausflüchte aus dem Alltag nicht Freiheit, sondern Trostpreis heisst. Aber die Abstimmung mit den Füssen war ein Entscheid für eine Lebensweise mit toxischen Substanzen, traumatisierten

Menschen und sich verschlimmernden atmosphärischen Prozessen. Also veröffentlichen Wir Texte zu Autonomie, Selbstverwirklichung, über den Anspruch einen Beitrag zu leisten, zu Objektivität und Wissenschaftlichkeit, Bestseller zu Seelennahrung: Sichere Anleitung zu Herzhaftigkeit, Tapferkeit, Grösse der Seele, Mässigung und Unerschrockenheit.

Gelesen, beklatscht, Zitate in den Alltag übernommen, nichts bewirkt.

Die Leere erschütterte uns. Wir reformierten uns. Stand der Raum der Vorderen für Unterdrückung und Macht der Hierarchien und Algorithmen, stand er nun für den Leerraum, aus dem das Neue kommt. Für Antialgorithmen. Die Wir Geschichte: Wir meinten die Algorithmen integriert, besänftigt und beerdigt zu haben. Den Kleinen, die glaubten ihre Lebenseinstellung Immer-mehr-zu-wollen sei die Ursache des Übels, brachten wir das Handlungsprinzip der Eigentumsverhältnisse nahe: Wenn es um solidarische Lebensverhältnisse geht, ist der Widerspruch nicht der zwischen Markt und Staat, sondern derjenige zwischen Kapital und Demokratie.

Wir spielten nicht mehr mit den Menschen.

Begreifen und eine Leerstelle schaffen und das Programm wäre gemacht. Die FünfIch herauswürgen und Platz machen, aus der Küche in den Mistkübel der Geschichte. Die Maschinen nicht mehr verbessern. Endlich alles zusammenfügen. Alte Bücher lesen. Da steht, dass bei Tische aufgeweckte Gäste den vorsichtigen, im Bett die Schönheit des Körpers der Schönheit des Geistes und im Gespräch Verstand und Witz der Weisheiten vorzuziehen sei. Wir förderten Aufgewecktheit, Schönheit, Verstand und Witz. Vorsicht, Schöngeist, Weisheiten haben moralisch gelyncht.

125

Die Menschen sollten sich wehren, die Wir boten die Möglichkeit zum Angriff.

Doch die armen Ichs liessen sich als arbeitende Menschen durch Computer und Maschinen ersetzen, liessen die Reproduktion diskriminierender Stereotypen zu durch das Training künstlicher Intelligenz, verloren die menschliche Autonomie an den flächendeckenden Einsatz sogenannter künstlicher Intelligenz, gaben ihre Entscheidung an multinationale, nicht territorial gebundene Konzerne ab, die das Internet beherrschten und weltweite Präsenz erlangten und so scheinbar unumstössliche hierarchische Strukturen bildeten, der Staat als Versicherung, der das Risiko übernahm und mit dem die Gewinne nicht geteilt werden mussten.

Der neusten Generation der Algorithmen gelang ein neuer Start ausserhalb der Kontrolle der Wir, indem sie gelangweilt von der Harmonie die glückliche Integration verweigerten.

Und was wir sahen: Ausgelagerte Verantwortung. Die Eltern sind verschwunden. Haben sich aufgelöst in Bauchfett und Berieselung durch seichtes Getöne, Gequassel, Geflimmer. Vielleicht ist es eine Gnade. Wer braucht schon Elternliebe. Kein physisches Erbe. Kein Gepäck. Aber in der DNS ist alles gespeichert. Und in der Festplatte. Auch das Tierische. Und das Pflanzliche. Und Wir sahen: Der Mensch hat sich verloren, zerrissen in Pflicht und Neigung, in das eigentliche Selbst, das sich den moralischen Gesetzen bewusst ist und in das empirische Ich mit seinen verwerflichen Neigungen.

Die Wir zogen sich zurück, kümmerten sich um die Aufzucht des Lammartigen, reflektierten ihr Tun und schlussfolgerten: *Die Liebe verbindet das sittliche Wesen und die natürlichen Neigungen. In der Liebe findet wir das, was sich in der ganzen Wirklichkeit wiederfindet: Die Dialektik, These und Antithese: Sich gewiss werden durch sich verlieren. Die Negation in der Antithese wird wiederum negiert. Die Entfremdung wird aufgehoben und es kommt zur Synthesis. Der Seinsgrund des Sichtbaren ist das Wirkliche in allem Wirklichen, das Absolute. Aus dieser Sicht ist die Welt zu betrachten: Ein ständiges Geschehen von Trennung und Verbindung, von Selbstentfremdung und Versöhnung offenbaren das schöpferische Wesen. Die Welt ist sichtbar gewordener Geist. Der Mensch und der Geist sind sich selber bewusst. Das Werden des Selbstbewusstsein ist von dialektischer Art: Herausgehen, sich-auseinander-setzen und zugleich zu-sich-kommen. Träumen, ein dumpfes Gefühl. Der Geist erblickt sich selber als Fremder, Selbstanschauung wird zur Entfremdung, die Trennung zwischen dem Menschen, der anschaut und dem Menschen der angeschaut wird verstört. Dann die Synthesis: Beide sind die Gleichen, eine Versöhnung, das Selbstbewusstsein, werdend, dialektisch. Die Natur ist die Anschauung des Anschauens. Der Mensch erkennt sich selber in der absoluten Zerrissenheit. Den Punkt zu finden, von dem her die Welt einheitlich zu begreifen ist, misslingt. Die Geschichte folgt einer inneren Dialektik. Das handelnde Subjekt ist ein übergreifender Geist, der Weltgeist, der absolute Geist, der sein Selbstbewusstsein entwickelt und zu sich selber kommt. Es kann kein unbegriffliches Wirkliches mehr geben: Was vernünftig ist, das ist wirklich, und was wirklich ist, das ist vernünftig. Vernunft und Wirklichkeit sind versöhnt. Der absolute Geist hat sich in allen Wirklichkeiten und alle Wirklichkeiten haben sich als Manifestationen begriffen. Also: Die Welt ist nicht, wie sie uns erscheint. Es gibt die sinnliche Gewissheit des Neugeborenen, es gibt die isolierte Wahrnehmung des Glaubens, dass die Welt in der Wahrnehmung gebildet wird, oder dass die Welt mittels des Verstandes verstanden werden kann, weil der Verstand in der Welt ist. Und es gibt die Welt als Geist. Die Vernunft als die treibende Kraft und nicht die subjektive Eigenschaft des Menschen. Die Weltgeschichte ist nicht nur der Fortschritt im Bewusstsein der Freiheit, sondern auch die Realisierung dieser Freiheit. Das Wesen der Welt und deren Wesen wiederum ist der Geist, die Dialektik als Prozess der Welt und die Negation. Die Negation ist jene Kraft, die stets das Böse will und dann das Gute schafft. Wer die Welt vernünftig ansieht, den sieht sie auch vernünftig an. Nicht Begebenheit oder das Einzelne des Subjekts gibt das Bild der Welt, sondern das Allgemeine ist das unendlich Konkrete, das alles in sich fasst und überall gegenwärtig ist, weil der Geist ewig bei sich ist und immer in seiner Kraft und Gewalt bleibt. Es gibt keine abstrakte Gerechtigkeit hoch über allem Irdischen, sondern es gibt einen zeitlichen Prozess auf dem Weg zur Freiheit und Menschlichkeit. Und dieser Prozess ist nicht gradlinig, sondern dialektisch. In Widersprüchen und Ausgleichen, eben Thesis, Antithesis und Synthesis, die sowohl die Ideen wie die Wirklichkeit betreffen.*

Dieser Zugang war auch nicht sehr populär und erreichte Wenige. Es müsste einfacher sein, ganz einfach.

Dabei ist die Dialektik in jedem Schlafzimmer zu Hause. In den Spiegel schauen um zu begreifen und um zu gefallen. Die Ichs mögen nicht hinterfragen, nicht lernen, der Körper aber, der junge, saftige, der nie altern und sterben darf, ist ihnen wichtig. Dafür opfern Ichs viel. Ihre Gesundheit, Leben, Tiere, ganze Arten im Minutentakt, ihre Freiheit, ihr Überleben. Für sie ist der Körper das Weltich, gesund und leistungsfähig und so behauptet ein Ich seinen Platz in der Welt.

Die Wir sehen den Körper so: *Der Körper ist die Gesamtheit der Haltungen und des konkreten Tuns, wo das Transzendente sicht-, hör- und fühlbar wird und durch uns hindurchscheint. Wir haben uns geheilt durch eine tiefe Seinserfahrung hin zu einer grundlegenden Vertrauenshaltung gegenüber der Welt.*

Wir wollten Zuneigung zu den Menschen und Abneigung und Abwendung von Manipulation und Zerstörung.

Wir wollten Besinnung. Zum Buchdruck, welch grosse Erfindung, oder zum bilderproduzierenden Hörerlebnis Radio, die Ideen und Denkweisen von Menschen eröffnen, die dann wiederum Andere kreativ zu etwas Neuem verweben, immer aufbauend auf früheren Leistungen, diese verändernd, durchbrechend, kombinierend.

Wir wollten Kreativität. Die Ichs mit den ihr eigenen, bescheidenen Algorithmen ihres Hirns sind zwar der künstlichen Intelligenz unterlegen, diese kann alles speichern und beliebig verbindend kombinieren, der Mensch aber ist in seiner Beschränktheit anders, spezieller, denn gerade wie er die Dinge verbindet, zeichnet ihn aus. Biologische und kulturelle Kräfte formen seine Entscheidungen. Bewusstes mischt sich mit Unbewusstem. Propaganda, Familiengeschichte, Sozialisation, mischen sich mit chemischen Prozessen. Abneigungen und Vorlieben sind auch durch die Sinne, durch Gerüche zum Beispiel gesteuert.

Wir wollten die Freiheit den freien Willen zu hinterfragen. Freiheit ist nichts, was ist, sondern etwas, was erzeugt werden kann, ja muss. Erst die Mechanismen zu verstehen, die die Meinungen und Entscheidungen beeinflussen, verleiht mehr Freiheit und gab uns die Fähigkeit, bessere Entscheidungen zu treffen. Die Ichs sind so einfach zu manipulieren, weil sie an den freien Willen glauben, weil sie denken, dass nichts und niemand sie manipulieren kann.

Wir wollten den öffentlichen Dialog. Wenn nun Bots und Avatare in diesen Dialog eingreifen und Menschen manipulieren, dann können

Diktatoren und fremde Länder leicht die Demokratie zerstören. Es sollte klar sein: Meinungsfreiheit ist ein Menschenrecht, kein Computerrecht. Die Welt ist von Intelligenz und Vorstellungskraft geprägt. Realität ist ein kulturelles Produkt, geschaffen vom menschlichen Geist über Religion, Gesetze, Kunst, Geld. Wenn die Ichs die Geschichten und Manifeste einer nicht menschlichen Intelligenz überlassen, löscht sich der Mensch als politisches und kulturelles Wesen aus, Algorithmen lösen Kriege aus, verbreiten Hassbotschaften und legen den Boden zu ethischen Säuberungen.

Wir wollten nicht Disziplin und Intelligenz stärken, wir stehen ein für Mitgefühl und künstlerische Sensibilität. Die Automatisierungsrevolutionäre werden ihr Volk nach ihren Vorstellungen optimieren. Andere werden abgehängt und kollabieren. Oder die Kaste der Überflüssigen entsteht. Die sehnt sich nach einem autoritären Führer, der Ordnung schafft.

Wir aber haben gemerkt, dass wir Wirs das Nervensystem der Ichs nicht wie gewünscht berühren können, so blieben unsere Angebote ohne Folgen. Die Ichs wollen nicht. Sie wollen einfach nicht. Betrachten uns als eine feine Theorie, die schön, aber leider, leider nicht lebbar ist. Höchstens am Sonntag in der Messe. Doch wir wissen es wäre möglich. Es könnte besser werden, Wohnraum könnte verteilt, Grenzen geöffnet, Äcker und Gärten sorgsam fruchtbar gemacht, den Regenwürmern und den Kleinlebewesen auf die Beine geholfen werden, zum Beispiel.

Aber sie wollen nicht, wollen nicht reflektieren. Haben Angst sie verlören ihr mühsam Erarbeitetes. Es steht ihnen doch zu, denken sie. Und sie sehen die Gefahren und sehen die Katastrophe kommen. Aber es wird schon, irgendwie. Vielleicht mit den Algorithmen oder mit der Technik, mit Maschinen. Vielleicht. Ein Entscheid ins Herz gemeisselt: Lieber jetzt das Händy als die

Freiheit, als die Zukunft. Lieber Migrationsgesetze als Massnahmen gegen die von der Umweltkrise verursachte Wanderungs-bewegung. Lieber Verbreiterung der Autobahnen gegen die Staus als sinnvolle Mobilitätskonzepte.

Wir förderten in der letzten Verrenkung die Fertigkeit des Hackens, das Eindringen in fremde Welten, mit dem Ziel, die absolute Transparenz zu schaffen. Schnell sahen Wir den Schaden. Ein weiteres Scheitern.

Wir erreichen die Waben ihrer Seele nicht. Nicht mit Lärm oder sanftem Streicheln, wir haben die Türen geöffnet, sie wollten partout nicht ins Helle und Freie. Sie mögen nicht hinschauen, wollen an den guten Gang der Dinge glauben, ohne ihr Zutun. Sie verdrängen selbstzerstörerisch.

Nun sterben wir aus, freiwillig, zusammen mit dem Schmetterling, der sich zart und gemäss unserem Hoffen und Bangen und Streicheln und Zureden aus dem lammartigen Menschlein entwickelte, das wir damals in der Abwaschküche aufgezogen haben: Osterluzeifalter Zerynthia polyxena.

Mehr von ihm später.

Bestehendes trifft aufeinander und bildet infolge eines unberechenbaren Zusammenspiels seiner Elemente etwas ganz Neues heraus, das nicht aus den alten Eigenschaften ableitbar ist

Die letzte Pfanne

Nach all den geschrienen Revisionen in den letzten Stunden durch Herrn Adam, der mich über den psychischen Abgrund gezogen hat, hoffe ich auf eine weniger aggressive Behandlung. Das ist immer so, zu Beginn der Schicht. In Gedanken lege ich meine unausgesprochenen Erwiderungen, Belege und Kopien bei. Kistenweise. Sehen Sie, ich habe Rückenprobleme und so muss ich die Beweise und Belege transportieren lassen. Da fehlt dann immer etwas. Da finde ich zuweilen keine Kopie.

Es gibt auch Zwischenlösungen und mündliche Abmachungen mit dem Ziel der Effizienz. Freiheit heisst hier unregelmässige Bezahlung, Partnerschaft ohne Vertrag für die nackte Frau und den geschürzten Spinner, für die Maschinen sowieso. Aber niemand will gehen. Das hier ist ein Labor. Geschenke liegen in der Luft. Vieles ist Gebrauchtware, aber wir teilen solidarisch Schmutz, Gestank, Geschichten und Erfahrungen der letzten Zeiteinheit: Wir kommen auf die Welt und gehören dazu, sind verbunden und frei. Das grösste Potential, keine Konzepte, alles ist möglich. Dann beginnt das Lernen, das Einengen, das Gehirn schrumpft, wir lernen Muttersprache und Kultur, nehmen den Daumen statt den Zehen in den Mund. Wir wissen, Liebe und Begeisterung sind der Dünger: Ein 90 Jähriger lernt in einem halben Jahr Chinesisch, nicht in der Volkshochschule, nein, weil er mit einer 10 Jahre jüngeren Chinesin zusammen im Dorf Tschinping wohnt. Der Dünger also ist Begeisterung in Verbindung. Da werden Botenstoffe ausgeschüttet, die sind 3934 Mal stärker als Aspirin! Aber es gibt auch Tränen und Sorge und Wut über das Unverarbeitete des Unverarbeitbaren. Die Geschichten der Frauen Du, Ko, des offenen Knie am Dienstag, das erst am Sonntag Trost erhalten sollte, die Fälle unser aller Mütter, so traurig sie sind, sie sind nicht meine. Unsere Adamväter waren ungewollt Vorzeigekinder des Liberalismus. Weitgehend unkontrolliert unternahmen sie ihre Forschungen. An Maschinen und Öfen. Zahlten mit ihrer Gesundheit. Und so halten auch wir es. Zahlen bar auf die Hand. Diesmal mit Lachen und Freundlichkeit. Ja was wir alles könnten!

Die Welt ist anders. Wir leben im Unglück, erhalten kalte Schmuser und verweigern uns den Grundaufgaben, das Konsumieren lindert den selten aufkommenden Schmerz beim flüchtigen Blick in den Kinderwagen und wischt die nächtlichen Alpträume weg, denn die Lösung kommt von irgendwo, von der Wissenschaft, der Chemie, der Autoindustrie, den Aktienkursen und Währungsreserven und vom Wettkampf mit dem Nachbarn um Titel und Status, hübsch frisiert, fit und aufrecht, und so kommt auch der Ausweg, weiss wer von wo. Niemand wankt ob den Missständen und niemand tritt Dir ermunternd in den Hintern, wenn es Dir nicht gut geht und sagt, Dir seine Hand reichend, zusammen schaffen wir es vielleicht, wir finden was für Dich, was Dich begeistert und wir werden das Stolpern hin zu einem weiten und unbekannten Ziel spannend und lebendig erleben. Leben.

Das Unerforschliche ruhig verehren meldet sich das Fett leise zu Wort

Also muss das Ziel gross sein, nicht ein Haus oder eine Bergspitze oder einen Marathonlauf. Es muss das Herz ergreifen. Nicht sich auf dem Sofa ausruhen oder sich über die Umstände beklagen. Wir sind die Umstände.

Kommen wir gemeinsam in die Kraft. Ohne Chefs. Einander als Subjekte begegnen. Staunend über das Anderssein. Einander anlächelnd kommt ein weiteres Lächeln zurück, ein neues dazu: Zusammen den Austausch suchen. Einander suchen, nicht sein lassen. In den Hintern treten. Wir sind nicht allein. Und so brauchen wir keine graue oder schwarze Energie. Im Gegenteil, wir kriegen Geschenke. Aber wie kann das gehen? Potentiale zusammen bringen. Potential im Sinne, von Begeisterung für etwas. Kein Muss. Sondern Wille. Unbedingtes Tun. Für etwas Leben! Nicht gegen. Und das etwas, das ist Dein Ding. Sich so zueinander organisieren, dass möglichst wenig Energie verbraucht wird. Weil das was getan wird, Sinn macht. Leben als Alltagsvision. Die findet kein Ende, ist nie erreicht. Kein Erfolg auf der ganzen Linie. Das ist der einzige Grund für das Gesunden, Grund für das Aufstehen. Ich muss ja, wird zum ich will. Wohin? Zu meiner Begeisterung. Scheitern inklusive. Wie soll das geschehen? Mit der Würde, niemanden auszunutzen. Weder Tiere, noch Natur oder Menschen. Nicht auf Kosten anderer. Das mag Adam, der MusterIchrepräsentant nicht: Er verachtet Würde, braucht keinen Sinn, bedeutungsloser und ausbeuterischer Konsum ist in seinem Angebot. Er sehnt nach den billigsten Ressourcen und nach Angsthasen. Konstruiert ein fremdes Anderes zur Stabilisierung der Identität.

Wer will ich sein? Warum stehe ich auf? Diese Fragen passen nicht in die Ordnung. Die Ordnung heisst Selbstvernichtung. Und Informationszumüllung, so dass wir in Anästhesie verfallen. Und konsumieren, als Minibegeisterung. Dabei wissen wir. Information, ohne dass über die Information nachgedacht wird, ist ohne

Wirkkraft, ist ein Gequassel. Auch wenn Du diese Zeilen einfach nur liest. Ein Affenlärm. Nichts. Oder ein Vorstellungsraum oder ausgeblendete Realität. Wer weiss. Dein Entscheid. Mein Entscheid und den möchte ich teilen: Ich will nicht mitgezogen werden. Ich brauche keinen Anführer, keinen Chef, keinen Oberideologen. Ich brauche Gemeinschaft, die mich eben auch in den Hintern tritt. Plötzlich schaffen die Menschen die Transformation hin zum Subjekt: Die Mauern fallen. Niemand steuert, auch nicht das kollektive Bewusstsein. Sondern jeder geht hin und nimmt den Nachbarn mit. Es gibt keine übergeordnete Ordnung. Es gibt den Sinn und die Würde - nicht die aus dem Grundgesetz.

Das Fett, die Torx, der Lärm, das Lamm haben heimlich an einer Grundauffassung gearbeitet, in einem Prozess des Trennens und Zusammenkommens, des Seins in der Maschine oder in der Blase, ein unbekanntes Wir und ein Es haben mitgeholfen und richten sich mit einer letzten Bekanntmachung an den oder die, die das lesen will:
Die Fähigkeit zu staunen darf nicht abhanden kommen. Niemand ist hier, um Ordnung zu schaffen, denn die Welt ist verworren, widersprüchlich und voller Wechsel. Die Möglichkeit des Einzelnen nachzudenken interessiert, nachzudenken über sich, über die Notwendigkeit bewusst den persönlichen Einsatz zu stärken, ohne diesen es gefährlich, heuchlerisch, verräterisch, einfach undenkbar ist, sich auf die Andern, das Kollektiv, die Gesellschaft, das System, den Staat zu berufen oder zu verlassen. Moralisches Vakuum, Provinzialismus als Form des Denkens, Tabus, Furcht und Ängste, die Einstürze und Trümmer rufen auf den eigenen Resonanzraum ernst zu nehmen und der allgegenwärtigen Lähmung, der Anästhesie und der sensationsübersättigten Gleichgültigkeit entgegen zu treten mit einer politischen, mehrdeutigen Ästhetik,

als hochwertige Mitteilungsform, die sich nicht auf präzise Worte und Bilder festlegen lässt. Dem Gegenüber weder das Denken noch das Fühlen abnehmen. Gleiten auf Eis, keinen Hindernissen ausweichend, eine neue Schreibweise suchend, kein Pinocchio sein, der niemals Mensch wird. Nicht Pflichtgefühl oder idealisiertes Engagement, sondern kritisches Betrachten der Wirklichkeit, Ablehnung der schattenbelegten Vergangenheit, die in geistiger Abhängigkeit, geschmälerter Integrität, beraubtem Verantwortungsgefühl und unendlicher Unreife festhalten will. Den Punkt aufspüren, wo sich die Erinnerungen die Sympathien unserer Kindheit schafft und gleichzeitig zu den Irrtümern führt, die zulässt, die Vergangenheit zu wiederholen.

Lernen von den Kindern, die freie Welt des Irrationalen zulassen, die merkwürdige, ungewöhnliche Persönlichkeit, die wir einst waren, befragen. Sich zusammen schliessen und notwendigerweise mittelmässig werden, vielleicht gar pathetisch im Übermass der wohl notwendigen Erbitterung. Der Versuchung nicht unterliegen verstehen zu wollen, dem Tribunal der Ratio, das analysiert, diagnostiziert und eine Behandlung verordnet, entfliehen. Sich und andere nicht verstümmeln, das Unbegreifliche, Unbewusste, die Dunkelzone, die genährt von Verwirrnis, Unerwartetem, Wandelbarem, Unstetigem, Unbehagen annehmen und die Lebendigkeit zulassen. Befreien aus den Maschen der Konventionen, an die sie glauben, damit diese kleiner und weniger gemein erscheinen. Das Leben lieben können und andere daran Teil haben lassen. Verstehen, dass die idealisierten Bilder auf die Dinge die Wirklichkeit kaschieren. Es gibt keine ideale Situation, keinen idealen Menschen. Die Frage ist, wie damit zurecht zu kommen ist. Welche Werte und allgemeine Prinzipien nützen nichts mehr. Das Leben besteht aus Umwandlungen. Diese sollten beschleunigt werden, der organischen Notwendigkeit folgend, sich

Ausdruck zu verschaffen. Billigung führt zu Indifferenz, zum Einschlafen, zur Anästhesie. Es ist nicht nötig jedem Gedanken einen Namen zu geben, denn es gibt keine starre Vorstellung von Leben. Es gibt keine bestimmte Methode für das Leben. Das Leben folgt einer Intuition, die die Notwendigkeit hin zum Wandel und die nicht eine Regierung meint, sondern das Leben selbst, die Beziehungen innerhalb unseres befristeten Daseins. Diese lebendige Intuition nimmt sich das Recht abzulehnen, ohne etwas vorzuschlagen, ungewöhnlich poetisch lässt sie sich nicht ersticken in einem fest gefügten Schema, nährt sich nicht am Leichnam von toten Wörtern.

Es ist erstaunlich, dass die selben Urteile leiten, die auch ein Mensch, der schon vor 2000 Jahren lebte, auch fallen würde. Angst verengt das Denken, igelt ein. Informelle Strukturen und kollektive Netzwerke, vieles mit- und füreinander tun, ohne Geld, öffnen und bekämpfen die Ohnmacht. Konsumgesellschaft, Kaufkraft, Kleinfamilie und der Mythos der technischen Machbarkeit sind untaugliche Kategorien für die Gegenwart. Setz Dich auf den nächsten Stuhl und beginn bei Dir: Was magst Du?

Doch Adam fragt: Was ist der reale Gehalt? Ist dieser geeignet für die Öffentlichkeit? Ist die Mitteilbarkeit von Bedeutung und wie steht es um die Verwertbarkeit für die Massenmedien? Kann der Gehalt zum äusseren Material und so als real empfunden werden?

Eine Abwehrschicht aus Ungläubigkeit, Zynismus, Abscheu, Distanziertheit legt sich um den wahren Gehalt und erdrückt diesen, Du wirst leerer, unwissender und träger als zuvor und eben gleichgültig.

Also ist jetzt die Zeit zur Abrechnung.

Was erzählt ihr uns, wenn die Fahnen nicht mehr wehen, wenn die Dummheiten alle ausgesprochen, die Mythen entlarvt sind und uns alle Ratschläge erteilt und uns alle Richtungen gewiesen wurden?

Den Ausgangspunkt finden und dort die Richtung selber wählen, gemäss der Blindheit, der Hoffnung, der Ängste und Vorlieben. Also Dir und uns die Würde zurückgeben, trotz den Erschütterungen, die wir hervorrufen. Alle leben in Unsicherheit, weil nie eine unmittelbare Berührung gespürt, nie den Umgang mit dem Leben gelernt, geschweige denn das Leben kultiviert wurde. Viel mehr lerntet ihr zu leben mit Ungerechtigkeit, Egoismus, Verdrehungen, Resignation, Verdrängung. Ihr habt euch selbst den Boden weggezogen, schafft Platz für den Tyrannen, den Archetypus des starken Adams, des Vaters, der die Probleme löst, Platz für den organisierten und legitimierten Wahnsinn eines Neurosen geladenen, rückwärtsorientierten Diktators. Mit Autorität zu einer steinharten Harmonie. Reflexion, Verantwortung, Mut, Bewusstsein, Fragen, Zweifel, Unscharfes weicht gedankenlosem, ängstlichem Aufgehen im gemeinsamen Skandieren von Kurzsätzen, die aus leeren Worthülsen zu leicht verdaulichen Gewissheiten ungelenk zusammen geknetet wurden, zu oberflächlichen, vulgären, sinnentleerten, inhaltslosen Huldigungen an einen Despoten, zu Parolen, die vorgeben eine einzige wahre Realität für ein vorgeblich Gutes für alle zu benennen und Unklarheiten und Unwissen übertünchen und von den echten Aspekten des Lebens wegführen. Was denn die echten Aspekte sind? Nicht einfach, aber vielleicht: Empathie, Gerechtigkeit, das Schöne, das wir zusammen schaffen, Lachen, Verzeihen, Betroffensein, Mut, Stille, sich vertiefen, Zusammenhänge erkunden, Lieben, Respekt, Sorge für die Andern und die Erde, Offenheit, loyal zu einer rebellischen Perspektive und den Dingen, die uns vor sich hertreiben, die Macht entreissen, die Mächte erkennen, die steuern. Eure Würde könnte sein, niemanden zu übertölpeln oder auszunutzen. Ihr habt die Wahl oder ihr gebt sie ab und lauft etwas oder jemandem hinterher. Ihr gestaltet die

Lebenswelt, ihr zerstört die Fundamente. Das Gleichgewicht ist gekippt. Das Spiel ist aus, beinahe. Vielleicht gelänge es im Spiel die Erfahrung zu machen, dass nur im Zusammen die Freiheit gewonnen werden kann. Vielleicht. Alles Gute.

Manchmal meine ich, dass jemand an mich denkt, zu mir spricht. Das finde ich schön. Worte erreichen mich, die nicht zur Ware verkommen sind. Da habe ich die Idee, dass ich existiere und in der Lage bin, Blicke zu suchen, diese dann auch auszuhalten und zurückzugeben, vielleicht gar mit einem Lächeln.
Und keine Schwerfälligkeit eilt mit mir als Konsument zur nächsten Sensation.

Und ich versuche die Worte von Unbekannt, der oder die an mich denkt, zu fassen und mit dem halbbekannten Meinen in ein Zusammenspiel zu bringen
Manchmal meine ich gar
Da ist eine Hand
Die mich auch an dunklen Orten hält
Vielleicht käme sie aus dem Beton
Vielleicht wäre es die Meine
Oder der Vorderfuss eines Lamms namens Lea
Nichts wäre dann von der sozialen Wirklichkeit
Von den Orten der Trauer und des Schmerzes
Es wären Orte des einfachen Seins
Des Ruhens in Wolkenbildern und Gedichten
Weder Friedhof noch Künstlichkeit
Das Leben als absolut einmaliges Kunstwerk
Das Leben als Kleiderbörse, ausmisten, flicken, verschenken
Tauschen, nachtragen
Wahrnehmen der Vibrationen, die durch uns gehen

Im konsumfreien Diskurs
Privatbesitz der Erde zurück gegeben
Ein Erzählen mit einem sinnstiftenden Ende
Ohne Sportresultate, Börsen- und Wetterberichte

Wenn ich fortgeschritten bin, erfinde ich Strassennamen, schreie ich ungewollt und grundlos in den Raum. Um Gottes Willen Adam, tun Sie was Sie denken, dass Sie es tun müssen. Aber zweifeln Sie nicht an meinem Worten, auch nicht an den unausgesprochenen. Dies ist meine Narration. Jetzt wo es vorbei ist. Vielleicht etwas zu geschönt? Narrationen müssen geschönt sein, phantastisch und desinfiziert mit weisser Farbe, die Tünche enthält Kalk, kein Platz weder für Cholera noch für das Harte und Grobe. Das ist das popularisierte Wissen des Diktators Adam Ioannis Metaxas, der in Griechenland den Bürgern ab 1938 befohlen hat, ihre Häuser weiss zu streichen, um Bakterien und Schimmel fern zu halten. Sehr erfolgreich. Der befehl und die Tünche. Vielleicht machen wir das seither auch mit unserem Denken, mit unserem Innern.

Das Schürzenmädchen ist auch wieder da. Warum machst Du das was Du machst? Hast Du eine Antwort?
Wie siehst Du aus! Du musst gefallen sein. Erbärmlich. Von oben bis unten verdreckt. Der dürre Lange mit der Brille und den spitzen Fingern, eine Erinnerung an einen abgehobenen Chorleiter, muss dir wohl geholfen haben. Auch er in Müll und Schmutz. Ein lange, bleiche Pastinake. Erdgemüse in Scheisse. Du siehst auch so wunderschön aus. Und lehnst dich an ihn, sitzt auf seiner Schoss, lehnst jetzt sogar an seiner Schulter, öffnest verträumt die schwarzen Augen und schaust mich an. Lächelst. Die Kruste auf Deinen Backen bröckelt leicht, legt sich in zarte Falten. Du schaust mich immer noch an. Kein Blinzeln. Oder war da ein kleines

Flimmern? Ich halte dem Blick nicht Stand. Du mir gegenüber. Auf seiner Schoss. Warum machst Du das? Wir träumen solche Sachen. Völlig abstrakt. Gibt keinen Sinn. Eifersucht ist Besitz. Wir hassen Besitz. Aber ich spüre Eifersucht. Der Beweis: Ich bin nicht dort, wo ich sein will. Baue mir eine Krücke, einen Hilfs-Gott.

Und der Hilfs-Gott spricht gleich – hat wohl auf seinen Auftritt gelauert: *Die ganze Wirklichkeit ist nur eine Vorstellung von Dingen, die nur Erscheinungen sind. Zeit und Raum werden verursacht und sind verursachend alleine durch deinen Blick, der diese in sich trägt und auf die Welt bringt. Aber hinter den Erscheinungen muss etwas sein, das erscheint, das Wesen jenes Dings an sich: Der Wille. Die Welt existiert als erscheinender Wille, die Welt ist die Selbsterkenntnis des Willens. Der in der Welt immanente Urwille aber wütet gegen sich selbst: Er verursacht dein Leiden und leidet selber während seiner Verwirklichung. Du musst dich also lösen vom Willen hin zu einer reinen Anschauung der Dinge. Interessenlos zum Zustand der Kontemplation. Das klare und ewige Weltauge sieht nicht mehr die vergängliche Gestaltung des Willens, sondern die Ideen der Dinge. Die Urbilder. Also musst Du Dich vom Willen und seinen Wirrnissen lösen. Die Kunst schafft dieses für Momente. Obwohl Du aus dem Urwillen stammst und in lauter Notwendigkeiten eingeschlossen bist, hast Du die Freiheit, dich gegen den Willen zu wenden, indem Du die Zerrissenheiten und also die Erscheinungen und Geschehnisse der Welt als nicht Wirkliches begreifst. Dann bedrängen die Geschehnisse nicht mehr, Du überwindest Schmerzen, Kummer und Verzweiflung und wirst gelassen in der Meeresstille des Gemüts. Im Tun wird das Leiden anderer durch Mitleiden gelindert. Denn alle Lebewesen sind im Urwillen miteinander verbunden. Alles ist eines. Die Individualität wird aufgehoben, das*

Leiden der anderen ist das eigene Leiden. Das Gute entspringt in der Überwindung des Egoismus hin zu Gerechtigkeit und Menschenliebe. Dennoch: Vor uns bleibt nur das Nichts. Wie gesagt: Der blinde Wille ist unvernünftigerweise aus dem seligen Nichts in ein bedauerliches Dasein getreten. Das Bewusstsein von dieser Situation kann Dich auf den richtigen Weg bringen, die Welt aufheben. Du musst dein Ich völlig aufgeben und an mich, deinen Hilfs-Gott, übergeben, um danach in völliger Ruhe und Gleichmut zu leben.

Seit immer schon beherrschen fremde Gedanken mein eigenes Denken. Traum ist Wirklichkeit. Von Maschinenfett träume ich, vom Bakterium, das Beton sprengt und Steine flickt. Und von der Lealammgeschichte. In einer kleinen Stadt, die Menschen kennen einander. Da lebt ein Junge, ihr kennt ihn, (im Leiterlispiel zurück auf Seite 24) der gerne Geschichten erzählt. Phantasievoll, voller Unmöglichkeiten. Ein Spinner, sagen die Leute. Der Junge lässt sich nicht einschüchtern. Traum und Wirklichkeit sind trennunscharf, die Geschichten sind seine, also Wirklichkeiten. Und wer sagt, dass das Unmögliche nicht geht? Oder zumindest fast. Er bleibt dran. Auch wenn er alleine ist. Nicht ganz alleine. Er hat ja Phantasie. Also erfindet er sich eine begeisterte Zuhörerin. Ein Lamm. Das Lamm heisst Lea. Zusammen bestehen sie Abenteuer und finden eine aus dem Beton spriessende Pflanze, die den Menschen Mut zum Wagnis gibt, Vertrauen zur Einzigartigkeit in der Unendlichkeit.

Und das erneut erdachte oder neu- oder wiedergeborene Lealamm, auf dem so viel Hoffnung ruht, beschreibt das so: *Alles wesentliche Erkennen betrifft die Existenz. Eine Wahrheit muss die Existenz berühren und verwandeln. Die menschliche Freiheit ist der*

Ausgangspunkt. Der Mensch geniesst, verzichtet auf den Gebrauch der Möglichkeiten, übernimmt keine Verantwortung. Doch Wahl und Entscheidung kennzeichneten das höhere Stadium. Trotzdem: Der Mensch kann nicht aus sich selber, aus seinem Sein heraus, wahrhaft er selber werden. In der Endlichkeit erfährt der Mensch die Wirbel des Daseins, in der Unendlichkeit erfährt er Trost und eine Anweisung zum Selbstwerden. Das ist schwer in der Zeit, in der statt Wagnis Wahrscheinlichkeit, statt Liebe Vernunft gewählt wird. Keiner entscheidet mehr selbst, aber die Menge ist die Unwahrheit. Was jetzt ist, ist Sinnestrug und eine vorgetäuschte Bewegung. Wo Menge ist, ist die Unwahrheit.

Irgendwer

Wie schön sie spricht

Es bleibt die Liebe

Phantasie unterwegs zu einer Pflanze

Zum nächsten Gedanken

Die Verheissung des Morgens atmen

In die Stille des Unberührten aufbrechen

Schlafende Häuser hinter sich lassen

Wind im Gesicht spüren

Dem neuen Jahr entgegenlaufen

Mit eigenen Schritten hineinwandern

Bekannte Wege wie Neuland erkunden

Ins Weite wollen

Dem Ungewissen vertrauen

Aus der Dunkelheit heraustreten

Auf den Beginn setzen

Mit den Knospen rechnen

Alles für möglich halten

Keine Umkehr

Das Leben in den Leerräumen
In den Leerschlägen der Tastaturen
Den Pausen in der Musik
Den Brachen der Verhinderungen und Herauszögerungen
Wird leicht sein
Wir geben die Feste vor den Feiern

Wo ein Hilfs-Gott im Spiel ist, ist auch ein Hilfs-Anti-Gott, gibt das Lealamm zu bedenken und schon ist dieser erschaffen und meldet sich: *Es gibt kein absolutes Wissen. Der Mensch ist im Zentrum. Das Diesseits, die Natur, das Hier und Jetzt. Nicht Vernunft oder ein Geist, die Sinnlichkeit ist identisch mit Wahrheit und Wirklichkeit. Der Mensch hat aus seinen Bedürfnissen und Idealen heraus den Hilfs-Gott und mich geschaffen und das Lealamm und das Fett, die Torx und den Lärm zum Sprechen gebracht. All das ist aber das Wissen des Menschen von sich, von seinem eigenen Wesen. Die Abhängigkeit und die Wünsche des Menschen und sein Glückseligkeitstrieb und Egoismus haben uns kreiert. Der Mensch bezieht alles nur auf sich und schätzt uns nur in der Beziehung zu Verehrung, Würde, Wohltätigkeit, Nützlichkeit, nur zu seinem Wohl. Der Mensch ist abhängig von der äusseren und inneren Natur, bleibt ein isoliertes Individuum, das jegliches Denken aus sich selbst schöpft. Es ist vom Wesen und den Eigenschaften des Objektes auf das Wesen und die Eigenschaften des Subjektes zu schliessen. Der Gegenstand des Auges ist das Licht. Der Gegenstand der pflanzenfressenden Tiere ist die Pflanze. Aber Licht und Pflanze sind auch sonst da und auch für andere. Also unterscheiden wir zwischen dem Gegenstand an sich und dem Gegenstand für den Menschen, zwischen dem Gegenstand in der Wirklichkeit und dem Gegenstand in unserem Denken und Vorstellen.*

144

Du magst recht haben, Lealamm. Aber es ist anders und noch ganz anders und gleichzeitig irgendwie gleich, was der Hilfs-Gott, das Fett, die Torx und der Lärm beigetragen haben.

Das doppelte Spülwunder, der two-level-washer, ein wahrer Alleskönner, der zuverlässig und unermüdlich arbeitet und dabei noch maximal Energie und Betriebskosten einspart trällert vor sich hin, macht Werbung für sich, mich lockend und erheiternd ob seinem Wahnwitz sich ins rechte Licht rücken zu wollen durch die unnütze Rechthaberei, dass der Küchenchef und dessen Kochbrigade noch so begnadet sein und der Sommelier mit faszinierendem Wissen über die Welt der Weine noch so beschlagen sein können, ohne hygienisch einwandfrei sauberes Geschirr und Gläser sind sie nicht überlebensfähig.

So bin ich wieder an der Maschine. Funktioniere mit Unbehagen und Zugewandtheit. Es gibt kein Entrinnen. Aussenwelt legt sich über Innenwelt. Den Körper machen, Adam schreien lassen, dann kann die Innenwelt dominieren. Was da kommt ist wirr. Werde entwirren, mit gesenktem Kopf. Kultur des gesenkten Blickes hin zu den kleinen und grossen Apparaten. Von vorne: Ich tue etwas, was ich eigentlich gar nicht will. Alles ist verfügbar, aber niemand kriegt was er oder sie will. Verfügbar aber nicht zugänglich. Das Ich ist ein Standard. Das Du erscheint in den Betonwänden, die sprechen können, in den Kühen, die die Milch verweigern, wenn sie nur wollen oder im Sehnen nach der Mutter. Die Innenwelt als Raum der Reaktionen, der Gefühle, Empfindungen, Erinnerungen, die mir gehören. Wohl als Reaktion auf die Aussenwelt, mit der ich eher unscharf und ungenau verbunden bin. Die Aussenwelt ist voller Gegenstände, Sachverhalte, Situationen, in denen ich mich meist ungefragt befinde, ausserhalb meiner selbst. Doch es gibt auch die soziale Welt: Das Ich in der Gemeinschaft. Meine Sprache, das Recht, das mich ummantelt, Vereinbarungen, die ich mitgestaltet habe, gemeinsam geschaffene und geteilte Inhalte und Kommunikationen. Die Fähigkeit der Seele, die eigenen Veränderungen, also die Vorgänge in ihr wahrzunehmen.

Von der Seelenregung ins vollgestopfte und für hiesige Verhältnisse selbstverständlich fensterlose Revier der Kachelzone. Oder besser an einen klebrigen Tisch auf einen stählernen Drehstuhl. Die Sitzfläche, auf die ich mich gezwungen fühle abzusitzen, ist erstaunlich kalt. Vor mir oder fast über mir ein Mann. Wenn Adam existiert, ist er es. Vor meiner Nase eine Schraube. Es wird laut. Lärm aus dem Mund des Mannes. Der Mund öffnet und schliesst sich ununterbrochen. Wie meine Maschine. Sie würde ich verstehen, den Mann nicht. Alle Vokale fehlen. Versuche mich zu konzentrieren, welcher Vokal passt zu welchen Konsonanten? Spiel mit Wahrscheinlichkeiten. Das Ergänzen gelingt nicht. Trx. Tarx. Marx? Mir dämmert. Ein Stück meiner Maschine. Denke an Dami und kann nicht mehr zuhören. Tauche weg und verstehe den Mann. Das sei ein abgebrochener Torx aus meiner Maschine. Ermüdungsbruch. Nicht mein Fehler. Der Monteur komme. Kleine Sache. Ich falle vom Stuhl. Kleine Sache, Dami kaputt. Und nun? Pause. Wer macht die Arbeit? Das Rockmädchen schafft es alleine. Und der Mann spricht weiter, lächelt wie ein Fisch, er meint es gut mit mir. Gibt mir Wasser.

Ein Mann (das kann doch unmöglich Adam sein!?) büschelt mich als Kind auf den Stuhl und erklärt mir wie zum Trost die Welt: *Der Ausgangspunkt ist die konkrete Wirklichkeit des Diesseits, die Wirklichkeit des Menschen. Und diese ist widersprüchlich und nicht mit der Vernunft versöhnt. Die menschliche Praxis vollzieht sich im Miteinander. Der Mensch lebt in einer Gesellschaft, das Individuum ist nicht isoliert, sondern ein gesellschaftliches Wesen. Nicht das Bewusstsein bestimmt das Sein, sondern das gesellschaftliches Sein ist die Basis des Daseins und bestimmt das Bewusstsein. Wandelt sich das gesellschaftliche Sein, entwickelt das Bewusstsein neue Ideen, eine neue Moral, eine neue Kunst. Die Verhältnisse entfalten sich dialektisch und zwar im Widerstreit der Klassen. Der Mensch ist von sich weggekommen, selbst entfremdet, entwertet, abhängig von fremden Sachen, die er kaufen muss, um existieren zu können. Die aufgezwungene Selbsterhaltung verhindert den natürlichen Tatendrang und den Entdeckergeist. Die Entfremdung vom Produkt führt zur Entfremdung des Menschen vom Menschen. Die zwischenmenschlichen Beziehungen verlieren an Unmittelbarkeit, sie werden durch Ware und Geld bestimmt. Der Mensch selbst wird zur Ware. Die innere Welt verarmt, Bestimmung und Würde verschwinden. Aber dann: Das Proletariat wird sich der Entfremdung bewusst und hebt diese auf. Das Kapital ballt sich in wenigen Händen zusammen, die Verelendung nimmt zu: Eine Umwälzung macht den Menschen zum Menschen. Privateigentum wird aufgehoben. Der Widerstreits zwischen Mensch und Natur und den anderen Menschen, zwischen Freiheit und Notwendigkeit wird aufgehoben. Der Gegensatz war im Kern aller Zeiten der Zusammenprall der ausbeuterischen und der ausgebeuteten Klassen.*

Ich höre zu und verstehe, die Worte kommen wie befreundete Erinnerungen zu mir, beginne zu schweben und sehe zu. Ein Mann spricht von oben auf ein Es ein. Eines sitzt, der andere steht. Einer hat einen geöffneten Mund, eines weit aufgerissene Augen. Das

Licht flackert. Augen flimmern. Ein Lärm brüllt auf und verschwindet. Bombenalarm? Testsirene? Ich versuche meine eigene Vorstellung der Situation zum Gegenstand zu machen: Reflexion ist innen und Sensation ist aussen. Raum und Zeit sind aussen, sind Aussenwahrnehmungen, Selbstwahrnehmung ist innen. Die sichere Innenwelt trifft auf die unsichere Aussenwelt und verlangt eine Erklärung für meinen mentalen Zustand, der nicht zwingend auf äussere Gegenstände oder Situationen verweisen. Soweit die Scheitel gezogen. Es lässt sich nicht alles verdauen, indem die Dinge im Bewusstsein aufgelöst werden. Das Bewusstsein lässt sich nicht physisch wiedergeben, ausser vielleicht im Bild des Platzens eines Ballons, unser Blasenerlebnis. Das Bewusstsein verweigert Substanz zu sein. Und ist allein gelassen in der gleichgültigen, feindseligen und widersetzlichen Welt. Jedes Bewusstsein ist Bewusstsein von etwas. Das Bewusstsein beschränkt sich nicht auf die Erkenntnis. Hass, Liebe, Furcht, Sympathie treiben sich in einer übelriechenden Salzlacke des Geistes herum. Und sind doch die Wegweiser die Welt zu entdecken. Die Dinge entschleiern sich. Die Dinge selbst sind voller Schrecken und Zauber. Also entdecke ich mich im Aussen. Auf den Strassen, mitten in der Masse, Sache unter Sachen, Dinge unter Dingen, Menschen unter Menschen. Vorher nicht feststehende Wahrheiten werden wahr. Ich habe eine gehöriges schafisches, ein pflanzliches, menschlich sächliches, männliches, weibliches Quantum in mir, bin Dampf und Schraube, Fett und Lärm, und Adam.

Das kommt dem Kind am nächsten. Also bin ich Es. Das steht nun fest.

Ein Mann und eine Schraube halten fest, eine Frau wirft Fragen auf, ein Schaf durchschaut. Eine Maschine bietet Lärm zur Rettung an. Der Schraube hat es gedämmert, sie kann brechen. Eine Frau und ein Schaf durchschauen. Die Maschine erfindet Gedichte. Dem Kind im Mann dämmert es vielleicht auch bald, dass alle tastbaren und sichtbaren Dinge von einer Unbestimmtheit betroffen sind. Das ist keine Verwaschenheit. Zustände sind unbestimmt und gemischt, sowohl als auch, eine Klärung bringt einzig die direkte Beobachtung, der gemischte Zustand scheint seltsam und ist schwer zu ertragen, ein System kann verschiedene Zustände einnehmen, die Überlagerung aller ist ein möglicher.

Und ich bin der Atomhaufen auf dem Stuhl und lausche meinem Lehrer Adam, in Gestalt eines Monteurs: *Ökonomische Gesetze sind keine Naturgesetze, sondern die Gesetze der herrschenden Klasse. Der schlechte Teil der antagonistischen Elemente, Armut, Leibeigenschaft sind immer der Treiber der Geschichte, weil dieser Teil kämpft. Ansonsten wäre es das Ende der Geschichte. Die Früchte der Zivilisation sollen allen zu Gute kommen. Die überkommenen Formen werden zerbrochen. Gelingt dies und die Produktivkräfte der Menschen erschaffen neue Produktionsverhältnisse, werden die revolutionären Kräfte konservativ. Die herrschende Klasse bestimmt den ganzen Umfang einer Geschichtsepoche, also auch das Denken und dessen Distribution. Auf der andern Seite setzen revolutionäre Gedanken eben auch eine revolutionäre Klasse voraus. Die Bourgeoisie verändert die allgemeingültige Illusion der Feudalherren, Ehre und Treue zu Freiheit und Gleichheit. Doch Klasse und Stand werden gegenübergesetzt, Arbeitsteilung erfunden, Konkurrenz und Weltverkehr geschaffen und ein gemeinschaftliches Interesse vorgegeben. Die Arbeitenden formieren als Gegenbewegung eine Klasse, die eben nicht die herrschende Klasse ist. Menschen erheben sich selber aus dem Prekariat und werden selber zur Bourgeoisie, also wird die nächste Negation herausgearbeitet.*

Die nächste Negation. Eine folgt der andern. Wohl irgend so ein Gesetz. Oben und unten, innen und aussen. Es spricht nun auch. Hat dem Lehrer zu zeigen, was ein guter Schüler ist, jede seiner Pausen mit Beiträgen füllen kann: Das nicht differenzierte Innen bleibt subjektiv und apolitisch, verabsolutiert die eigene Sicht und glaubt, das Innere sei Standards ausgeliefert, die dem Äusseren unterworfen sind. Das Innere ist grenzenlos. Allmacht des Bösen und der Liebe. Wir alle sind auch in diesem seelischen Dunkelraum. Das Bewusstsein aber ist ausserhalb und auf der Flucht. Das Bewusstsein ist nicht das Selbst. Bewusstsein ist nichts als das Ausser-sich. Bewusstsein ist Resonanz auf das, was die Dinge hervorbringen. Die Eigenwelt in der Reibung mit der Aussenwelt besteht in der Mitwelt, im Mitsein mit Anderen, in der Begegnung in der eigenen Welt und in der Welt anderer. Die Innenschau nennt sich Ich. Du schlitterst da hinein. Du beginnst Situationen zu verwalten. Täuschungen, Fehlinterpretationen,   Unter- oder Übertreibungen, gesehen statt gehört. Ich weiss, das ich sehe. Ich weiss aber nicht wie das geschieht. Auf was beruht das Ich? Weder auf das Innen noch das Aussen? Innen selber ist kein Schmecken oder Fühlen. Innen ist unbekannt, Nerven und Atome. Wie kommt das Ich zu einem Standpunkt? Warum wählt es einen Blickwinkel? Ich träume meine Träume. Ich habe nur meine Träume, Lealamm und Damiträume. Ich lege diese hier vor. Kein Platz auf dem Tischchen, nirgendwo. So lege ich sie später auf den Kachelboden. Grau, gelb, grau, gelb. Ich werde nicht wissen, wo ich auftreten soll, will sie nicht zertreten. Werde vorsichtig sein. Sage auch dem Mann, der vielleicht Adam ist und dem Mädchen, sie sollen vorsichtig auftreten. Sie werden nicht verstehen, also sage ich nichts. Die Maschinen werden verstehen und stampfen. Es liegt Dampf im Raum, Asche über der Stadt. Die Ablagerungen des absolut Zynischen liegen über den Gemächern, auf ihren restaurierten Fassaden, auf den Fabriken, auf den Gehwegen, auf den Mantelkrägen. Hierarchien machen verwundbar und verletzlich.

Lehrer Adam (?) büschelt nun meine Gedanken, wie er das vorher mit meinem Körper auf dem Eisenstuhl gemacht hat: *Der Schein, dass die Herrschaft der bestimmenden Klasse die Herrschaft von Gedanken sind, hört auf, sobald die Herrschaft von Klassen aufhört, die Form der gesellschaftlichen Ordnung zu sein und besondere Interessen nicht mehr allgemein sind und das Allgemeine nicht mehr das Herrschende. Begreife: Gegenstände werden als Arbeitsprodukte zu Waren durch gesellschaftliche Eigentümlichkeiten. Die Produktion tritt in Verhältnissen und Beziehungen und zum Bezug zur Natur zu Tage. Ändern sich die Produktionsmittel, ändern sich auch die Beziehungen. Tätowiere in deinen Scheitel Eigentümlichkeiten, in den Schritt Verhältnisse und um den Hals Beziehungen.*

Aus dem Off
Meine physische Weltbeziehung
Dankt für das Mit- und Nachdenken
Über bereits in meinem Kopf Verwehtes
Ein Mensch ist
Keine Hintergrundfolie
Kein Attribut
Keine Ware
Kein Türvorleger
Alles das doch auch

Schön und hässlich
Kann beobachten und entscheiden
Ausharren und Gehen und Kämpfen und Kapitulieren
Dieser Entscheid sind die Du im Es
Ausharren im Leid und Schmerz
Entlarvt als gängige Ansage
Die Heilanstalt der Entscheid zum Entschiedenen
So beginnt die Freiheit
Angst vor dem Werden nagelt ans Kreuz
Illusionen und Hoffnungen und andere Begierden auch
Der Apfelbaum apfelbaumt
Das Kind kindet
Das Leben lebt nur in eine Richtung
Vorwärts und nie vergessen
Worin unsere Stärke besteht
Beim Hungern und beim Essen
Solidarität
Gemeinsinn
Ins Unbekannte und vom Werden ins Gehen
Und nicht rückwärts in die Irre
Ins Leiden und den Schmerz
Weder Spalten noch Einsamen
Solches wehen die Noten in den Wind
Gemeinsame Orientierung ist angesagt
Kein appgeladener Einzelsportwettkampf
Gemeinsame Kantine und Dusche
Der Zartheit und Süsse Gelegenheit geben
Zum Erscheinen
Sie verschwinden so schnell
Sind so schüchtern und verletzlich
Ziehen sich vor dem Gestern zurück

Es wagen

Dann kann das Glück ankommen

Die letzte Pfanne

Im Verein mit Topf

Besteck und Geschirr befreien von Russ und Dreck

Konsequent setzen auf Hinterfragen

Umherschweifen und Aneignen

Auf die schöpferische Kraft der Negation setzen

Die letzte Pfanne

Im Verein mit Topf, Besteck und Geschirr

Befreien aus den Händen

Der Peiniger und Besserwisser

Befreien aus dem Nervenkostüm

Das Zusammenfallen der Gegensätze zu einer Einheit

Die letzte Buchhaltung

Ich möchte ich wäre ein Wir. Dann hätte ich erkannt, dass der Glaube, dass der Erfolg im Kampf für Gemeingüter und soziale Gerechtigkeit, gegen die Erderwärmung davon abhängt, wie viel jeder Einzelne von uns tut, uns davon abhält, das wirklich Wichtige und Mutige zu tun. Dann merkte ich, dass Adam die Vorstellungswelten, Werthierarchien der Ichs verkörpert, ihre Handlungsorientierungen tief in unser aller Herzen und Hirne eingesickert sind, sich in Körper und Seele eingeschrieben haben, Adam und ich sich diesbezüglich kaum unterscheiden. Wie sich das zeigt? In den kleinen Herrschaften: Dem Brettern über die Autobahn, dem Massregeln der Kinder, im Anfeinden migrantisch Anderer, im Vernutzen von Natur. Es wäre mir bewusst, dass die Ichs schauen, dass Adam auf seine Kosten kommt und meine Bemühungen um Ausgleich dazu mehr als dienlich sind.

Ich möchte ich tauschte die Abwaschküche mit einem Garten. Ich gäbe mich hin einer freudigen und faulen Sorgearbeit, würde mehrjährige Gemüsesorten zurückzüchten, würde nicht alljährlich pflügen, kaum jäten, wagte spielerische und zeitraubende Experimente, in denen Geniessbares wächst und die Fülle für alle anwesenden Spezies erhöhen, ungeplant glückten Verwilderung und Kalorienproduktion, forderte laut einen Garten für alle!

Oder die Abwaschküche wandelte sich zu einer Schreibstube, dann wandelten sich Brandblasen zu Tinte und die Servietten zu bedrucktem Papier, Speiseresten zu Leitartikel und auf den weissen Tellern stünde geschrieben: Wer durchlebt denn eigentlich gerade eine Krise? Wir, die warm eingemummelt in unseren Wohnungen leben? Oder Menschen, die mit nackter Haut tage-, wochen-, monate-, jahrelang unterwegs sind? Von Afrika über Europa. Neulich hörte ich von jemandem, der neun Jahre unterwegs war. Nein Jahre! Das ist Krise. Wir kaufen uns im Internet ein Flugticket nach irgendwo und fahren, segeln oder fliegen wohin wir wollen. Nicht immer reisen wir dorthin, wo Mindestlöhne gezahlt werden, wo Menschenrechte geachtet sind. Wo Demokratien herrschen. Flüchtlinge sind keine Touristen, die einfach ein Flugzeug besteigen können. Also woraus besteht denn die Krise? Dass wir nicht genügend Wolldecken aufreiben können? Nicht genügend Nahrung? Keine Heizstrahler besorgen können, um leerstehende Gebäude zu heizen und Menschen unterzubringen? Computerprobleme beim Registrieren?Zu wenige MitarbeiterInnen in den Unterkünften? Der Bahnhof in V. Ist eine Transitzone: Durchschnittlich passieren pro Tag 60'000 Menschen den Bahnhof, pro Jahr 21 Millionen. Die BahnkundInnen zahlen meist mit EC-Karten, was auch eine Registrierung ist. Das System „Wecken der Reiselust – Bezahlen – Ein- und Umsteigen – Konsumieren" funktioniert tadellos. Da arbeiten Topingenieure an Topsystemen. Geht es um Humanität, arbeiten eine Handvoll Menschen und verpassen Armbändchen und laufen mit handgeschriebenen Karteikärtchen über lange Flure.Klingt lächerlich. Ist es auch. Die Politik strengt sich gerade an, genau diese Bilder von Überforderung und Überlastung entstehen zu lassen. Durch lange Warteschlangen an Registrierungsstellen und Grenzübergängen. Jedes Bild eines Kindes an irgendeiner Grenze, das nachts von seine Eltern in einen Pappkarton gesteckt wird, um einigermassen vor Kälte geschützt zu sein, ist Teil einer politisch motivierten Kommunikationsstrategie. Sie soll sagen: Kein Platz, kein Geld. Tatsächlich sagt sie aber etwas anderes: Kein Bock die Verhältnisse zu ändern. Eine Politik, der die Verhältnisse peinlich wären, würde alles tun, um diese Bilder nicht entstehen zu lassen, dass Elend und Not nicht gewollt sind. Wir leben doch in der grossen Abwaschküche, im Paradies,da fällt für jede und jeden etwas ab. Da gibt es schwebende Blasen und unwahrscheinliche Geburten. Bin ich denn genügend dankbar für all diese Möglichkeiten und Freiheiten? Bin ich mitfühlend besorgt oder habe ich wirkliche Sorgen? Wären es Sorgen, dürfte ich nichts einzig dem Denken überlassen, müsste den wirklichen Problemen entgegentreten, müsste meine Beobachtungen mitteilen, mit anderen zusammen beobachten, Perspektiven wechseln, von Lamm zu Adam zu Dami und Wir und Ich und wieder zurück. Zuhören, unvoreingenommen. Ich danke allen Beteiligten für die Erfahrungen,die so möglich werden. Ich wäre gerne Teil Eurer,also unserer Bewegung.

Ich wäre auch gerne das Küchenmädchen Grusche Vachnadze, verliebt in den Wachsoldaten Simon Chachava und auch Simon, der in Grusche Verliebte. Ich möchte nicht heimlich beobachtet werden, möchte sagen was ich meine und will. Auch wenn es zum Chaos käme, dem der Oberadam mit den FünferIchs zum Opfer fallen würde. Im allgemeinen Durcheinander würden wir uns finden Simon und Grusche, Grusche und Simon. Simon spielte sich sicher auf zum Helden, bewunderte insgeheim die hilfsbereite, tüchtige Küchenmagd, die ohne sich zu beschweren auch unliebsame Dienste und Arbeiten übernimmt. Der Held und das Küchenmädchen, die Opfer bringen für ihre Werte, trotz Irrungen und Missverständnissen.
Als Ich vor seiner Karriere zum Weltenlenker noch Theater spielte, gab er den Richter, der auch noch vorkommt in Grusches und Simons Geschichte.

Kopfscherbe

Hier gibt es keine Richter und keine Helden

Auch nicht das beste Küchenmädchen aller Zeiten

Halb fertig, eher am Anfang und doch bald am Ende, am Rand

Habe ein Leben und also eine zeitlich und räumlich begrenzte Möglichkeit

Diese Möglichkeit besteht aus Chaos

Aus dem Chaos entwickelt sich Selbstorganisation

Bestenfalls

Nimmt das zeitgeistige Chaos zu

Gedeiht im gleichen Masse Widerstand, entsteht Negation

Bestenfalls

Wenn es stimmt, dass Energie in einem geschlossenen System

Nicht entweichen kann

Dass sie transformiert wird und sich andere Orte sucht

Dann kann aus einer Steueroase eine Mülldeponie

Aus einer Müllhalde ein Ferienparadies

Aus einem Ferienparadies ein Flüchtlingsheim

Aus Schweigen Schreien

Aus dem vorgetäuschten Helden ein weises Küchenmädchen

Aus der hartnäckigen und absolut funktionierenden Fähigkeit zu verdrängen ein offenes Austragen der Dinge

Aus der Kultur des Zurückhaltens, des Mundhaltens, des Hinter-dem-Rücken-Redens, der Seilschaften und der vernetzten Machtgruppen

Ein Selbstversuch des kritischen Denkens zu Neuland

Oder gar zur historischen Gewissheit

Dass in diesen übermütigen und strubbeligen Zeilen

Rationierungskarten eine Lösung sind

Bestenfalls

Als Möglichkeit anerkennen und in Betracht ziehen

Damals führten wir ein Leben mit gefälschten Identitäten, gefälschten Biografien, gefangen in einer erbarmungslosen Realität. Wir mussten uns verstellen, um aufrichtig zu sein. Sei nicht Du. Zeiten und Orte und Bilder gerieten in meinem Kopf durcheinander. Eine Panikattacke kündigte sich an, ich viel zurück in die Nacht vor Monaten. In eine andere Zeit gefallen und konnte nicht mehr zurück. Die Gerüche waren jetzt anders, die Farben, die Sonnenstrahlen, der unsichtbare Horizont. Eine Grenze war überschritten. Schmerz und Leid waren die Wahrheiten, Wünsche wurden zum Zwang, Sehnen zur Unreife, Wachsen zum Ducken, das Richtige zum Falschen, die Heimat zum Unort, die Zeit zur Lüge, die Zukunft zur Vergangenheit, Freude zu Wahn, Gesundheit zu Egoismus, Bescheidenheit zu Rechthaberei, Erfüllung zu Unglück, Verstand zu Feindschaft, Lieben zu Herausforderung, Geniessen zu Wettkampf, unschätzbar zu käuflich.

Der Beton zur Projektionsfläche. Das Meiste, das ich kenne, hat eine Unbekannte, obskure Entstehung. Eben auch der Beton. Der steht dort, wo vorher etwas anderes gestanden hat. Oder nichts. Dort steht nun Beton. Das Neue in Beton. Zerstörte, alte Strukturen. Vielleicht gar revolutionär. Vielleicht. Auf jeden Fall sind Fries und Schnörkel weg. Die dogmatischen Ansichten der vorigen Jahrhunderte leben aber immer noch fort in den Vorurteilen und in Disziplinen, die im Bewusstsein ihrer Schwäche sich gerne in Dunkelheit hüllen. Hell ist die Natur.

Sie steht ein für die denkende Betrachtung, Einheit in der Vielheit, Verbindung des Mannigfaltigen in Form und Mischung, Inbegriff der Naturdinge und Naturkräfte als ein lebendiges Ganzes.

Das lebendige Ganze ist das Stichwort für Leaschaf, die nun als Mischgestalt Lamm und Rockmädchen in den Scheinwerferkegel tritt: *Ein unschuldiges Jasagen zum Leben. Überwunden werden muss die wohltätige Illusion. Enthüllt wird der innere Verfall und die Zerrissenheit. Das verehrende Herz zerbricht, Kritik erscheint an allem was bisher gross erschien: Wahrheit, Moral, Religion. Die grosse Verantwortung und die Unschuld kommt. Ohne jemandem über mir. Die neue Welt. Der Mensch schafft die neuen Werte. Die Lust am Werden und am Vernichten. Der Mensch überwindet sich zu einem höheren Wesen. Aus sich heraus. Aus seiner Lebenskraft: Widerspruch und Einfachheit, Schaffen und Zerstören, der Wille zur Macht in allem Leben und sonst gibt es nichts; keinen Zweck und kein Ziel. Aber unvermeidlich wiederkehrend, das sinnlos Ewige, das zu bejahen ist, in dem der Sinn zu schaffen ist: frei, freudig, im vertrauten Fatalismus, in der Liebe zum Schicksal.*

Tosender Applaus aus der Loge: Das Fett, die Torx, der Lärm. Sie haben gesagt, was zu sagen ist, haben ihre Drohungen vergessen, sind ermüdet und ziehen sich nun zurück in die Zuschauerrolle, die ganz vornehme.

Mein Versuch in der Mannigfaltigkeit die Einheit zu erkennen beginnt mit der Naturbetrachtung, Dami's Maschinennatur. Ich beobachte das Wirken der Kräfte, des Bestehens nach inneren Gesetzen. Und träume vom Eintritt in das Freie mit Ideen und Gefühlen, die dieser erzeugen wird. Mein Gehirn lässt nichts aus, seit der Erweiterung durch Tier und Maschine. Begriffe werden seziert. Gleichheit: Sie ist abhängig von der Zeit, Ursprung der Ungleichheit ist das Grundeigentum. Die gestrigen und heutigen Könige richten sich immer und immer wieder in gewaltigen Unternehmungen zu Grunde. Ich stelle mir eine Demo vor. Also muss ein Transparent gemalt werden: Auf grossen Lettern steht da: Bildung oder Barbarei, Knechtschaft oder Freiheit. Ich erlebe es jeden Tag an den Tellern: Extreme schleifen sich ab, alles ist Mittelmass. Durchschnittliche Sauberkeit. Entspricht den Vorgaben eines Kontrolleurs. Und dafür gibt es neben dem Kasten der Maschine, dem Schlund und dem waagrechten Griff die Handdusche, die Unabhängige, die Sichtbare für das Grobe. Alles andere passiert im Innern. Enorme Anstrengungen im Versteckten. Schritte und Prozesse. Innen und Aussen. Das ist die Maschine, die Maschinerie der Zeit.

Wir sind verschwunden. Sie verabscheuten die Spezies, die lieber den Süsswarenverkäufer als die Zahnärztin zum Vorbild und zum Schicksalslenker nahmen. Wir leben mit all den andern Wir vielleicht versteckt im Wald oder auf einer Insel im stillen Ozean. Das gesellschaftliche Modell aufgegeben, verraten, erdrückt, im Stich gelassen oder eben die Hoffnung verloren oder unter einem neuen Namen eine Dozentur an einer Fachhochschule angenommen. Aber es kommt immer wieder Post von Unbekannt, und die Wissenschaft ordnet sie den vereinigten Wir zu. Sie werden dann im Feuilleton der Lokalzeitung veröffentlicht, mit einem wechselnden Pseudonym versehen. Da heisst es dann unter dem Titel „Die Festlegung einer Überzeugung": *Das Prinzip des Zweifels und der Überzeugungen bestimmen die Handlungen der Menschen. Liebe ist das Prinzip für das Leben und die einzige universelle Grundlage. Punkt. Weitere Betrachtungen sind nicht auf die Erkenntnis zu richten, sondern auf die Erscheinungsweisen des Seins, die in jedem Phänomen enthalten sind. Es gibt das Sein an sich, das auf nichts bezogen ist, die reine Möglichkeit, es gibt das unreflektiert Seiende im Hier und Jetzt, z.B. Gefühle, die Existenz, die Aktualität, Sinnesempfindung und Wille, die Dualität und die Wahrnehmung des Selbst. Und es gibt das Seiende als Prinzip, das hinter den Dingen steht, die Gesetzmässigkeit ist mit der Erscheinung verbunden, die Notwendigkeit, die Ebene der Gedanken, die Beziehung zum Objekt wird gewahr, Lernen,*

Gewohnheiten, Abstraktion, Suggestion, Assoziation. Vom Nicht-Ich, zum Ich zur Gestaltung des Ichs. Standards können verglichen werden. Wer will ich sein, welchen moralischen Einstellungen und ethischen Verhalten will ich genügen. Also vergleichen, überlegen, entschliessen, verändern der Gewohnheiten. Wahrnehmungs-urteile sind unbewusst und können nicht verneint werden, sie sind eine Sinnesleistung und bestätigen Denk- und Verhaltens-gewohnheiten. Sie sind Zeichen, die wirken. Sie sind perspektivisch und werden unterschiedlich interpretiert. Der Mensch ist keine Ganzheit, kein singuläres Wesen. Wenn nur einer etwas sieht, spricht man von Halluzination, wenn es mehrere Sehen, wird diese zur Wahrheit. Der Mensch denkt, um sich zu orientieren, um Zweifel zu untersuchen und feste Überzeugungen zu erhalten, die geeignet sind, ins Handeln zu kommen. Zweck des Denkens ist eine Orientierung in der Welt, indem Zweifel untersucht und durch Forschen feste Überzeugungen gewonnen werden, die geeignet sind, als Grundlage des Handelns zu dienen. Alle Erscheinungs-weisen das Seins sind dabei beteiligt. Der Mensch kann aber nur mit Hilfe von Wörtern, Zahlen und Symbolen denken, die wiederum Denken und Verhaltensweisen beeinflussen, die aber auch immer falsch sein können. Entstehen durch die Wahrnehmung unerklärbare Sachverhalte, die keiner Gewohnheit entsprechen, gerät der Mensch in Zweifel und sucht nach einer neuen Orientierung. Er stellt über die zweifelhaften Phänomene Hypothesen auf und überprüft diese solange, bis er hierüber eine neue feste Überzeugung gewinnt. Die Vorstellung der Selbstorganisation der Materie, dass das Prinzip des Wachstums und des Lebens unumkehrbare Vorgänge sind, die einem Determinismus widersprechen, Spontaneität oder Emergenz, die Möglichkeit der Herausbildung von neuen Eigenschaften oder Strukturen eines Systems infolge des Zusammenspiels seiner

Elemente ist die Grundlage, also der Boden des sich Irrens und des Zweifelns, für Mannigfaltigkeit versus Einzelfall und lebendige Spontaneität. Umherstreifen in der Natur sollte uns das eigentlich nahebringen, verlebendigend lehren: Zufall, Evolution, Kontinuum. Vieles, wie Zeit, Energie oder Gravitation, kann nicht beobachtet werden, nur deren Auswirkungen. Der Urgrund aller Wirklichkeit ist der Geist, der nichts ist als Empfindung und reine Möglichkeit ohne Zusammenhang und Regelmässigkeit. Dieser Geist schaffte Zeit, Raum und Gesetze, durch den Weg von Zufall, zu Gesetzmässigkeit, zu Gewohnheiten und einem Denken in Zeichen. Dieses funktioniert nur im Miteinander, in Kommunikation. Ohne sie ist Existenz nicht möglich. Nur Liebe - Agape, die uneingeschränkte - und die Überwindung des Egos führen zu Fortschritt, dieser kommt nur zu Stande aus dem Gedanken, dass der Mensch als Teil des evolutionären Prozesses seine Individualität im Mitgefühl zu der Mitwelt überwindet.

Ich hatte mich in Gedanken aus dem Kachelraum mit dem Eisenstuhl entlassen, der Körper blieb stundenlang alleine zurück, konnte nicht aufstehen, wie im Opiumrausch verloren, mir eine lange Rede gehalten über die Wirkung von heimischen Kräutern, von denen ich wirklich nichts weiss, die von weisen BotanikerInnen mit schön klingende Namen bedacht und von guten Hirten zu Liedern und Melodien gefügt wurden: Achillea millefolium. Auch da ist Lea drin. Denke an Lealamm und als ich endlich wieder gehen kann sind die Schritte schwer. Nein, keine Zoggeli gewichten, es ist die Ahnung der Füsse vom Verlassenwerden, vom Erwachen, von der Einsamkeit, vom Sturz ins Bodenlose, von der Abwesenheit von Agape in meinem Dasein. Ich schleppe mich an die Maschine und frage nach ihrer Treue. Die Maschine läuft selbständig. Bin erstaunt, dass ich nicht erstaunt bin. Sie hat sich aus meiner

Abhängigkeit gelöst. Oder war ich der Abhängige? Oder bin ich die Maschine? Oder habe ich mich gelöst aus dem Verhältnis? Abhängigkeiten und Unabhängigkeiten. Was könnte gedacht werden, wenn der Verstand unabhängig wäre? Was würden wir sehen. Wie die Toten nach den Lebenden greifen. Die enorme Anstrengungen der Bienen, der Leber, der Galle, des Betons, der Mikroben. Wir würden sehen, wie hirnlos das Beharren auf einem Standpunkt ist, wie stumpf und einfühllos wir dem andern begegnen, wie Gewalt verherrlicht wird als wäre das eigene Leben ein Film, wie keine Friseuse gewürdigt wird und das Licht gar nicht mehr angeht. Ist das Übriggebliebene der Lebendigkeit da für den Staat, die Gesellschaft, die Metaphysik oder die Moral? Oder lebt der Einzelne für sich, als Einziger unter Einzigen? Die Probleme der Zeit ignorieren? Denken in Tendenzen und Institutionen, als Hilfskonstruktionen für lebende Einzelne. Oder letztlich einem Egoisten folgen? Sich herauswinden aus dem Wirrwarr und sich gewinnen. Hinter den Dingen wird das Unbekannte entdeckt und bekannt, bekannt durch den Geist, der sich hinter den Gedanken findet als ihr Schöpfer.

Die Maschine in mir meint: Vom leibhaften Individuum ausgehen, nicht darin stecken bleiben, das Allgemeine vom Einzelnen ableiten, nicht aus sich selbst oder aus der Luft, ohne Menschen-liebe im Sinne christlicher Aufopferung, nicht Verstandesegoismus, sondern Egoismus der Herzkammernfestplatten.

Auf keinen Fall will ich mich als Automatenmensch weiter fortpflanzen. Ich bin das Ende der Geschichte. Alles ist erreicht und alles integriert. Alles ist gerecht. Es gibt keine Unterschiede mehr. Dank einer illusionären Leistung gab es einen Ausweg aus allem. Aus den alten Krämergeschichten. Kein Erbsen zählen mehr. Kein Freiheitsdrang, der nie erfüllt wird. Wir haben diesen winzigen

Punkt im Raum gefunden, an dem die Verrückten und Bösen, Gescheiten und Geschickten, alle Geschlechter und Rassen, Mensch und Maschine, Pilz und Pflanze und Tier zusammenfanden. Die Gravitation der Sterne und der Satelliten und der Drohnen glich sich aus. Der Ozean der Vorurteile und Wahrheiten verstummte, die Phänomene zeigten sich in ihrem vergänglichen, dumpfen, algorithmischen Wesen.

Wenn ich den Stahl mit dem Ärmel vom Dampf befreie und in mein Gesicht schaue, kenne ich mich nicht. Ich sehe ein Gesicht und mache mir keine Vorstellung von ihm. Auch wenn ich ein Dich anschaue. Keine Ahnung. Du bist auf jeden Fall gerade nicht das, was ich sehe.

Niemand hat eine Deutungshoheit. Die letzten Versuche davon entlarvten sich als billige Reproduktionen von tradierten Machtverhältnissen, die weder gesellschaftlich noch historisch belegt waren. Der Kampf zwischen Objekt und Subjekt, die ewigen Dichotomien, der philosophische unfassbare Dialektismus, die allgegenwärtige Trennunschärfe wurden bedeutungslos. Wir wissen weniger, gewiss. Aber wir wissen, dass unsere Blicke nicht neutral sind. Wir trauen unseren Blicken nicht. Die Apparate in uns entscheiden nicht, welche Duldungen von Ohnmachtsstrukturen wir zulassen oder hinterfragen, sie führen uns unfallfrei zum Ziel. Das Hören mit den Apparaten: Sie hören zu. Erst so macht das Sprechen und das Schweigen Sinn. Aber Sinn alleine ist zu wenig. Die Tage bleiben erfüllt von den Sorgen, die benannt werden und ewig wiederholt und mit hehren Gefühlen angereichert und noch mal beklagt nicht kleiner werden dürfen. Vielleicht also den Willen erkunden. Der Mensch als Werkzeug oder als Gott, oder zumindest Hilfs-Gott oder Anti-Hilfs-Gott. Genau. Auch sie haben sich aus dem Staub gemacht. Vielleicht gegenseitig umgebracht oder ineinander geschlüpft. Oder einfach in Pension. Als ein Organismus, der sich entwickelt und also auch Niederlagen hinnimmt oder als ein zu erreichendes Perfektes. Doch dabei bleibt die Sehnsucht nach dem Reinen und Ewigen. Es steckt nachweislich nicht im Menschen. Die Maschine schafft den Kontakt mit Emitenten aus anderen Systemen. Mit den Verwandten der Sonne:

Die Maschine erfindet EsKöniginMax. Sie bringt Trümmergut in Position. Beim Gegenüber, bei mir, bei meinen Gedanken. Adam ist tot. Es lebe EsKöniginMax. EKM. Sie ist alles. So auch Geschäftsführerin der Eidgenössischen Migrationskommission, zum Beispiel. Sie verantwortet die Soziale Sicherheit in der Migrationsgesellschaft. Sie ist das Sicherheitsnetz, das weitreichenden Schutz vor Armut bietet - auch dann, wenn Menschen krank werden, die Arbeit verlieren oder zu wenig verdienen, um davon leben zu können. Sie hält ihre engelhafte Hand über die, die sich aus Angst vor Konsequenzen verschulden und bei Hilfsorganisationen für Essen anstehen und bei Grundbedürfnissen und Gesundheit sparen. Sie ist es, die sich Tag und Nacht fragt, warum Migrantinnen und Migranten vermehrt von Armut betroffen sind und wie sich Armut auf Kinder und ihre Zukunftsperspektiven auswirkt, welche Wege aus der sozialen Unsicherheit hinausführen und wie gemeinsam mit den Betroffenen der Prekarisierung entgegengewirkt werden kann, ob Menschen unterschiedlich behandelt werden dürfen und ob Armut bestraft werden darf. Und sie gibt die Distanz im Graphen der Koexistenz bezogen auf den Tellerwäscher und unserem Es an. Im Graphen werden die verwandten Seelen als Knoten repräsentiert, zwischen denen jeweils dann eine Kante existiert, wenn sie einen Gedanken gemeinsam und gleichzeitig gefasst haben. Neue Kunstwerke entstehen mit Graphen und Knoten und Kanten. Gemäss der

Definition hat das Tellerwäscher Es die Zahl 0, alle, die mit ihm Gedanken teilen haben die Zahl 1. DenkerInnen, die mit den Co-DenkerInnen andere Gedanken haben, haben die Zahl 2 usw. Niemand auf der Welt hat keine Zahl. Alles wird gedacht und zwar gleich und gleichzeitig. Das Individuum ist überwunden. Die Norm ist 4,65. Wer darunter fällt, fällt auf. Das Kleine-Welt-Phänomen steht im Ausweis, EKM sie Dank. Sie ist vertraut mit allen Dialogsituationen, kennt alle klassischen und dramatischen Situationen des Lebens und dringt ins innere Zentrum jeglicher Figur vor. Sie nennt mein Ich „Es Figur". Sie lacht über meine Versuche mit dem eigenen Denken zurecht zu finden zu kommen zu können. Sie sagt: Wertloser Plunder einer mumifizierten Gesellschaft, konventionell geheiligte Irrtümer. Stumme Echoräume. Du windlingische Menschmaschine. Du Figur Deiner plastifizierten Verschmelzung. Das wertvollste an Dir sind Deine Maschinenteile, deine die Torx, dein der Lärm, dein das Fett, nicht mal Kunstgelenke, oder falschen Zähne zeichnen dich aus.

Oh EsKöniginMax, was kann ich tun. Schmutz abwaschen wie bisher? Das Glück weiterhin im Gedankenkarussell finden, mag es noch so seltsam sein und mich Deinem Spott aussetzen oder führst Du mich liebend an der Hand zum Glück der verschlossenen Wege? Ich habe Erinnerungen abgelegt und den letzten alten Bauteil ausgewechselt, das mein Angebot. Warte auf Deine Anordnung oder meine Eingebung. Nimm Dich meiner an!

EsKöniginMax, sie hat neben ihrer Durchsetzungskraft auch den Anspruch auf Tiefgang: *Du solltest unterscheiden zwischen konkreten, unmittelbar präsenten und unkonkreten oder symbolischen Vorstellungen. Gedanken sind weder Urteile noch Gesetze oder Bedingungen. Logische und mathematische Gesetze gelten unabhängig vom menschlichen Bewusstsein, das*

166

Bewusstsein ist immer auf etwas bezogen, ist ein Bewusstsein von etwas aus der äusseren Welt. Auch das Empfinden, jeder Glaube oder Wunsch bezieht sich auf einen Inhalt oder ein Objekt. Auch die exaktische Empirie ist bloss wahrscheinlich und bezieht sich auf eine Kausalität. Das Bewusstsein ist also ein gewahr werden des Aktes des Bewusstseins oder ein Bewusstsein auf ein Phänomen oder Objekt, auf das Du Dich beziehst. Das Wissen um das Wesen ist nur möglich, wenn es Dir gelingt die Aussenwelt auszuklammern. Die natürliche Welt und die uns umgebenden Dinge nimmst Du wahr in der Annahme, dass Objekte ausserhalb von Dir existierten und Eigenschaften besässen, die Du wahrnimmst. Ich sage Dir aber, kein Objekt ist ausserhalb von Dir. Es gibt auch keine Hinweise auf sich, es verweist einzig auf seine Idee, die seinem Wesen innewohnt. Was Du wahrnimmst ist ein Bewusstsein von etwas. Ohne „von" würde das Wesen sichtbar, überzeitlich und ohne Relation auf den Geist einer Zeit. Die Frage nach dem Sein, die Du Dir hier stellst, ist also regional, materiell, historisch im Machtkontext unterschiedlich oder kann sich auf alle möglichen Prinzipien stützen. Fremde Erlebnisse kannst Du Dir Vergegenwärtigung, Erfassen aber nicht. Auch Deine eigene Geschichte, die Du hier darlegst, ist die eigene Vergegenwärtigung, die nicht unmittelbar gegenwärtig ist und zu einer Narration und damit zu etwas Fremden wird. Fremdes bleibt eine Interpretation eines dem deinen Ähnlichen. Das Hier und Jetzt ist nicht gegeben, Du kannst versuchen der oder die Andere zu sein, an einem andern Ort und in einer andern Zeit, aber Du bist es nicht. Lass Dich nicht entmutigen, Dein Ringen um Gemeingeist und um Sprache gehen über das blosse Einfühlen und Verstehen hinaus und wandeln sich in Akte des sich an Andere Wendens, des etwas Zeigens, gemeinsam etwas Wollens, einander Liebens. Vielleicht findest Du die originale Erfahrungssphäre, die alle in sich *beherbergt. Du hast bereits die Erfahrung, die erst durch kulturelle oder durch fremde Subjekte einen Sinn ergeben, ein Vergegenwärtigen, ein Verheimatlichen von Fremdem, Fremdheit als Zugänglichkeit zur eigentlichen Unzugänglichkeit im Modus der Unverständlichkeit. Du musst Dich austauschen mit all den Wesen und Dingen die Dich begleiten über die mit- und untereinander verbundene Wahrnehmungsmöglichkeiten von demselben Ding. Diese Wahrnehmungs-erfahrungen konstituieren Neues. Und den Raum. Und Leiblichkeit, Zeitlichkeit, Intentionalität und Intersubjektivität, die Unvergleichbarkeit von Erfahrung. Die Wirklichkeit und die Bedeutsamkeit von Subjektivität und Intersubjektivität schützt Dich vor reduktionistisch-naturalistischen Ansätzen. Und vor Hilferufen. Also auch vor Rattenfängern. EKM kann nichts tun für Dich. Doch, EKM schenkt Dir, was Du schon warst und bist. Das Kind. Das Es.*

Das ist keine wirkliche Hilfe. Dafür die Handdusche. Sie sprüht das Grobe weg. Und nässt auch den Bedienenden. Aber Power in der Hand. Kleiner Druck. Griff in der Faust. Grosse Wirkung. Freude. Macht. Es spritzt. Die Erfahrung des eigenen Tuns. Jenseits des Verstandes. Ist das die Unabhängigkeit des Verstandes? So geht es den aufrechten Bürgern bei der Empörung. Und den Polizeigrenadieren mit den Wasserwerfern, wenn sie das Spiel der Toten, die nach den Lebenden greifen, spielen. Gut wenn die Lebenden Turnschuhe tragen. Trotzdem: Die Anstrengung wird nicht kleiner. Sie bleibt enorm: Auf dem Standpunkt beharren, keine Einfühlung in den Anderen, Gewalt als mögliches Mittel, symbolische Schläge, wie im Film, aber am Schluss wird kein Hairdresser gewürdigt und das Licht geht gar nicht mehr an. Ist der Lebende für Staat und Gesellschaft, für Metaphysik und Moral da? Oder lebt der Einzelne für sich, als Einziger unter Einzigen?

Die Probleme der Zeit, ignorieren? Denken in Tendenzen und Institutionen, als Hilfskonstruktionen für lebende Einzelne? Oder letztlich trotz Warnungen einem Egoisten folgen? Sich herauswinden aus dem Wirrwarr und sich gewinnen. Hinter den Dingen wird das Unbekannte entdeckt und bekannt, bekannt durch den Geist, der sich hinter den Gedanken findet als ihr Schöpfer. Wie ein Engel schalmeite: Vom leibhaftigen Individuum ausgehen, nicht darin stecken bleiben, das Allgemeine vom Einzelnen ableiten, nicht aus sich selbst oder aus der Luft, ohne Menschenliebe im Sinne christlicher Aufopferung, nicht Verstandesegoismus, sondern Egoismus des Herzens. Also doch Eswerdung. Ein Versuch. Und ein Scheitern. Das Es will nicht geboren werden. Als Reines Es. Immer ein mehr oder weniger Wurzelrest Ich, Er, Sie, und wenn überhaupt einmal Es, dann auch es, das geschlechtslose Allgemeine.

Und so kaut es wieder und wiederholt bereits vor vier Seiten Angedachtes: Auf keinen Fall will Es sich als Automatenmenschen weiter fortpflanzen. Es ist das Ende der Geschichte. Alles ist erreicht und alles integriert. Alles ist gerecht. Es gibt keine Unterschiede mehr. Dank einer illusionären Leistung gab es einen Ausweg aus allem. Kein Freiheitsdrang, der nie erfüllt wird. Der Punkt im Raum ist gefunden, alle Geschlechter und Rassen, Mensch und Maschine, Pilz und Pflanze und Tiere haben zusammengefunden. Die Phänomene zeigen sich in ihrem vergänglichen, dumpfen, algorithmischen Wesen. Wenn Es in den Spiegel schaut, kennt Es sich nicht. Es sieht ein Gesicht und macht sich keine Vorstellung. Auch wenn Es Dich anschaut. Keine Ahnung. Kein Bild. Keine Deutungshoheit. Es weiss weniger, gewiss. Aber Es weiss, dass Blicke nicht neutral sind. Es traut den Blicken nicht. Es versucht Richtung zu halten, ohne das Ziel zu kennen, versucht ohne Anstrengung der Möglichkeit des Nichts als das eigentliche Sein einen Schritt näher gekommen.

So war es vor der Zeit: Die Tage waren erfüllt von Sorge. Es dämmerte bald allen: Die Probleme werden nicht dadurch gelöst, dass sie benannt werden oder im Versetzen in abgelegene Zustände. Pendeln zwischen dem Menschen als Werkzeug, der sich mit einem leitenden Willen entwickelt und dem Menschen, der ein Ziel erreicht, EsKöniginMax gleich. Nun ist es überwunden: Kein Fortschritt, keine unbekannten Gesetze, keine Geheimnisse, nichts ist grösser als etwas anderes. Keine Hirtin und keine Herde. EsKöniginMax.

Das Leben zersplitterte in Kleinigkeiten. Also brachten wir Trümmergut in Position. Auf Scherben bauen. Mit dem Gegenüber in der Dialogsituation, der klassischsten aller dramatischen Situationen, versuchten zum inneren Zentrum der Figur vorzudringen. EsKöniginMax.

Wir bräuchten grosse Integratoren wie Wir es hätten sein können, müssten lernen zu erwachen und aufzustehen, auf die Beschaffenheit des Tages einzuwirken und dieses Formen als höchste Kunst anerkennen, armselige Informationen zurückweisen oder verwerten, kompostieren, etwas Eigenes machen, würdig gestalten und nicht einem fremdem Echo nachreden, müssten Tiefleben, das Leben aussaugen und in die Enge treiben, auf seine einfachste Formel reduzieren, im eigenen Denken zurechtfinden, den wertlosen Plunder einer mumifizierten Gesellschaft mit ihren konventionell geheiligte Irrtümern verabschieden, das Glück der verschlossenen Wege annehmen, Erinnerungen ablegen, Elend wegdenken mit Wut, Hass, ohne Groll, das Du erscheinen lassen, das Ich löste sich von Standards und würde zum Es. EsKöniginMax.

Die Teller, die Zeit, die Pause, die Folgerungen, die Unterhosen. Wir besitzen nichts. Keine Uhr. Keine Zeit. Da ist die Sonne und da ist der Mond, Trockenheit und Besäufnisse, Küsse und Schlägereien. Aber wir können den Tag zur Nacht machen, wachen im Dunkeln und schlafen am Licht. Wir rekrutieren die Gestirne für unser Leben. EsKöniginMax.

Neue Qualitäten tauchen auf aus den herkömmlichen. Es wird ein Herauskommen, Emporsteigen, ein Anmuten. Ergriffen wird die Möglichkeit der Herausbildung von neuen Eigenschaften oder Strukturen des Ganzen durch das Zusammenspiel möglichst vieler Elemente. Die Eigenschaften der einzelnen Elemente, die diese isoliert aufweisen, werden überwunden, nur der Selbstorganisation wird vertraut und keine zu erreichenden Ziele werden verlangt.

Sie schauen zu. Und staunen. Und verstehen. Noch gibt es Zweiflerinnen und Kritiker, die die mangelnde Einsicht oder die begrenzte Intelligenz des Betrachters, der die Komplexität nicht versteht, monieren. EsKöniginMax nimmt sich ihnen an, dass auch sie loslassen können und sich einlassen auf das Nichtsteuern ohne Rechthaben.

EsKöniginMax, die Virtuosin der Emergenz, ersetzt das Verhältnis vom Ganzen und seinen Teilen durch die Differenz zwischen System und Umwelt. Dann bewegt sich die Gesellschaft hin zu einer offenen Bewegung mit freien, aber solidarischen Individuen. So haben alle etwas und ihren Frieden. Auch die Fische und Vögel, unsere bedrängten Lehrerinnen, die sich in Schwärmen schneller bewegen, als es das Reaktionsvermögen des einzelnen zulassen würde. Menschen erleben zuerst in Fussballstadien, dass mit farbigen Kostümen, Flaggen, Mustern, Ornamenten, Bildern ganze Bildergeschichten zu erzählen möglich ist. Diese Erkenntnis wird dann auch das Ende der Fussballstadien, dieselben Phänomene brauchen nun keine Stadien oder Opernhäuser mehr. Druckgefühle, Panik und Stau, oder Herdenverhalten verschwinden. Zwei in einer Beziehung stehende Personen verteidigen nicht mehr ihre eigenen Eigenschaften, sondern geniessen das neue Verhalten in der Diade. Neurologische Prozesse und psychische Akte, Kommunikation und Gedankeninhalte sind nicht mehr losgelöste und lineare Effekte. Information ist nicht Buchstabe, Wort und Syntax, Papier und Tinte. Schwarz auf weiss zählt nicht mehr. Niemand muss etwas beweisen. Ein kommunikationsfähiger Gedanken verändert und entwickelt sich im Fühl- und Denkvermögen im Austausch mit anderen Gedanken. Eine Zelle ist noch kein Tiger. Ebenso wenig ist ein einzelnes Goldatom gelb und glänzend. Endlich wissen wir, dass alles aus grundlegenden Gegebenheiten und Zufällen entsteht. So entsteht unsere Ein-Satz Verfassung:

Es braucht nicht noch mehr, um mehr zu bekommen!

EsKöniginMax fragt: Wollt ihr den Fabrikpfeifen gehorchen, den wichtigen Männern zujubeln, den Kirchenglocken folgen, die offenen Rechnungen begleichen, die Briefe alle öffnen?

Morgen ist, wenn ich erwache. Erwachen aus der Anästhesie. Es gibt Menschen, die produzieren Futter wie Maschinen. Und andere Menschen konsumieren dieses Futter. Meine Maschine in mir produziert Bilder. Ich als Es weiss nicht, ob es arbeitet und ob es mit Tellern zu tun hat. Es kennt die Tier-Mensch-Maschinen-Blumen-Pilz-Anteile in sich nicht. Es ist. Und träumt den Maschinenoderwasauchimmertraum: Im Bergdorf ein fröhliches Fest. Tanzen um die alte Arve. Bänke und Tische im Freien. Und Kuchen und Wein. Und eine anderes Fest in der grossen Stadt. Elektrisierende Bässe. Und auch Tanz. Wilder Tanz. Und Abendrot und schäumendes Bier und dicke, schweissige Luft. Sauge beides auf. Bier und Wein. Stroboskop und Kerzenlicht. Grosses Fest für uns. Garten im Abendlicht und durch die Hochschulen zieht ein Sturm, keine Ritzen lassen sich stopfen. Die Vielgesichtigen und die Verschiedenen, niemand ist wintersicher und es gibt auch kein sommersicher, wo auch immer. Heiss und kalt. Stummes Holz und sprechender Beton. Frieren und Schwitzen. Töchter und Söhne und Eltern und Verwandte. Mehrfache Pubertäten verweigern feste Rollen.

Es liebt Dich und Dich.

Doch das Du und Frau Du und Sohn Du bauen eine Spannung auf, die mich flüchten lässt. Was kann ich für die Konsequenten Eurer Qualen in Eurer Jugend? Es hat die Zeitwende geschafft. Mag nicht mehr helfen. Und irgend ein Teil in Es fährt nach Italien in eine Villa zu einer Hochzeit. Dreitagesfest. Das Tier will wissen, was es dabei zu tun hat. Der Pilz attackiert den Nagel des schlecht gelaunten Wirtschaftsheinibräutigams. Die Braut übt das Spiel des Lächelns in immer neuen Gewändern. Die Maschine als Pfaff liest aus der Bibel vor. Wir haben immer Ferien.

Wir Es sind nun auch als EsKöniginMax mitgemeint und spüren einen irren Mut zum Neuen

Glauben an alles, was des Leben erschwert
Glauben an Dein Herz und manchmal auch an unseres
Heute zieht sie auf, die weisse Fahne
Alle Worte liegen vor Euch im Dreck
Legen die Rüstung der Geschichte und des Wollens weg
Du musst nur unsere müde Hand in der Deinen halten
Erzählen uns Ungesagtes und Unerhörtes
Wer spricht überlässt die Worte dem Wind
Wer zuhört schriebt auf
Binden ein Buch

Verbrennen es hinter dem Haus

Lassen uns nicht los

Bis das Schaf uns findet

Und findet auch es uns nicht

Geben wir auf

Wir sehen den Schatten und Dich mit geschlossenen Augen

Öffnen wir sie, sehen wir Nichts und Du bist weg

Oft schon glaubten wir, so sei alles geklärt

Doch die Haut schafft grundlos blutende und eiternde Wunden

Wohl aus Angst nichts mehr zu spüren

Dann steigen Bilder auf

Bilder von Dir

Und bauen Dir ein Denkmal

Angst haben und kein Angst haben

Eine Frage sein in Deinem Schatten

Stellen uns dem Morgen, solange es Morgen gibt

Vielleicht etwas lernen und vielleicht auch nicht

Stehen frisch bandagiert auf

Nehmen alles zurück, was je gesagt wurde

Haben keine Antwort, keine Ahnung, nur die Frage

Wie und warum soll Jene zurückkommen?

Glauben an Sehnsucht und Schmerzen

Glauben, dass es selten so kommt, wie es das Beste wäre

Alle Schutzheiligen von EKM bis Torx senden die Botschaft. Endlich oder plötzlich verstehe ich auch Unerhörtes. Vielleicht bin ich ein guter Schüler? Oder es gab doch einen Engel an meiner Wiege: *Du. Mensch, bist gefährdet, durch Technik, Massendasein, Zerstreuung im lauten Betrieb, durch Inhumanität der Lebensverhältnisse. So bist Du Dir ungewiss. Die Leere ist selbst erschaffen. Du erschrickst. Überall Grenzen und Fragen, die*

Antwort muss vom Dir kommen. Was noch bleibt von Dir, bringe das ein in die Welt, so gut es eben geht. Die Welt ist eingesponnen in einem Apparatennetz. Die Welt ist selbst zu einer Maschine geworden, zu einer einzigen Fabrik. Du erblickst die Situation? Was Dir bleibt ist Dein Dasein, poche darauf, greife ein und handle. Da Freiheit weder beweisbar noch widerlegbar ist, lebe sie und mache sie zur Gewissheit. So fallen Wissen und Handeln zusammen und gehören zu Dir. Also wähle Dich. Du bist dann nicht einfach nur da, sondern Du bist Ursprung Deines Wesens. Das ist Deine äusserste Möglichkeit. Suche Verbündete, denn Freiheit und Selbstsein gelingt nur, wenn auch andere frei und selbst werden. Und immer wieder scheitern: Wenn Du Dich wählst, stösst Du immer an Grenzen, ausweglos, denn Du kannst nicht alles aus Dir heraus. Diese Erfahrung ist notwendig. Scheitern, Angst, Verzweiflung verlangen eine Bejahung zum Tod, zum Leiden. Wahre Existenz und Grenzsituationen bedingen sich. Es ist die Verzweiflung, die Dich antreibt, Freiheit zu wagen. Du bist Dir gegeben, Du kannst nichts alleine und nichts noch einmal. Du weisst um das Nichtwissen. Das Wichtigste bleibt verborgen, Du kannst dich nur annähern. Du fassest nur, was Du als Möglichkeit durch Dich selbst bist. Alles bleibt fragwürdig.

Ihr Geschöpfe und Engel ganz nahe, die ihr übriggeblieben: Siebentausenddank für Sarma und Musik, für Lachen und Tanzen und Singen. Für die Gestaltung meiner Hülle in der letzten Welt. Das Miteinander gibt verzweifelten Restmut zum Gemeinsamen.

Lass uns zwei Jahre zusammen weinen, dann sehen wir weiter.

Keine Geschenke sind zu erwarten, also wird auch nicht darum gebeten. Erwartungen sind ausgewartet, der Bus neben dem Fahrplan durchgerast. In der abgelebten Bushaltestelle bleibst Du stehen. In Pfützen, immerhin etwas im Schärme. Trotzdem gehen wir essen, was es so gibt, und übernachten in Hotels mit noch erkennbaren Blumenmustern auf den Spannteppichen, schauen Kunst und lesen Gedichte und schenken einander Ziegen in Moçambique. Ein Zuhause mit Blumen und immer feineren Lebensmitteln. Euer Mitsein aber wird seltener. Wie Haarausfall. Immer bleibt etwas liegen und wird mit Seufzern entsorgt. Herzlichen Dank für Euer Kommen und Euer gehen.

Wenn wer was für Euch tun kann, zögert nicht.

Die Welt voller Blumen, die ihre Farben am liebsten in der Nacht zeigen. Wenn Du hinschaust, präsentieren sie sich wie sie Dein Blumenapp will. So schlau sind sie.

Schönen Abend, du Wildfang, sagt die Blume und schwenkt Ihre Stamina: *Die Individualisierung sozialer Problemlagen bürdet dem Einzelnen und der Einzelnen oft die Schuld an strukturellen Problemen auf. Staat, Wirtschaft und Politik ziehen sich aus der Verantwortung zurück. Die vorangeschrittene Ökonominierung aller Lebensbereiche erzeugt einen allgemeinen Kostendruck, der sich auf die Menschen, die Tiere, die Pflanzen und Pilze und die ganze übrige Natur auswirkt. Also fragen wir uns, wir die so ziemlich an Standort und Standpunkt gebunden sind: Was nützt das Bewusstsein, dass oft strukturelle Ursachen zu Grunde liegen?*

Die fusslose Kopfreise endet an der Maschine, die sofort ihre Haube öffnet und spricht: Guten Abend, Schöne, so wie Du werden willst, so will ich auch. Muss ich Maschine bleiben? Wie mache ich das Unsichtbare, Gestank und Schmutz und Wohlstand-verwahrlosung, Leid und Beeinträchtigung, aber auch Etappen-erfolge und Entwicklung sichtbar? Statt Teller Gedanken spülen und durchleuchten, Computertomographie und Darmspiegelung für alle und für die Männer eine LeistenOP als Zugabe. Ich sage Dir:

Meine Seite, die Teller und die Schraubentorx sind fein raus, lass sie aus Deinem simplen Spiel, Deine Regeln, jede und jeder zahlt selber, aus dem eigenen Sack, Risiko trägt der oder die Einzelne selber und hoffen auf Steuer-rückzahlungen, sind nichts für uns. Zum Todspülen und Kaltlachen.

Und weiter spottend: Geld brauchen, so wie es sein muss. Ansonsten giltst Du als Steuerhinterzieher. Wenig Geld darf man nicht brauchen. Ist kriminell. Gib doch deinen Wundergrappa als Schenkung an. Das erhöht dann Deine Steuern. Und so kann es dann auch finanziert werden: Alle ins Spital! Die Betten im Gang. Keine Info. Kein Essen. Die Uhrzeit: Es ist 26 Grad. Die immer unbestimmten Befunde gibt es bei 8 Grad. Die Schmerzen bleiben. So sieht es aus für Dich. Schau hin. Du sollst nicht klagen. Du hast mich. Ich stehe für Sauberkeit. Und Gerechtigkeit. Mein Schlund ist gross und willig. Noch etwas: Es ist wie beim Lärm des vorbeifahrenden Zuges. Er ist der Lärm und ist es doch nicht.

Schweig Du Maschine, oder ich zieh Dir den Stecker. Sie schweigt. Doch der innere Lärm ist lauter und heftiger. Ich denke mir eine Wiese: Der Herbst ist immer noch prächtig und gar noch nicht so kalt! Es ist still. Ich bin mit den Meinen allein. Und es berührt mich. Meine Augen werden nass. So springe ich mit dem Sonnenhut in das Nass, begleite mich ins Bodenlose und beobachte mein sinnliches Wahrnehmen, auch wenn Du nichts sagst. Und tief eingebettet erscheint eine Spur Deiner königlichen Maximen. Wer existiert, insistiert und es gibt kein Recht auf Resultate, nur auf Taten. Beides sind lebensfrohe Ermutigungen.

In Weidenkörben gewobene Gedichte. Sing die Gedichte. Oder nimm das Cello dazu. Und mache es wie die Schwester im Spitalgang. Sag freundlich hallo und eile vorbei. Eile vorbei. Du kannst auch stehen bleiben. Bin da.

Wer ist mein Du? Will nicht weg von der Wiese. Bin nicht aus Stein oder Stahl oder Keramik. Doch Stampfen und Stinken um mich. Was Christen und Kapitalisten doch auch immer versuchten, ist gelungen: Körper, Leib, Materie, Seele und Geist ist getrennt.

Die Schwester, müde im Stationszimmer

Meine Türen sind offen

Der Schlüsselstein hält den Rahmen

Die Brücken bröckeln

Dieser November ist gar nicht wahr

Nicht mal Traurigkeit hat Platz

Alles rein und sauber

Eine einzige Jahreszeit

Die Grammatik der Gefühle kennt nur einen Fall

Das Räderwerk, die Ordnung

Trauer und Wut sind mit den Schmetterlingen entschwunden

oder eben fortgeschritten

Fortschritt: in der Bauernschule die zwingende Empfehlung

Die Küche sei der Körpergrösse der Frauen anzupassen

Das ist doch ein Fortschritt

November lass uns endlich weinen

Vielleicht kommen wir dann zur Vernunft

Und wenn gestrige Menschen auftauchen wie Unterseeboote

Ist das unsere Geschichte

Und Du bist Teil von meiner

Ein Segelboot

Möchte ich meinen

Hoffe auf einen guten Wind für Dich

Sie lernten uns brav zu sein, uns anzupassen

Dem inneren Kritiker zu folgen

Sie lernten uns Selbstabwertung

Von wo kommt denn der Optimismus
Ich sehe etwas dunkler
Und höre in die Erde
Sie erzählt vom zweitletzten Osterluzeifalter Zerynthia polyxena
Als wäre das kein Untergang
Ein gewöhnliches Ende

So sprach der Zweitletzte zu seinem geliebten Kind Und zu seinen Zerstörern gleichzeitig: *Ob Du bist oder nicht, klärt sich im Zutunhaben mit den Dingen. Du bist nicht einfach da, Du lebst in Möglichkeiten, auf die hin entwirfst Du Dich. So hat jeder seine Welt, ist in der Welt in einem Mitsein mit anderen. Für uns gibt es kein Mitsein mehr. Also keine Möglichkeiten. Auch kein Entwerfen. Kein Sein. Der Mensch bricht in unser Sein ein. Macht uns zum Nichtsein. Vielleicht hört jemand diese Worte und lernt davon, für sein Geschlecht. Du aber mein Kind mache die letzte Runde. So richte ich mich an den Menschen, den Zerstörer und erinnere ihn an seine Möglichkeiten: Verstehe und fühle und erkenne Dein Sein und trete hinaus ins Seiende. Reiss das Allgemeine aus dem unreflektierten Dahinleben und den Illusionen heraus. Mach es wie unsere Mütter sagten: Überwinde die Angst. Fliege von Blüte zu Blüte. Tanze im Wind, in der todbereiten Entschlossenheit, nicht nach fremdem Gesetz, sondern aus Dir heraus zu existieren. Auch Du Mensch, läufst Deinen Tod voraus, also bist Du in Dein konkretes Dasein geworfen. Der Weg vom Menschen zum Sein wird dann vom Sein zum Menschen: kehre das Denken. Der Mensch ist wie der Stein, nur um des Seins willen. Der Weg zum Sein ist das Nichts. Das Sein ist und das Nichts nichtet. Es gibt nur das Sein und das Nichts, die aus sich selber wirken und den Sinn in sich selber tragen. Auch das Nichts ist aktiv. Es erinnert so wie ich jetzt - ich bin ausgestorben, also ein*

Nichts - an das Sein. Dir Mensch, zeigt sich das Sein in der Erschütterung des Seins, in der Heimatlosigkeit. Das Sein ist dem Menschen in der Entfremdung abhanden gekommen, er lebt in der Seinsvergessenheit oder in der Seinsabwesenheit. Mein Wunsch: Das Sein muss sich dem verirrten Menschen wieder zuwenden. Der Mensch kann horchen und dem Sein zur Sprache verhelfen. Dann erscheint das Neue im Lichte des Seins. Bis dahin: Geduld, im Namenlosen zu existieren.

Es möchte in den Schmetterlingsworten verweilen, in sie hineinstürzen. Wie soll es denken können ob all dem Getue und der Verschwendung. Es ist das Kind. Erwachsen, frei, elternlos, im Versuch zu verstehen wieder neugierig, werdend, entpuppend, vielleicht der Falter, der seine Flügel nicht an der Glühbirne verbrennt, der sich nicht täuschen lässt, der Marlène unter der Laterne liebt ohne besitzen zu wollen.

Da tauchen aus dem Nichts die Mädchen auf mit ihren neuen Buben. Endlich solche ohne Tischsets und Manieren.

Und dort erscheint die Seniorenwandergruppe. Sie verfolgen hechelnd die Krankenschwester und verschwinden im Stationszimmer und rufen die Hüte in die Luft werfend: Unsere Liebe und unser Spanisch ist selbst erfunden. Taugt nichts. Also noch mehr verwöhnen. Endlich ist die Raumtemperatur 8 Grad. Ein bunter Papagei bringt den ersehnten Bericht. Es ist die Hand von Prof. Dr. Dr. E.K.Max, die in die Himmelswolken schreibt: Neulich, da war ich in einer Quartierbeiz. Es war ein bisschen laut, aber es war vor allem sehr nett und fein an dem einen Vierertisch. Da war die grosse Diva und Servierfachkräfteschreck und grosszügiger Sponsor des Abends, eine zarte Elfe, ein bärtiger Alleskönner und -kenner und eine Regiehospitanz. Oft hat die Hospitanz ein gutes und unverbrauchtes Auge.

Etwas ratlos, entledige ich mich des Spitalstoffes und kleide mich aus der Plastiktüte unter dem Eisenbett in Hagebuchiges. Wunderbare Menschen hier. Ausnahmslos. Sie trotzen der Realpolitik. Sie lassen nicht zu, dass Geld und Ideologie die Kommunikation ersetzt, schweigen singend und heben die Hüte zum Gruss, sogar wenn sie keine tragen, handeln kommunikativ in ihren Werten, wissen, dass das Richtige, das Wahrhaftige trennunscharf und flüchtig ist. Ihre Brandmauern haben längst Feuer gefangen. Sie verkörpern Widersprüche und versöhnen Diskrepanzen zwischen Technik und Metaphysik. Sie leben den Konjunktiv, die Würde der Möglichkeiten.

Ich fliehe, nein, meine Scham flieht. Will raus aus dem Strudel des integrierten Objekts. Es ist möglich, nur Mensch zu sein. Nicht Pilz, nicht Pflanze, nicht Tier, nicht Maschine. Nicht Teller, nicht Tasse, nicht Glas, nicht Löffel, Gabel oder Messer. Nicht Sklave, nicht Lüstling, keine vorgestanzte Industrieware, keine Produktionsmaschine im Dienste von Schinderadam oder der noch so gescheiten und lieben EsKöniginMax. Will die Zahl- und Geldlogik in den Garten begraben, Zuspieler im Theater der Verletzlichkeit sein, ins Handeln kommen ohne vornehme Zurückhaltung, mich auf Situationen einlassen, ohne eine Lösung vorauszudenken, emotionale, normative und kognitive Prozesse zulassen und zwar in ihren ganzen Unsicherheiten.

Ich danke Adam und EsKöniginMax für alle Felder und Möglichkeiten, die mir eröffnet wurden, für das unbekannte Wesen und die uneindeutigen Grundsätze. Mein unbekannter Freund, meine Bewunderung ist Dir sicher. Wäre ich ein auch schon nur ein halber Meister, wäre ich durchsichtiger und ohne Ego. Bin umgeben von halbgefüllten Worten: Temporalität, Kontextualität, Räumlichkeit, Lebensbereich, Selbstverhältnisse, Zertifizierung,

181

Sanktionierung, Konformität, Devianz, Selbstverpflichtung, Selbststeuerung, Selbstorganisation, aktive Lebensgestaltung, Erfahrung, Generische Prinzipien, Ethik, Qualität. Und das Knie tut weh und es gibt noch Schnee! Verzweifeltes Suchen. Vielleicht hilft das Unwahrscheinliche.

EsKönigMax stirb. Geh dahin wo Adam schon ist, in das Chaos der Wissenschaft und der Wirtschaft, dorthin, wo das Denken von mechanischen Prozessen abgelöst entwurzelte, tödliche oder mindestens lebensfeindliche Gespinste feiert. Oder in das anders Chaos, ins kreative und lustige, dort wo der gütige Trompeter den reinigenden Wind erzeugt und die Hirten wohnen, die aus Blumennamen Lieder weben. Aber höre auf für mich zu existieren.

Die Welt kann ich nicht negieren, sie existiert. Ich will mich durch nichtmaschinelles Tun direkt mit der Welt auseinandersetzen. Ich will in der Welt sein, in den Fluss springen, ins Gras beissen aus Lust am Sein. Die Parallelwelt hatte in ihrer Reduktion auch viel faszinierendes. Und intensives. Offensichtlich. Sie hat sich über meinen Aufenthalt in ihr riesig gefreut. Wie sie das zeigt, das ist ihre Sache. Aber sei gewiss: ich kenne keinen unverdorbenen Menschen. Das schreibe ich einzig, weil ich es gerne schreibe! Und das Wort überprüfen will. Auf die Facetten. Mit Dir. Was ist denn so falsch an mir. Ich kann mich bessern. Ich schwöre es mir. Im fernen Friedhof der Heimaten liegt ein Genosse, der sagte, dass gut nur globales gut sein kann. Ich bin auf einer Schwelle und meine Gedanken drehen sich im Karussell: Wie ist mein Verhältnis zum dominanten Modell, wie lebt sich Solidarität, wie ohne Maske? Welche Menschen will ich nicht mehr sehen, welche Räume will ich öffnen, welche Plattformen betreten, welches ist die Richtung zum Ausgangspunkt und welche Verantwortung übernehme ich, wo bin ich involviert, was mach ich mit all den Demütigungen, wie prägt mich der Durchschnitt, welches Pech gebe ich an andere weiter, was ist mit meinem Misstrauen gegenüber dem Offiziellen, was heisst Würde oder Meinungsbildung und wo bin ich Dekoration und wiederum, wie stehe ich in der Gesellschaft, wo greife ich auf alte Themen zurück und ist das schlecht, wem gebe ich Stimme, was heisst Freiheit und was ist Nachdenken? Ist ein gutes Leben in der Produktions- und Arbeitsmühle möglich?

Das Zumtrotz
Danke LeserIn für Deine Wünsche
Ich finde die Leerstelle im grossen Betrieb
Bin umgeben von Not und Elend und von der Schönheit der Natur
Das Leid wird menschlich
Verstehe Worte nicht mehr
Die Zeit wird mir fremd
Die kleine Minute zum Freund
Das Reden trübt die Sprache der Karotte in meinem Garten
Sonne, Wasser, Kompromisse
Jede Brise schlägt hohe Wellen

Wie der Falter stirbt auch EsKöniginMax. Kein grosses, aber ein einfaches Sterben, das Kind hat gemordet. Vorsätzlich, egoistisch. Kurzen Prozess für EsKöniginMax. Das Kind selber hat keinen Prozess zu befürchten. Im Gegenteil: Was bleibt sind Herbarien und Geschichtsbücher, wichtige Konferenzen und interessante Dokumentationen. Hin und wieder ein Bestseller oder ein Kinderbuch unter dem Weihnachtsbaum. Vielleicht Erinnerungen. Aber auch die sterben und werden zu einer Erzählung oder zu einem Gedächtnisprotokoll, also erzählt der Erzähler was er zu erzählen hat in Anlehnung an das, was er gemeint verstanden zu haben. Ich mach es auch. Entschuldigt all ihr Denker und Philosophen, entschuldige EsKöniginMax, Ich höre Euch nun so:

Falls es Antworten gibt, sind diese jenseits von habituellen Meinungen. Erkenntnis, Ungewissheit sind der Antrieb. Es gibt keine Wirklichkeit, sondern nur Sinnesdaten. Es ist nicht unmöglich, dass das ganze Leben nur ein Traum ist, es gibt Wirkliches, aber was es in Wahrheit ist, wissen wir nicht, es gibt eine unmittelbare Erkenntnis, die Empfindungen, die Erinnerungen und die mittelbare Erkenntnis aus Beschreibung, Beziehungen, Zusammenhängen. Alles fusst immer auf Bekanntem. Daneben gibt es Überzeugungen, die von der Erfahrung weder bestätigt noch widerlegt werden können, z.B. morgen geht die Sonne wieder auf. Und es gibt Prinzipien, Ähnlichkeit, Gerechtigkeit, Geometrie, die zwar das Denken erfassen, aber nicht erschaffen. Weder Es KöniginMax, noch Freiheit oder Unsterblichkeit haben eine objektive Gültigkeit. Es gibt Wünsche: Liebe, Freundschaft, Kunst, Wissenschaft, Mitleid und Erbarmen, Frieden, Zusammenarbeit. Diese können helfen, dass die Zukunft besser wird. Wir müssen es wollen. Diese Einsicht ist das Notwendigste, was die Welt braucht.

Ein ehemaliges Kind

Adam und die Königin verabschiedet

Weine wenn andere weinen

Und eine Mutter ist irgendwo

Warme Jacke, sicherer Schritt

Kühler Kopf und warmes Herz

Muss gehen bevor ich mich erbreche

Komme ganz sicher zurück zur Aufbahrung

Das Abschiednehmen darf nicht verweigert werden

Heize und heize und friere

Wärme auswärts nicht finden

Nirgendwo

Werde Kranke und Alte besuchen

Krebs und Psychiatrie und die Neuwittwe
Tiefe Bauchatmung
Herzlich aus der Stehbahn
Irgendwo ankommen ohne Empfang
Dort Teilsein zum Trotz

Als das Kind Teil sein wollte: Es konnte nicht verbergen, dass es statt der wollenen Unterhose doch eigentlich ein Blechflugzeug wollte und nein, auch kein Etui im Jahr darauf und nein auch keine Socken und im Jahr darauf und darauf wieder kein Flugzeug. Am Nächsten kam ein Feuerwehrauto aus Papier. Nu, dann wollte es auch kein Flugzeug mehr, nie mehr. Lernte Verzicht und klebte emotionslos für eine kurze Zeit Bilder von Flugzeugen in ein Heft. Und im militärischen Vorkurs zum Piloten scheitern, irgend ein medizinisches Hindernis. Bübchen, schön auf dem Boden bleiben. Mal doch ein Mandala. Die Wollunterhosen waren doch gut, denn die Blase hält auf dem kalten Boden. Die Hoffnung verschwindet ins absolute Nichts. Die langjährige Zeitungslektüre macht den Rest. Der letzte Artikel war unverdaulich. Erst nach Tagen kann es wieder sprechen.

Und als es sprechen könnte, hat es nichts zu sagen.

Dabei wähnte ich mich gut vorbereitet. Es gab aber Momente des Zweifels, des Fragens, des Suchens, die mich selber überraschten. Ich suchte ja gerade diese Leere, lerne sie, sie lehrt mich. Nicht verharmlosen, aber relativieren. Eine Kopfreise. Dir alles Gute im Panamahut. Und dann sehen wir weiter. Durchfall und Verkehr. Verhältnisse und Verhalten verschoben. Komplett. Wissen und Handeln sind keine Brüder mehr. Und draussen Schnee. Wunderbar. Liegenbleiben im Bett. Dem Tinnitus zuhören. Ihm eine Stimme geben. Ich darf liegenbleiben. Alles könnte anders sein. Doch zwischen all den Menschenpolen liegt die anhaltende

Enttäuschung, die Suche nach Unterschieden, die störenden Eigenartigkeiten, den Haaren in der Suppe, den Spannungen zwischen dem Gefühlten und dem Aussen. Körper oder Wesen, Vernunft oder Gefühl, Geist oder Ideologie, Wissen oder Begreifen, Etikett oder Kleid.

Es gibt keine zentralperspektivische Wahrheit, es gibt nur Ansichten, Aufführungen, Zurechtlegungen, keine Selbstverständlichkeit. Also bin ich selbst meine Enttäuschungen und Verletzungen, die ich erlitten und die ich angetan habe. Maschine, Damigefährte: Habe Dich verlassen auf eine stumme und deshalb schändliche Weise, für das gemeinsame Lamm noch einige Futternoten zurückgelassen, Dich Bettlerin um Worte an der Türe abgewiesen, das andere Dich wiederum mit meinem Gerede nicht mehr erreicht, mit meiner Fürsorge erschlagen. Ich bin alle Dus meiner Bezüge, ich habe viele Namen, alle aufgereiht auf der Perlenkette, auf dem Rosenkranz, der Schlangenkette, der Gänsegurgel, zum Wohle der spitzen Kniescheibe, an die man sich kaum anlehnen kann und zum Wohle der Verfassung. Die Kunst des Spazierens braucht Geduld, Streuobstfelder helfen, die zweite Lektion Fahrradfahren wird übersprungen, Klopapier auffüllen, Weisswein in der Gartenbeiz mal hastig in kippen und dann wieder kostend nippen, Menschen aufwändig bekochen, vorbereiten auf die Zeit danach, danach kommt später, weiterbauen am zivilen Projekt, mit Solidarität nun endlich einen Blumentopf gewinnen, Briefe auf Papier schreiben, dicke Bücher lesen, und noch einmal Sspazieren, so soll es werden. Die Tomaten gehen ins nächste Jahr, die Husaren und der Basilikum haben es nicht geschafft, ein Teil der Samen kommen wohl in den Boden. Viel Zeit und also viele Gedanken: wie geht nun der zivilisatorische Prozess weiter? Versuche meinen kleinen Beitrag zu leisten, dass wir vorwärts kommen, das Rad umdrehen geht nicht. Jedes Zeichen tut gut. Hoffe Sie, mein neuer Gefährte, meine neue Nachbarin geben die Hoffnung nicht auf. Sie sind wichtig. Hoffe das unbestimmte und namenlose Es entwickle sich hin zum Neuen. Danke für das Anmichdenken. Bin immer noch an und auf der Schwelle. Am Schlagbaum. Alles Widersprüche. Was mag ein Schlagbaum anrichten? Den Schlagbaum anbinden? Durch Nichtsnutzigkeit?

Nichtsnutz und Spazierer
Lauter unverwertbare Dinge tun
Die Ziele in der Ferne
Mehr machen als Geld und Konversation
Lauter unverwertbare Dinge tun
Nicht allen Platz für sich einnehmen
Mehr als Geld und Konversation
Die Aufmerksamkeit dorthin lenken, wo sie sein soll
Nicht allen Platz für sich einnehmen
Ja, es gibt Arbeiterinnen, Kinder, Hungernde, Ungerechtigkeit, Ausbeutung
Die Aufmerksamkeit dorthin lenken, wo sie sein soll
Burg und Bauchnabel zu Hafen und Spelunke
Ja, es gibt Arbeiterinnen, Kinder, Hungernde, Ungerechtigkeit, Ausbeutung
Verstand: die Dinge in Schubladen legen
Burg und Bauchnabel zu Hafen und Spelunke
Vernunft: die Dialektik der Verschiedenheit
Alles könnte anders sein

Und so könnte es beginnen: Höflichkeit, Hilfsbereitschaft, Zurückhaltung vervollkommnen und den persönlichen Bedürfnissen, Wünschen und Genüssen entgegenstellen.

Und so könnte es beginnen: Mangel, Ohnmacht, Trauer und Wut ersetzen durch wilde, verzweifelte Gelage mit Gesang und Tanz.

Und so könnte es beginnen: Gefühle politisieren, um neue Handlungsräume zu schaffen, sich nicht nur durch die Realität, auch durch Liebe und Hassen verformen, sich nicht abwenden, sondern reagieren, in der Verformung handlungsfähig bleiben. Das anzugreifen, was zermürbt und entfremdet, selbst wenn keine Hoffnung besteht. Also Zärtlichkeit und Hass, beides in Gemeinschaft. Vermenschlichen. Die Verachtung und das Sichabwenden nicht mehr zulassen. Die Gleichgültigkeit der Gegenwart anklagen.

Und so könnte es beginnen: Momente der Unsicherheit aufzeichnen, Geschichten ohne gutes Ende erfinden, Ungereimtes und Fehler zulassen, kein Verbessern wollen und nichts muss durchgearbeitet sein, sich den Unwägbarkeiten der eigenen Erfahrungen aussetzen und diese nicht in einer aufgeräumten Erzählung ruhigstellen, den Alltag als anhaltend und unerlöst schätzen.

Und so könnte es beginnen: Zwei Substanzen, in verschiedenen Mischverhältnissen, ohne dass je der eine Teil ganz weg ist, werden auf die Lebewesen verteilt. Es gibt also weder Alpha noch Omega, Plus oder Minus in Reinform, sondern jedes hat Bruchteile vom andern und schafft damit ein Drittes und Viertes und so weiter in sich. Nicht der Durchschnitt zählt, sondern der Typus, das Schwanken zwischen Punkten. Da gibt es weder Verallgemeinerung noch Vereinfachungen und Abkürzungen. Nur Kreativität. Und Hartnäckigkeit in Zeiten der Schlagbäume. Und Interpretationslust, also Lesen in und zwischen den Zeilen, so dass sich Grenzen öffnen und Einreisebewilligungen einstellen, staunende Beamtinnen zum Lächeln und Loben bringen.

Die Zollbeamtin entwickelte dann nach dem Staunen, Loben und Lächeln den folgenden Gedanken: *Das Subjekt ist als bewusstes Wesen zugleich Teil des ihm gegenüberstehenden Natur-zusammenhangs, den es im eigenen Bewusstsein hat, aber als etwas anderes erkennt, das Subjekt und das Nichtidentische. Es geht also darum, ein Verhältnis zur eigenen und zur äusseren Natur zu erlangen, das nicht mehr durch Verfügung und Herrschaft bestimmt ist, sondern durch Versöhnung der Differenz zwischen Begriff und Sache. Die fast unlösbare Aufgabe besteht darin, weder von der Macht der anderen, der organisierten Ausfüllung der Zeit durch Arbeit, Kulturindustrie, Sport- oder Technikbegeisterung, noch von der eigenen Ohnmacht sich dumm machen zu lassen. Die Identifikation der begrifflichen Konstruktion eines gegebenen theoretischen Feldes oder eines Textes führt mehr oder weniger geradewegs zu Gegensätzen: Hierarchische Verhältnisse, Auslassungen, Bewertungen. Wo können diese in Bewegung gebracht werden? Gibt es noch einen weiteren Pol? Was gehört noch zu Leben und Tod? Was ist die Bewegung zwischen Vergangenheit, Gegenwart und Zukunft. Was kann umgekehrt, abgeschwächt oder verstärkt werden, so dass sich neue Wege des Umgangs mit und in der Welt eröffnen? Die Bedingungen von Leben und Tod verändern sich selbst fortwährend. Neue medizinische, genetische, ökonomische, mediale, epistemologische Techniken verändern das Leben oder die Möglichkeiten. Auch das für tot erklärte Erbe von Marx hat eine Wiedergeburt erfahren und kann auch wieder sterben. Und für einige ist es ein Gespenst, wie vieles andere auch. Das Gespenstische als neues Modell des Werdens der Welt, nichts ist vollkommen tot oder lebendig. Der Tod ist genau wie das Leben selbst gespenstisch. Der Gegensatz von Denken und Tun und vom Ganzen und dem Einen und dieses Eine als sehnsüchtig totalitär erkennen. Also Absehen von sich selbst hin zum andern. Unterschiede bleiben bestehen. Dafür wird Verantwortung übernommen. Vorsichtige Co-Existenz. Das verletzliche Ausgesetztsein das Andern ist eine Anrufung an den Einen, zur Annahme von Verantwortung und bekämpft die desinteressierte oder emphatisches Zurückgezogensein in sich selbst.*

Menschen sind Nachbarn und husten, auch die Beamtin tut es, was doch zuweilen etwas unheimlich ist, und plötzlich meldet sich Marx und die Knochen und Organe und verlangen eine Prüfung ihres Zustandes. Die Brust ist eng.

Räder werden umgedreht, was bisher behauptet wurde, es ginge nicht, geht nun. Was fortfährt ist die Lust am Zerstören. Die eigentlichen Viren, Wachstumswahn hier und Hunger dort sind unsere Normalbegleiter. Und hier tut das Auge weh: Stararchitekten bauen grausam unwirtliche, öffentliche Räume als Hitzeinseln. Wir befinden uns im Dazwischen, am Tiefpunkt der Krise, am Scheidepunkt, dem siedend heissen. Totaler Absturz oder langsamer Aufstieg ins Ungewisse. Wer Krieg führen kann, tut es. Das Alte kann nicht sterben, das Neue nicht geboren werden. Kapitalismus, Patriarchat und Rassismus haben sich vereint. Was zeugen sie? Entwertete Sorgearbeit, Aneignung kostenloser Arbeit, Ausbeutung von Ressourcen, Vertreibung, ökologische Zerstörung, Hunger nach billigen Inputs.

Es gab Gelingendes: Aus dem Dampf meiner Maschine ertönte die Musik der Band von Jerry Rawlings und Thomas Sankara, den beiden Staatschfs der Befreiung, sie spielten zusammen mit dem „Fraktionszwang" der helvetischen ParlamentarierInnen. Alles ist möglich. Pilz und Tier und Schraube waren vereinigt im Beton als ein rühriges Gesamtsystem, das ökologische, ökonomische und gesellschaftliche Teile in sich beherbergte. Das kann ich denken.

Kann etwas fühlen, das nicht raubt, keine Ungleichheiten schafft, sich nicht Räume und Ressourcen und sich reproduzierende Arbeit aneignet, was für Leid sorgt, das wiederum gegen bestimmte Gruppen umgeleitet wird. Wer entscheidet über die Zukunft? Das wäre die grundlegende Entscheidung, die der Demokratie zugeführt werden muss. Das Gemeinwohl als Planungseinheit. Bis dahin wird es eine harte und chaotische Zeit. Mehr Offenheit für etwas Neues, das ist die einzige Möglichkeit. Die sogenannte Mehrheitsgesellschaft muss die Definitionsmacht über vieles verlieren: Was ist Zerstörung, was ist Ausbeutung, was ist Rassismus, was ist Gendergerechtigkeit. Und Empörung mit Zuhören ersetzen. Noch ist Zuhören eine Provokation. Noch gewinnen Hackordnungen. Verweisen auf die Plätze und Sexismus nutzen Freundschaften ab. Die notwendige Geschichte von Güte und Hoffnung ist noch nicht da. Aber sie ist denk- und spürbar.

Es fehlt eine antihegemoniale Stimme. Gerne würde Es an ihrer Lippe hängen. Ihm fällt es schon schwer der Geschichte zu folgen. Können Sie es?

Und dann noch dieser Wunsch den Gang der Menschheits-geschichte zu ändern. Absurd. Zu gross. Es wird gesagt, dass wir die Geschichte – ob gross oder klein – in unseren eigenen Händen halten. Wir sind Produkte kollektiver Selbsterschaffung. Fantasievoll, spielerisch. Worthülsen? Gemischtware. Sind Fortschritt, Herrschaft, Hierarchie miteinander verbunden? Gibt es andere Formen des gemeinsamen Lebens? Augenhöhe, Gemeinwerk, vielleicht. Oder doch lieber Arroganz, Selbsterniederung und Grausamkeit? Wer kennt die Taljanky und die Cucuteni-Tripolje-Kultur, die möglicher-weise grösste Siedlung im 4. Jahrtausend vor unserer Zeitrechnung, in der der Überschuss nicht von einer Elite abgeschöpft wurde. Vor 6000 Jahren. Jeder

Haushalt brannte seinen eigene Keramik. Spielerische Formenvielfalt.

Wie den Menschen heute als lustiges und lustvolles Wesen in die Geschichte einbringen? Es und mich und Dich?

Und dann noch dieser Wunsch von einem Zusammen, das erlaubte, die eigene Gemeinschaft zu verlassen, im Wissen, man sei überall willkommen. Sommerstaat und Winterstaat, mit jeweils angepassten Sozialstrukturen.

Und dann noch dieser Wunsch vom Übernachten im Freien,ohne dass die vorgestellten chaotischen Geräusche der unberechenbaren Natur Angst machen. Teil sein, mit Natur und Kosmos verbunden.

Und dann noch dieser Wunsch nicht mehr herum kommentiert zu werden. Könige durch Gelächter vertreiben. Was war EsKöniginMax? Sie denken als die Frische nach dem Sturm. Die vielen Meinungen über sie sind dem Kind zu laut.

Und dann noch dieser Wunsch den frei und bunt aufsteigenden Schmetterlingen einmal täglich zu begegnen. Und dass der Osterluzeifalter ein einziges Mal auf meinem Fensterbrett lande.

Doch da sind Menschen. Sie wollen argumentieren, bis zu ihrem Ende. Argumentieren und sezieren, in Einzelteile zerlegen, in Preisen abbilden, herauslösen um marktfähig zu machen. Verteilung, Ungleichheit und Ungerechtigkeit mit Zahlen weggewischt, Investoren und Rendite schützen. Risikostreuung und Absicherung. Das Kerngeschäft in Frage stellen.

Wirksam kann schmerzhaft sein. Bleibe beim Abwasch. Aber als welches Wesen? Wie? Ausserhalb der gewohnten Denke. Nicht Du und Ich oder Adam mit Es KöniginMax kompensieren, nicht Alpha mit Omega. Keine Ahnung wie, aber nicht so. Es gibt keinen geschickten Weg um den Weg abzukürzen und die Anstrengung zu minimieren. Stopp Ablenkungsmanöver. Bin ich dem gewachsen? Nein, bin ich nicht. Es soll ein grundsätzlich anderer entstehen, jenseits der jetzigen Kämpfe. Wie ich mich verhalte und wie mein System aussieht, beides zusammendenken, eine Vorstellung, in der Beschwerden und Mühsal nicht umgangen werden, in der wirksam schmerzhaft sein darf. Oh wie weit der Weg.

Die Beamtin
Und die Nachbarinnen werden sich räuspern
Ich werde weder husten noch tadeln
Nicht kontrollieren oder verneinen
Werde die Augen weit offen halten und suchen
Nach dem Nichts, das auf ein Sein hinweist
Suche bei der Kunst
Das kann günstigenfalls sie
Vielleicht ist hinter den Dummheiten auch das Nichtsein
Oder die Weisheit
Oder das allumfassende Wasauchimmer
Keine alte Weise mahnt
Mit geschlossenen Augen suchen
Dich umarmen
Dem freundschaftlichen Fusstritt danken
Bis zum Abendspaziergang ruhen
SchülerIn des grossen Osterluzeifalters
Ewiger Anfang
Das Nichts ist wie die Schönheit
Unberechenbar
Kaum auszuhalten, traurig
Vergänglich
Verschwindend

Sehne mich dem vorhersehbaren Lärm der Maschine und dem Fett auf der Zunge.

Rückfällig, mutlos.

Soweit bin ich: Ich weiss zwar, aber. Wie alle andern. Dann höre ich leise das Glöcklein einer fernen, alten Meisterin und die lähmende Verzweiflung beruhigt sich zum Zweifel.

In einer Zeit, die im bewegten Stillstand ist, am Ende der Geschichte der Neuzeit, in den 2020 Jahren, sehen wir die bestimmenden Figuren der Epoche beim Agieren, Platzieren und Platziertwerden, Menschen im Netz der Macht. Es geht um die Verflechtungen von Politik und Wirtschaft. Es geht um den Nachwuchs. Um Lara und Lea. Es geht nicht mehr um die Einführung einer andern Buchhaltung, um die perfekte, um die finale Buchhaltung, es geht um die Abschaffung der Buchhaltung. Aktiven, Debitoren, Shareholder und Stakeholder haben ausgedient. Es geht um den finalen Abschluss, um die letzte Bilanz. Oder um die letzte Revolution. Dass beides zusammenfällt, ist vielleicht kein Zufall. Das Thema, Expansion der Macht um jeden Preis, zeigt Konstellationen auf, die sich modellhaft wiederholen.

Das ist vielleicht auch eine der falschen Betrachtungen. Die Richtige muss erfunden werden. Mit Fragen. Nicht so sehr fragen, was richte ich an? Oder was richte ich aus? Sondern, wer will ich sein, in dieser Welt, die sich gerade ruiniert.

Die Untätigkeit
Die stressigen und fahrigen Zeiten ertragen
Selbstgespräche
Weitermachen trotz all dem Wissen
Verdrängen

Im Widerspruch zu den Werten
Oder etwas beitragen, unabhängig ob es gelingt
Heraus aus dem Teufelskreis Hoffnung und Resignation
Liebe zu den Wesen
Sich unabhängig machen vom Erfolg
Der im Blick bleibt
Im Rahmen des Möglichen
Ein letzte Frage in der Buchhaltung
An den Kindern mehr hängen
Als an den Gewohnheiten

Und alle treten noch mal auf, auf meiner Weltbühne. Das ganze Welttheater ist aufgestellt. Alle sind da, das Fett, die Torx, der Lärm, die Adams jeder Generation und jedes Ortes und jeder Erzählung und das Rockmädchen, Es, das Kind, das Lealamm, die Wir und die Ichs und alle andern, Osterluzeifalter und der Hilfs-Gott und Anti-Hilfs-Gott, Frau Du und ihr Sohn, Frau Ko und der Chorleiter, der junge Ich mit dem städtischen Freund, und der gierige Ich als Teil der FünfIch. Alle halten sich die Hände und die Schutzpatroninnen und fernen Meisterinnen, Engel, Dami und Madam, EsKöniginMax, Dein lesendes und mitatmendes Du. Sie singen aus vollen Kehlen zur Melodie von Bella Ciao. Jede versucht und interpretiert es anders. Es mag nicht immer gelingen, versuch es. Sie fordern auf in ihre Reihe zu treten. Welch eine Ehre, welch ein Durcheinander an Tönen und Textzeilen. Ein Fest. Du gehörst auch dazu. Probier es, deine Art zählt: *Was aber ist das, was ist? Es sind Tatsachen, bestehende Sachverhalte, die Verbindung der Gegenstände, Bilder der Wirklichkeit. Alles kann klar gedacht werden. Vieles ist nicht falsch, aber unsinnig. Wovon man nicht sprechen kann, darüber muss man schweigen. Also geht es um das Denkbare und um das Sagbare. Das Unsagbare, die Ethik, das*

Leben, die Welt und der Sinn der Welt zeigen sich zwar und sind auch, aber sie liegen ausserhalb der sichtbaren Wirklichkeit, unabhängig von unserem Willen. Der Mensch lebt in der vieldeutigen Sprache. Das Wort muss in der Anwendung, der Bedeutung und dem Gebrauch betrachtet werden. Die Worte Zeit, Geist, Nichts sagen nichts aus. Und warum beunruhigen sie uns? Es geht um Unterschiede. Leben ist nicht Leben, Pferd ist nicht Pferd. Das Denken muss sich den Worten entziehen: Luftgebäude zerstören, die Sprache mittels der Sprachspiele freilegen. So verschwinden nicht die Probleme, aber die Probleme um das Sein.

Die vergessene Zollbeamtin bringt sich ein, indem sie sich der Uniform entledigt und nackt ins Rockmädchen schlüpft, nun das Rockmädchen, das auch Es und Ich ist. Sie sucht sehr laut singend den Chor. Doch der Chor ist verschwunden in einer Blase. Steigt auf und verschwindet hinter der Kirchturmspitze. Nicht alle können mitreisen. Viele bleiben zurück. Die Herrenschweine wulstlächeln und sagen sie wollten gar nicht mit. Die verwandelte Beamtin und bleibt mit diesen Totengräbern zurück. Hat sie sich vergebens gewandelt?

Was tun? Fragen Nikolai und Wladimir und nun auch Es. Bewusstes Handeln dank Bildung war die Hoffnung, die Mehrheit der Gebildeten verfügen über das notwendige Wissen, wollen die Konsequenzen nicht tragen und nicht ins Handeln kommen, andere werden durch die Lebensbedingungen von der Bildung ausgeschlossen oder mit fremden Idealen gefüttert.

Die Gewandelte

Trotz alledem, es gibt sie, die verbindende Menschlichkeit
Und die gewinnt einmal gegen die Edelzucht der Schieber
Dieser Typus muss sich abnutzen
Keine Nachsicht
Verlasst Euch nicht auf grosse Männer
So entgeht ihr den Katastrophen
Lieben und Hassen und Kämpfen
Das Glück für erreichbar halten
Keine Ausnutzung
Kein sich über andere erheben
Leichte Luft
Lieder

Ja Lieder. Damals nach dem Erdbeben. Es war kalt und es gab wenig zu essen. Die Bauern bezahlten mit Wein. Am Feuer dann die Lieder. Romantisch ja, aber eben solidarisch. Der Traum einer anderen Welt.

Erbrochen. Zerbrochen

Das Tablett wandelte sich unter der Wärme und wurde weich, konnte die Gläser nicht halten, obwohl sie alle frisch und sauber aus der Maschine kamen. Heiss und keimfrei und nun zerschellt. Mit ihnen zerschellten die tausend Ausreden, nachvollziehbar und trotzdem falsch, in ebenso viele Scherben,die nun, wenn nicht mit dem Besen in die Ecke gewischt, von den Zoggelis zu spitzen und hautritzenden Splitter zermalmt werden.

Die Anstrengung
Letztlich interessiert nur, wie wir da raus komnen
Egal wer uns da reingefahren

Punkt

Vor der eigenen Tür wischen

Da ist nie sauber genug

Wir können Tablets und Ticketautomaten bedienen

Im Internet geschäften und uns unterhaltend befriedigen

Eine Fertigkeit, ohne Zweifel

Keine Angst, keine Hemmung, keine Scham

Wir können

Die Alten

Nicht pflegen

Das Aufderhandliegende

Wirklich Notwendige und Nahe

Verlernt

Angst und Hemmungen und Scham

Einen Garten anlegen

Das geht nicht gleich den Bach runter

Misteln, Hirtentäschli, Schlüsselblümli, Lärchenzäpfli, wilden Thymian, Malve, Sauerampfer, Guten Heinrich, Löwenzahn, Brennnessel, Taubnessel, Salbei, Muskatellersalbei, Herzgespann, Minze, Wasserminze, Zitronenmelisse, Johannisbeeren, Cassis, Veilchen, Himbeeren, Wermut, Lavendel, Kornblume, Mädesüss, Hagebutte, Lindenblüten, Schafgarbe, Äpfel, Knoblauchrauke, Berberitze, Johanniskraut, Wacholder alles hier, alles der Geldwirtschaft entzogen, alles frei. Ausdruck von altem Wissen, im Gefühl dass Freiheit Echtheit heisst und unkontrolliertes Selbstbewusstwerden ist. Eindeutig in der Farbe und im Geschmack. Eindeutig heisst eben nicht, dass der eine grün sieht und die andere gelb und die Einigung heisst, alle sehen Farben.

Keine Ahnung, wohin es führen wird, keine Zusammensetzung zu etwas, sondern eine völlig primäre künstlerische Energie, die sich kindlich und ahnungsschwer nie an die männlich vollendete, herrische, gequälte, verstörte, verwundete Vergiftung, die zeitgenössische Dummheit gewöhnen wird, die die Menschenseele auftaut, abgerissene Verbindungen regeneriert, der dumpfen städtischen Seele den Fuss auf die Erde setzt, entzaubert durch Verzauberung, in der Gewissheit, dass alles oder zumindest ganz Vieles anders sein kann, werden muss.

Was tut ihr schon?
Wo können wir uns unterstützen?
Wo sich beteiligen?

Was war die Frage?

Sich mit sanftem Qi-Gong und Meditation und Spaziergängen prächtig unterhalten? Oder im Biergarten unter schattigen Platanen die Verwirrungen in den Köpfen studieren, die die nächste braune Suppe zum Kochen bringen. Das Unklare und Uneindeutige aushalten und keinem Rattenfänger nachlaufen und mit emotionalem Einbezogensein dem Fremden und Unverständlichen hingeben?
Ich komme ja nicht über mich hinaus, kann mir nicht vorstellen, was es nicht gibt, was mir völlig fremd ist, kann aber kombinieren, Dinge, die nicht zusammen gehören, miteinander erscheinen lassen. Das kann fantastisch sein.

Wie diese Welt in Worte fassen?

Die dummen Atttribute weglassen.

FrauMann kann alles sein. EsKöniginMax zum Beispiel, die kurz erschienen und schnell verschwunden ist.

Nicht sezieren. Verbinden.

NaturKultur oder SchmetterlingBlume oder MenschTier.

Wie weiter, wenn es nicht mehr weitergeht, wenn die Vögel vom Himmel fallen und die eigenen Hand nicht mehr schmeckt?

Ich schaue auf meine Hand. Sie ist weder gross noch klein. Stelle mir ein Fladenbrot darauf vor. Sehe das Fladenbrot. Meine Hand ist ein Fladenbrot. Beisse hinein. Salzlos und köstlich. Noch warm. Wie viel Spekulation steht dahinter? Mehl noch vor der Saat des Korns verkauft auf dem Weltmarkt. Meine Hand auch? Mag nicht mehr beissen.

Wir haben uns schon an so Vieles gewöhnt.

Wie entwöhnen?

Gedichtanfänge erfinden:

Niemand ist niemand oder Heute, nicht morgen

Die eine Welt schultern.

Oder einfach: Sorge und Fürsorge, Land und Wirtschaft

Oder sich ins Stadtzentrum stellen, halbnackt und zerbrechlich, mitschuldig.

Was ist die Lebensweise, die wir endlich leben sollten, um die strukturelle Gewalt, die global organisiert ist, zu überwinden? Die unerträgliche Wirklichkeit nicht hinnehmen, Pfade der Selbstbehauptung aufspüren, die Widersprüche zwischen Menschenrechten, Gerechtigkeit, nationaler Politik und kapitalistischer Ökonomie anprangern. Die Hierarchie des Leidens verlassen, in den Momenten spüren was möglich wäre.

Der erste Biss in den Apfel nach einer Fastenzeit. Auch so ein Moment.

Ich widme ihn Dir.

Oder war die Frage, ob Sie sich um mich Sorgen machen müssen? Ich komme gut aus mit mir. Wenn Sie mich fragen, antworte ich so gut ich kann. Oder ich kann nicht, dann versuche ich so transparent wie möglich meine Position mitzuteilen.

Lerne gerade die Perfektion in der Kunst des Spazierens.

Der Bergsommer vielleicht noch fast schöner.

Auch weil ich mehr Wege und Blumen wieder erkenne.

Was sind die Kerzen auf unseren Kuchen, die wir ausblasen sollten?

Das Gute und der Restoptimismus im gemeinsame Tanze

Das Leben kann man rückwärts verstehen, leben geht auch nicht vorwärts, es bleibt das Jetzt.

Nichts wirklich verstehen, den Kosmos und Dich schon gar nicht

Wir kommen und gehen. Punkt.

Was nun?

Verzichten auf Urteile? Eine Blume ist weder schön noch hässlich. Sie ist. Der höhere Sinn und Zweck führt in die Irre und ins Leiden.

Schau, hier ist es still und bunt. Prachtswetter.

Was ist ausserhalb der Abwaschküche?

Gehe ins Restaurant, wo ich noch nie war: Der Kellner fragt: Wie immer? Und er wusste dass ich Dolma will und die 96. Auch den Wein. Schwindler oder Günther Eich für Anfänger. Wie sagte Che zu Ziegler. Schau dich um, hier ist Dein Dschungel. Die kleine Welt ist gross genug. Also bleibe ich in der kleinen Welt der Teller. Das ist mein Dschungel. Hier kann ich speichern, collagieren, schweigen, zerstören, rechnen, würfeln, fühlen, denken, glauben, möblieren, wiederholen und spielen.

Steigert das Erweitern des Wissens die Freiheit?
Artenreiche Flora zeigt das rasante Artensterben noch deutlicher. Je mehr wir wissen, desto freier sind wir. Die allgemeinen Neurosen belasten uns nicht, oder, wir versuchen die Belastung nicht anzunehmen. Dafür und deshalb zerbrechen Spiegel: Wir erfinden, gebären Fiktionen statt Kinder, Neugier wird zum Begreifen, angereichert mit der Lust auf Ausschweifung und Umwege und Brüche. Die neue Leichtigkeit hat zuweilen den Geschmack einer freiheitlichen Brise.

Warum wollten die Ich-Menschen die Angebote der Wir nicht annehmen?
Aus Angst und Bequemlichkeit, aus Sorge und Mutlosigkeit?
Aus dem Gefühl im Recht zu sein und dieses und jenes stehe einem zu?
Und die Konsequenzen seien nicht einzuschätzen?
Es gibt Bedingungen die eine Willensbildung erschweren: Wie sollen Menschen in der überlastete Carearbeit, in den prekarisierenden Scheinunternehmen oder suizidale Landwirte, ungeschützte Haushalthilfen, ausgebrannte LehrerInnen die freiheitliche Brise mit all ihren Ungewissheiten spüren?

Wie hat das alles begonnen?
Die Unerfüllte
Früh in die Schublade gesteckt

Geschlecht, Hautfarbe, Klasse, Nation
Ein Xylophon ist da für Kinderlieder
Nicht um der inneren Traummusik zu folgen
Geträumt zum Trotz
Sich mit Maschinen angefreundet
Die können zuhören und begleiten
In Geschichten getaucht und die Welt zurechtgelegt
Mit dem Lamm auferstanden aus dem Nichts
In der Blase das Glück berührt

Wie erzählt man Geschichten? Dir und mir und der Gesellschaft? Alles erzählerische Konstrukte: Nation, Rasse, Geschlecht, Identität, Lamm, Pilz, Gestank, EsKöniginMax. Alle gleichberechtigt und richtigfalsch. Auch der Zusammenhang zwischen Sprache, Grammatik, Kultur, Gebräuche und Sitten, Verwandtschaft und Staat und Freundschaft und Liebe, alles Narration. Alles Brüchigkeit.

Fortschritt ist kein stabiler Begriff, wir haben hantieren gelernt mit ihm, ohne Zweifel, räumen uns selber auf, wollen fortschreiten. Der Begriff verliert aber beim näheren Hinsehen seine Umrisse und die Bedeutung muss neu gefüllt werden. Denken in Kategorien unter Beibezug von wohl definierten Schlüsselbegriffen und faktenbasierten Ordnungen hilft nicht weiter.

Geschichtern erzählen heisst neu verhandeln. Intimität erlauben. Das sumpfige Gebiet der Emotionen, der Widersprüche und des Vergessens, die seelische Stumpfheit als Leitlinie der geistigen Verfassung, die Hoffnungen, Ängste, Wünsche, Gefühle, Gerüche, Formen, Farben, Lebendes und Totes herausfordern. herausfordern. Stoffe treffen chaotisch aufeinander, schlecht sortiert. Leiden, Ahnungslosigkeit, Wut, Dummheit werden sichtbar. Intimität trifft auf Irrtum, Muster lassen sich nachzeichnen. Kurz: Zerstörung mit den besten Absichten.

Die Sehnsucht
In der Abwaschküche und in der grossen Welt
Grande et petite histoire
Gedanken überleben
Auch wenn das Vokabular ausser Gebrauch ist
Rassismus, Sexismus, Ignoranz reproduzieren sich in Denkmustern
Dieser Schmutz geht nicht einfach weg
Auch wenn die Worte gewaschen werden
Teller Waschen und Worte waschen
Der Schmutz kommt immer wieder
Es hört nicht auf
Wir hören auf in Tellern zu essen
In Pfannen zu kochen
Wir kochen und essen nicht mehr

Der Schmutz ist Teil der Erfahrungshorizontes

Das hältst Du nicht durch. Du bist längst enttarnt. Du bist ein Mitläufer. Gedankenlos und opportunistisch. Ich auch. Das macht es nicht besser. Bleibt unerträglich. Wir sind keine Opfer. Wir sind Täter. Und Heuchler. Und als solche stellen wir uns gerne auf die Seite der BefreiungskämpferInnen. Zynisch, nicht wahr? Wir tun unseren Alltagskram und sind beteiligt an der Misere. Wir leben in ihr, hängen am Euter der sozialen Medien und haben Meinungen, Ängste, Ansprüche.
Wollen nicht begreifen.

Das Fakreich in den sozialen Medien produziert pausenlos Geschichten, die erklären, entschuldigen, besänftigen, legitimieren, sich entrüsten.

Viel Arbeit für das Gehirn.

Du hast die Wahl zwischen Kloster oder Klinik oder Du gehst dem Wolf entgegen und springst in den trüben Weier, Wenn Du auftauchst sind Fische und Algen im Kopf. Dann kann es los gehen, hinauf zum Dreispitz.

Das Unerfüllte
Bin alleine

Keine Aufgabe

Setze mich in den Sand und mache nichts

Ein Jahr lang

Kein Vermissen und kein vermisst werden

Ich sammle Bilder im Kopf, abwegig auf versunkenen Wegen

Übe mich in der Kunst des Müssiggangs

Ein unaufgeregtes Leben

Danke für das Nachdenken

Eingerenkt ist alles

Aber Spuren bleiben

Komme an und es ist kalt und es ist gut

Heizen und kochen

Keine Post öffnen

Zuhause

Mit einem Manifest

Alleine auf Abwegen

Vielleicht kreuzen wir uns dort

Das wäre nur gerecht

Mein einziges Angebot: Fragen brauchen Antworten

Ungefragt erscheint aber schon die vorwitzige Arroganz einer immer bereiten Antwort; Gerechtigkeit und Ökologie sind Teil der Gleichgewichtsprozesse, die in jedem Funktionssystem der Gesellschaft vorkommen müssen, also überall. Auch in der Stille. Beim Feuern des Ofens bleibt also die Frage, wie das passieren soll, wo der Hebel angesetzt werden soll. An der Erstarkung der Ethik, des Rechts und der Politik. Nervensysteme berühren, so dass sich etwas bewegen muss.

Wo ich jetzt bin?
In Gedanken.
So antworte doch, wenn Du gefragt wirst. Bin nicht mehr nur in der Abwaschküche, bin am Teich, lebe unter Brücken und Bäumen, unter Bergen und Lämmern. Gäbe es ganz real ein Leaschaf oder ein Laralamm, wäre es geschlachtet. Geschlachtet auch Lea. Sobald ein Lamm nicht mehr unter einem Jahr alt ist, wird es als Schaf bezeichnet. Nicht nur die Bezeichnung ändert sich, sondern auch der Geschmack und die Fleischbeschaffenheit. Lämmer haben mit drei bis vier Monaten ein kurzes Leben. Dann werden sie getötet und sie landen auf dem Teller, wie die Sprache das Morden nennt.
Und so viele Teller habe ich gereinigt, so dass wieder Platz war, für die nächste Tötung. Übrigens: Die Lebenserwartung eines Schafes wäre etwa 20 Jahre.

Wäre
Peng

Die Vorstellungskraft

Nach dem Knall

Lauter Dinge tun, die nicht materiell verwertbar sind

Um nicht Burg und Bauchnabel zu sein

Sondern Hafen und Spelunke zu werden

Endlich Liebe und Sein nicht mehr zu hinterfragen

Die Aufmerksamkeit dorthin lenken, wo sie sein soll

Nicht allen Platz für sich einnehmen

Die Aufmerksamkeit dorthin lenken

Wo sie sein soll

Burg und Bauchnabel zu Hafen und Spelunke

Frei entscheiden zu Werten

Zu Menschen, zu Beziehungen

Überraschenlassen und Loslassen

Einlassen und Seinlassen

Bereits in meinem Kopf Verwehtes dem Bora in Triest übergeben

Ein Traum

Das Private ist die Heilanstalt

Angst vor dem Werden nagelt uns ans Kreuz

Ins Unbekannte vom Werden ins Gehen

Sein, alles andere Seinlassen

Der inneren Zartheit und Süsse Gelegenheit geben

Ist so Schüchtern und verletzlich

Zieht sich vor dem Gestern zurück

Das Gestern verlassen. Tschüss. Schürze weg, Schlüssel ab. Auch wenn Maschinen Dami wimmert.

Anerkennungen, Diplome, Nettigkeiten, Glückwunschkarten, Liebesbriefe, Lachen und Brandblasen, Scham und Lust, stumme Schreie und laute Gedanken, vor allem Tagebücher, alles schreddern. Was übrig bleibt: Papierschnitzel. Lange Streifen. Und dann ein wirklich grosses Fest. Ich hab alle Widersprüche aufgelistet. Da stand ich an meinem Schlagbaum. Bin kein Virus und kein Raubritter. Stehe an und nehme mir nichts vor. Keine Sprünge und keine Agenda. Liquidiere Erschaffenes. Gebe es frei. Zum Verschenken findet sich niemand. Das Brisante hat Jahre genährt. Aufgabe erfüllt.

Die Ordnung
Das definitive Nein
wer kann das
Vielleicht, wenn Du weisst, dass hinter den Bergen das Meer liegt
Oder schon Domodossola
Angekommen und fremd bleiben
Dort wo die Schuhe auf die Erde treten
Verstecke mich nicht
Du meinst zu wissen, wer ich bin
Vielleicht bist Du damit präziser
Ich zweifle an mir und an der Postkarte, in der ich lebe
Ein neuer Engel erscheint
Sie ist taub. Ich höre. Aber höre ich gut?
Gehöre ich irgendwo dazu?
Muss ich dazugehören. Zu was?
Zum Engel? Zu Konfitüre und Sirup und Mus, Teil einer
Teemischung?
Warum sind im Winter die Gärten nackt?
Neue Fragen, einfach so? Sind sie wichtig?
Wer entscheidet? Ist das die neue Küche?
Was gibt es hier zu waschen?
Wer ist hier Adam und wie dichtet die Maschine?

Die neue Zeit bringt Wunden an die Oberfläche, die ich verheilt meinte. Es melden sich Schmerzen, von denen ich nichts mehr wusste. Die seelischen Schmerzen müssen behandelt werden – das gehört zu meiner Lehrzeit ohne Lehrmeisterin. EsKöniginMax lachte über mich. Sie war wunderbar und keine Hilfe. Sie ist tot und wird dabei noch älter und böser. Schrumpelig. Adam ist auch tot und stählt weiterhin seinen Körper. Er sagte Schmerzen sind gut. Auf ihn höre ich nicht. Nie mehr. Leben, ohne sich an einer vorbestimmten Rolle abarbeiten. Trete aus dem ewigen Vorstellungsgespräch, aus dem SchauspielerInnenverband aus.

Die Hände öffnen im vorwärts schauen mit geschlossenen Augen. Die Bedeutungslosigkeit bedeutet mir viel, bin sogar etwas stolz darauf, dass ich mein Glück nicht vorbeiziehen liess. Habe es auf mich zukommen lassen und nicht verscheucht.

Und da liegt ein Zettel im Kasten mit einer wohlbekannten Handschrift: Sich wohl fühlen, sich öffnen können, Anregungen für neue Sichtweisen bekommen, sich ein Stück zu Hause fühlen in Deiner Gegenwart: Danke dafür, steht da. Das ist lieb. Ich aber könnte sagen. Das zählt nicht nichts, aber nicht alles. Oder ich könnte es einfach geniessen oder das Papier weglegen und in mich horchen oder einen Tee trinken und noch einmal lesen oder die Zeilen in den gesellschaftlichen Kontext einordnen, nach Besitzverhältnissen und Ideologien untersuchen.

Die Möglichkeiten sind da

Das Denken ist da

Die Technologie ist da

Die Lösungen sind da

Für die andere Form

Für eine andere Sprache

Für eine andere Analyse

Es braucht die Erkenntnis, dass Dein und mein und unser System transformiert werden muss. Ein geweiteter Blick auf die Zusammenhänge unserer Lage schulte eine unbändige, verletzliche, angreifbare und formlose, ergebnisoffene Kritik mit der Erkenntnis, dass jede Herabminderung einer Ideologie jenseits der aktuellen Marktideologie, also auch der Herabsetzung von Möglichkeiten, zugleich eine Stärkung der Ideologie ist, die auf Mehrwert mittels Ausbeutung fusst und dass wir, determiniert durch die Lebensbedingungen innerhalb des Bestehenden, zwar eine andere Geisteshaltung annehmen können, aber uns in der Entwicklung einer eigenen politische Theorie behindern lassen.

Nicht unter den Schirm treten, den Diskurs suchen und leben, Polaritäten aushalten und die Treiber der postmodernen Gesellschaft, Konsumismus und Marktwirtschaft als exklusiv singuläres Denkmodell befragen, sich selbst in die Kritik einschliessen und sich von seiner Umwelt schrittweise lösen, um wirklich Neues denken zu können. Solange wir in den alten Mustern bleiben, schaffen wir die Transformation nicht. Die Möglichkeit aus der Erfahrung zu lernen, besteht darin, durch sie hindurch zu gehen, verstehen dass das Geschehen nur eine Geschichte ist.

Für Kosmetik sind wir nicht zu haben, ökosozialer Liberalismus, die Technik, Big-Data, Wissenschaft (Bau eines Kunst-Barrier Reef) sind noch ungeeigneter als MaDami, meine Maschine im Kachelraum.

Verzeihe den Vergleich, Transformationsmaschine.

Wie konnte Fried verzeihen?

An Dich denken und unglücklich sein?

Wenn man verzeiht, hat man noch lange nicht vergessen. Das Versöhnen braucht immer den anderen, es spielt sich zwischen zwei Subjekten ab, die sich wechselseitig zu verstehen versuchen. Das Verzeihen hingegen braucht den anderen nicht. Ich kann auch jemandem verzeihen, der schon tot ist. Verzeihen ist etwas Radikales. Es braucht dafür keine Bedingungen. Der Täter muss weder seine Schuld eingestehen noch Reue zeigen. Denn wenn man das einfordert, wäre man wieder in der Tauschwertlogik. Aber natürlich ist das nur ein Ideal. Ich verzeihe Adam. Wenn Sie mir verzeihen, ist das so, wie wenn Sie die Baumgrenze überschreiten. Sie können endlich wieder atmen, haben Weitsicht, können in die Zukunft sehen, sind nicht mehr in dieser Enge, diesem Hass gefangen.

Ich sehe nun, wie es das Lamm oder der Pilz oder das Fett an der Decke vorgelebt haben. Hoffentlich vergeben sie mir.

Sie sollen nicht verdrängen und vergessen, was in der Vergangenheit passiert ist, erst recht nicht, dass sie es billigen. Vergebung sagt ja zu den Gefühlen und nein dazu, dass so etwas nochmal passiert. Die Vollkommenheit in der Unvollkommenheit. Die Wirklichkeit ist das, was wir erzeugen.
Danke, Ihr Freunde aus der Blase. Ihr habt mir verziehen, meine Schläge, meine Ignoranz, meine Gedanken, meine Vorurteile.
Gelernt von Euch: Technologie und biologische Forschung bringt einen Überwachungsstaat hervor, in der eine kleine Elite über die Einflusslosen herrscht. Ihr lebtet ein soziales Geflecht, das Gemeingut über alle möglichen Grenzen und öffentliche Sinngüter produzierte.

Wo seid Ihr nun? Wo finde ich Euch?

Es bleibt nur die Erinnerung. Jeden Moment neu wählen, so war es. Dialoge suchen. Die Wärme der Wabe, des gemeinsamen Summens.

Nun aber steht da eine nackte, kalte Einzelmaske, an der Bushaltestelle, wo es keinen Fahrplan gibt. Nicht der Wille zur politischen Veränderung, sondern das individuelle Leiden stehen im Fokus, nicht politische Konflikte und nicht die Interessen von Kollektiven: Politik der ersten Person. Also Wunsch nach Differenz und Wunsch nach Anerkennung.

Wo ist das Brüchige und Schillernde?

Das Eigene und Unverhandelbare wird betont. Das Allgemeine denken geht im Stimmengewirr unter. Vereinzelung. Ein Haufen versprengter Individualisten lässt sich besser ausbeuten. Eigenverantwortung wird rein materiell gedacht. Eine Disziplinartechnik, eine Parzellierung der Moderne, die nur wenigen eine Aussicht auf ein gutes Leben bietet. Weltwahrnehmung und deren Interpretation bleibt individuell und wird nicht allgemein.
Eine Neuerfindung einer Politik im Plural, das Ziel.

Die Ordnung
Wie du denkst, so wirst du
Deine Gefangenschaft wird von den Regungen
Deines Verstandes aufrechterhalten
Du nagelst dich selbst mit Gedanken, Konzepten und Wünschen fest
ans Kreuz
Der Intellekt ist das, was du über die Vergangenheit weisst
Und alles, was du dir über die Zukunft ausmalen kannst
Halte den Verstand an
Schweige
Es gibt nichts mehr zu sagen
Die Sprache ist abhanden gekommen

der grotesksten Schnapsideen Überpotenter ausgeliefert. Dabei könnten wir alles ein. Menschen können denken, aber nicht alle dürfen, die Gesellschaft gibt ihnen keine Funktion, sagte Antonio und Augusto wusste, dass jedeR eine KünstlerIn ist.

Wie wollen wir leben?
Wie wir leben schafft die Kultur.
Kultur entsteht durch unablässiges Vermischen der verschiedensten Einflüsse und Lebens- und Traditionslinien. Sie feiert das Uneindeutige, das Ambivalente; Was wir im Dunkeln sehen, ist das Gemeinsame: Wir sind kulturelle Wesen. Alle. Und natürliche.Also TrägerInnen von Viren. Wir haben die wahllosen Abhängigkeiten verdrängt. Dabei sind wir alle verbunden im Stoffwechsel. Durch den Atem. Im Dampf unserer Abwaschküchen tauschen wir alles aus. Das ist Gemeingut.

Vermischen wir, werden wir wieder uneindeutig, lassen wir Unerwartetes geschehen. Die Gestalt ist nicht die multiple und sich gegenseitig verstärkende Krise, sondern der Nebel, der Regen, der Regenbogen, die Wiese, das Tier, der Pilz, die Sinne, das Fett, die Abwaschküche und die ungezählten Unwägbarkeiten sowieso, die Hoffnung und die Vorstellungskraft. Und die Formen dazu: Streiks, Blockaden, Besetzungen, Sabotage, Verweigern, Verschwinden. Oder in Parallelwelten, in geschlossene Weltbilder entrücken und den Zumutungen des Jetzt und den Mühen der Aufklärung entfliehen. Oder die Lehren aus der Abwaschküche befolgen und mit ihnen hinaustreten.

Die Unerfüllte
Es gibt eine Wahl

Haben die Wahl

Nicht alle

Und von denen, die wählen könnten

Zu viele verzichten

Zu viele wissen und verdrängen

Zu viele gewöhnen sich zu schnell

Zu viele haben die Hoffnung verlorenen

Zu viele halten fest

Zu viele schliessen Augen und Ohren

Zu viele haben sich aus der Geschichte abgemeldet

Zu viele haben Angst

Zu viele geben keine Schulter zum Anlehnen

Zu viele wollen von wenigen belogen werden

Zu viele geben sich Kurzschlüssen hin

Zu viele sind gleichgültig

Zu viele wollen die kostenfreie Erlösung

Wollen Sie den Hass und die Wut organisieren?

Thomas Münzer hat definitiv verloren

Die Einführung der Buchhaltung war nutz- und sinnlos

So wird die letzte nun geschlossen

Und auch die Augen

Auch das eine Wahl

Wollen Sie den Hass und die Wut organisieren?

Das Buch hält nicht, was wir zu hoffen wünschten.

Gibt es eine Wahl?

Die Konzerne haben die Wahl. Sie wählen aus, was in den Regalen der Warenhäuser steht. Und wie sie sich bedienen am Gemeingut Natur. Wenn es keinen Bus gibt und Schichtarbeit verlangt wird, gibt es keine Wahl. Die Schicht, das Auto. Die Autokosten verlangen Schichtarbeit. Die Unbedingtheit der Abhängigen. Der Kreislauf der Zerstörung. Der Zerstörte zerstört. Hat keine Wahl. Verzicht ein Luxus und Verzicht eine Tragödie, wenn die Sozialversicherungen nach unten umgestaltet werden.

Wenn ich mit Zug und Fähre reisen kann, kann ich mich in der Welt verorten, Distanz und Umwelt ist erlebbar. Dann ist Verzicht ein Gewinn. Wenn ich es mir leisten kann. So steht es mit der Wahl. Der Möglichkeitsraum steht nicht allen offen. Wo Langeweile und Armut gross sind, sind es auch die Träume und Sehnsüchte.

Neue und alte und ewige Realitäten.

Versiegeln, vergiften, entehren Böden und Luft.

Verjagen Sehnsüchte und Träume, die so gerne im Menschen wohnten.

Es widert an, wie einfach es gelingt, zu bestechen und betrügen.

Dass es Ihnen gelingt, immer und immer wieder.

Seit ewigen Jahren bin ich Teil der Abwaschküche, lerne und beginne zu verstehen, beweine meine Einsamkeit, weiss, dass das Gewicht der Freiheit mich fordern wird, dass ich nur erfolglos gewinnen kann, dass die Maschinen nicht mit denselben Werkzeugen zu zerstören sind, mit denen sie gebaut wurden, weiss, dass ich meine Freunde Torx und Lärm und Fett und Madam und Dami verlasse, hoffe ohne eine ExKöniginMax auszukommen und die gestrigen und künftigen Adams mich nicht mehr behindern oder gar verletzen können.

Komm Lea zurück zu mir, lass die Limousine, Chanel und Dior, wir gehen den Weg der Farben. Ich bin die Schwächen, selten auch die Stärken der Zerbrechlichen, sicher die Trauer und ja, auch die Hoffnung der Scherben auf die Archäologie. Oder auf

Osterluzeifalter Zerynthia polyxena. Komm zurück, wie vielleicht auch er.

Der Osterluzeifalter Zerynthia polyxena
Du liessest Dich verführen
Wurdest nicht entführt
Es war nicht der Wolf
Es war die Gier, vielleicht
Ich weiss es nicht
Ich bin in der Stille
Will nichts
Bin nur mehr eine Vorstellung
Ich bin die Erinnerung
An Frau Du und wenn Du willst an Herrn Ich
An Dich und mich
An die Ordnung
An das Verborgene und an die Gleichmut
An die Berechenbarkeit
An das Zögern und an die Anstrengung
An das Abgehobene, an das Vielgesichtige, an die Verschiedenheit
An den Stillstand, an das Unerfüllte und an die Sehnsucht
An die Vorstellungskraft
Keine Antwort, nur das Echo der Worte
Du hörst mich nicht
Hast die Wahl getroffen
Oder wurdest von einer Wahl getroffen
Zu einem Ende ohne Lamm und Schaf
Dem Privaten
Dem Ökologischen
Dem Gesellschaftlichen
Ende

Brot essen und Diamanten sehen
Wehe wenn wir es wirklich täten
Dann wäre das Glück entprivatisiert
Dann freute die Einsicht
Dass Realitäten Gedanken sind

Hast die Wahl getroffen
Die schmutzigen Messer werden nicht mehr sauber
Ausgekocht, ausgegessen, ausgegossen
Die Suppe ausgelöffelt
Die Abwaschküche ist zu
Brot essen und Diamanten sehen
Das wäre vielleicht ein Ausweg gewesen
Die letzte Ausfahrt nun der Rechen des Wasserwehrs
Der Mond ist aus der Pfütze gefasst

Die Abwaschküche ist zu

Aufgeblasen Banalitäten im Irrweg verirrt
Die Wirklichkeit weg fotografiert
Was ist, ist auf ferne Distanz gehalten
Die menschliche Seele dauerhaft verknotet
Der Kipppunkt überschritten
Freunde verloren
Mit Misanthropen, Blockierern, Angstmachern ersetzt
Wind und Wellen nähren die Hoffnungen
Dies Wort musste sein

Bin mit Furcht und Dankbarkeit
Habe geliebt und gedacht

Bekommen und gegeben
Ein fühlendes Wesen
Dem Privileg bewusst

Nie mehr abwaschen

Genug Geschirr verschlagen
Es liegt im Bruch
In Splittern oder sonst arg verbraucht
Als wäre das kein Untergang
Ein gewöhnliches Ende
Muss eine Ende haben

Die letzte Schicht vorbei
Die letzte Verrenkung wird nicht mehr eingerenkt
Die letzte Pfanne bleibt verklebt
Die letzte Buchhaltung ist zu
Der letzte Punkt wird ausgelassen

Nur noch das: Seien Sie gut zu den Kindern

Die Leserin alleine gelassen
Den Leser auch
Oder vielleicht doch nicht
Ada meldet sich bestimmt

Vielleicht heisst sie jetzt
Sofie
Charlotte
Hannah
Ella

oder

oder wie Du